KB181137

이상범희곡집 · 2

이상범희곡집 · 2

2016년 4월 29일 초판 1쇄 발행

지은이 이상범
만든곳 평민사
펴낸이 이정옥
　　　　주소 : 서울 은평구 수색로 340 [202호]
　　　　전화 : 02) 375-8571
　　　　팩스 : 02) 375-8573
　　　　평민사의 모든 자료를 한눈에
　　　　http://blog.naver.com/pyung1976
　　　　이메일 : pyung1976@naver.com

등록번호 제251-2015-000102호
정　　가 16,000원

* 제작비의 일부는 시흥시문화예술발전기금 지원을 받았습니다.

이상범희곡집 · 2

이상범 지음

평민사

[목 차]

[서 문]

다만
꿈과
아름다움과
인간에 대한
믿음이
더욱 공고해지길 바랄뿐

오직
정의와
자유와
평화와
생명에 대한
사랑이
더욱 뜨겁게 불타오르길 바랄뿐

2016년, 봄
아레오바고에서

청문聽聞

<등장인물>

개인個人
역사歷史

<때와 장소>

지금, 한강漢江 아니, 역사歷史

한강. 한 사람, 강물에 몸을 던진다. 물속에 잠긴다. 생을 정리하려는 걸까. 물에 **빠진** 사람이 우리 눈에 포착되는 순간은 그가 첫 번째로 물속으로부터 솟구치듯 수면 위로 튀어오를 때다. 살고자 하는 몸부림인가. 아니면 혹시 강이 토해낸 것일까.

개인   내가 뭘 잘못했어? 내가 뭘 그렇게 잘못했어? 내가 뭘? 내가 뭘? 이건 누군가 실수한 거야. 이건 누군가의 행패야. 이건 누군가의 음모야. 이럴 수는 없어. 내게 이럴 수는 없어. 이러면 안 되지. 나한테 이러면 안 되지. 되돌려 놔야 돼. 바로잡아야 돼. 어떻게 이럴 수 있어? 어떻게 이럴 수 있어?

물속에서 무언가가 그를 잡아 끌어내리는 듯 다시 끌려 들어간다. 잠시 후, 두 번째 무자맥질이 이어진다.

개인   억울해. 난 인정 못해. 무슨 세상이 이래? 무슨 보상이 이래? 나 누군지 알잖아? 내 인생 알잖아? 나 어떻게 살았는지 잘 알잖아? 내 땀, 내 눈물, 내 피 다 봤잖아. 다 지켜봤잖아? 그러고도 이래? 이걸 결론이라고 내놔? 이걸 답이라고 내놔? 겨우 이런 꼴 보자고 나를 그렇게 부려먹었어? 겨우 이렇게 끝내자는 인생이었어? 이게 말이 돼? 이게 말이 되냐고?

다시 침수. 세 번째 무자맥질이 이어진다.

개인   내 가족, 내 행복, 내 꿈, 내 인생 누가 이렇게 만들어 놨어? 왜 한순간 물거품이 된 거야? 내 인생 파멸시킨 자. 나서라. 넌 누구냐? 행복한 내 세상 쑥대밭 만든 너. 나서라. 너의 정

체는 뭐냐? 무슨 세상이 이래? 무슨 사회가 이래? 무슨 인생
이 이래? 개판. 징그럽다. 에이, 역겹다. 정 떨어져서 안 볼란
다. 더러워서 더는 안 살란다. 좆같은 세상이여, 안녕.

역사 안녕. 안녕!

어느새 나타난 역사, 개인을 침수시킨다. 개인, 저항할 힘이 없다. 의
식이 흐려진다. 아니, 또렷해진다.

개인 너, 넌 누구냐? 누구야, 너?
역사 네 아내.
개인 누구?
역사 서운해라! 네 마누라.
개인 웬 헛것.
역사 여보, 저예요. 아이 참. 그럼, 이 입술은 기억해요?

역사, 피하려는 개인의 머리를 부여잡고 억지로 입 맞춘다.

개인 당신! 당신이야?
역사 그래. 나야.
개인 어디 갔었어? 왜 갑자기 떠났어? 당신 없이 나 어떡하라고.
자식들마저 다 떠나고 나 당신 말고는 아무도 없는데, 불현
듯 날 버리고 떠나면 난 어찌 살라고. 나 평생 당신만 보며
살아왔는데. 당신만 의지하며 살았는데.
역사 내가 떠났나, 네가 보냈지.
개인 무슨 소리야. 내가 왜 당신을 보내. 내가 왜 그런 바보 같은
짓을 해.
역사 그 짓 했어, 너. 바보 같은 짓.

개인 바보 같은 짓? 당신과 자주 눈 안 맞춘 것?

역사 너 남자잖아. 그런 기대 일찌감치 버렸어.

개인 자주 대화 안 한 것?

역사 아니. 그만하면 노력한 편이지.

개인 자주 눈 맞추며 대화 안 한 것?

역사 아니.

개인 눈 맞추며 자주 대화 안 한 것?

역사 아니.

개인 아, 알겠다. 자주 눈 안 맞추고, 자주 대화도 안 한 것.

역사 놀고 있다.

개인 내가 당신을 외롭게 했나?

역사 외로우니까 사람이라잖아.

개인 내가 밥을 굶겼나?

역사 배야 불렀지.

개인 내가 당신을 때렸나? 바람을 피웠어? 내가 도박을 했어? 내가 처가를 무시했나? 내가 돈 가지고 쩨쩨하게 굴었나? 내가 세인의 지탄을 받을 만한 무슨 부끄러운 짓이라도 했어?

역사 아니, 아니, 아니!

개인 그런데 왜?

역사 그보다 더 바보 같은 짓. 그보다 더 몹쓸 짓.

개인 그보다 더 해? 그보다 더 한 건 뭐지? 뭐가 있지.

역사 날 아내로만 여긴 것. 날 여자로만 본 것. 날 사람이라, 인간이라 조금도 생각하지 못한 것. 자식을 자식으로만 여긴 것. 자식을 사람이라, 인간이라 생각조차 하려들지 않은 것. 가족을 자신의 부속품쯤으로 여긴 것. 자신의 생각이 곧 법이다 착각한 것. 자신의 행동이 곧 정의다 밀어붙인 것. 가족 위에 군림한 것.

개인 마누라가 사람이고 자식이 인간이지, 사람은 뭐고 인간은 또 뭐야?

역사 가족의 기대를 저버린 것. 너에 대한 존경심과 측은지심을 거둬간 것. 네 아내임이 부끄럽게 만든 것. 네 자식임이 부끄럽게 만든 것. 내 딸을 죽인 것. 내 아들을 내쫓은 것. 우리 가정을 파괴한 것.

개인 누가 죽여. 누가 쫓아내. 누가 파괴해? 남편이 부끄러웠다고? 아버지가 부끄러웠다고? 그게 평생 가족을 위해 몸 바쳐 온 남편에게 할 말이다. 그게 오직 자식만 바라보고 제 인생 포기한 아버지에게 할 말이다.

역사 그러니 바보지. 못 알아들으니 바보지.

개인 우리 집, 세상에서 가장 행복한 곳 아니었나? 우리 집, 세상에서 가장 평화로운 곳 아니었어?

역사 너만의 행복이었지. 너만의 평화였지.

개인 풍요로웠잖아. 마음껏 누렸잖아.

역사 우리 집 가난했다. 마음이 가난했다. 네가 좇는 행복 때문에 가족의 영혼은 황폐해졌다.

개인 헛소리하는 걸 보니, 당신 배불렀던 거 확실해.

역사 배부른 돼지 꼴이었지. 인간이 될 수 없었던 돼지들은 너 때문에 불행했다.

개인 불행했다고. 당신 심하다. 정말 심하다. 어떻게 나에게 그렇게 말할 수 있어? 나 당신을 위해 열심히 살았어. 가족을 위해 죽어라 일했어.

역사 너만 열심히 살았니. 다들 열심히 산다. 다 죽어라 일해. 아내는 노니? 자식은 저절로 크니? 밖에서 일하는 거 너무 생색 내는 거 아니니. 가족부양? 그거 기본 아니니?

개인 뭘 더 해야 하는데? 뭘 더 바라는데?

역사   말귀도 못 알아듣는 너에게 뭘 더 바라겠니. 바랜들 무슨 소
       용 있겠니.

개인   그런데 왜 찾아왔어? 뭐 하러 나타났어?

역사   배웅하러. 너 마지막 가는 길, 축하하러. 미련 없이 떠나보내
       려. 내 과거, 기억 깨끗이 지우려. 너와의 악연, 너와 함께 멀
       리 날려버리려.

개인   오, 잔인한 여자여. 그대가 정녕 내 아내였단 말인가. 그대가
       정녕 내가 사랑하는 여자였단 말인가. 그대가 정녕 내 아이
       들의 어머니였단 말인가.

역사   개자식.

개인   뭐라?

역사   여자. 아내. 어머니. 그리고?

개인   그리고? 그리고 라니? 그리고 라니?

역사   인간!

개인   그래. 내 사랑하는 여자. 내 아내. 내 자식들의 엄마.

역사   가라, 잘난 남자야. 어서 가라, 못난 남편아. 영영 가라, 못된
       아버지야.

개인   꺼져라, 속 좁은 여자야. 꺼져라, 시끄러운 여자야. 참새가 봉
       의 뜻을 어찌 헤아리리오.

역사   안녕, 봉. 안녕, 폭군. 안녕, 독재자. 너 보내고서야 나 자유롭
       겠다. 너 가고서야 나 비로소 인간이겠다. 빨리 가라. 어서
       가자.

       역사, 개인의 머리를 수면 밑으로 찍어 누른다. 개인, 저항한다. 그렇
       게 무자맥질 이어진 후.

개인   나는! 나는 인간이었는지 알아? 간, 쓸개 다 빼놓고 사는 놈

이 무슨 인간. 내가 이런데 자기들만 인간이겠다고? 불만이라고? 남편이, 아버지가 왜 약해지는데? 아내와 자식 없이, 지켜야 할 가족 없이 내가 비굴해질 일 뭐 있는데? 폭군? 독재자? 백성 섬기는 폭군 봤어? 백성 눈치 살피는 독재자 봤어? 내 인생이 어떤 지경인데 인간 타령이야. 어떤 세상인데 인간 타령이야. 뛰어들어 봐. 그렇게 한가한가. 한 번 뒤섞여 싸워 봐. 그렇게 만만한가. 세상 똑바로 보라고!

역사 똑바로 보되 겉만 보지 말고 속도 봐. 바깥만 보지 말고 안도 들여다 봐.

개인 누구냐, 넌? 돌아온 마누라냐? 아직도 쏟아 부을 저주가 남았더냐?

역사 네 아들이다.

개인 누구?

역사 아들. 네 아들.

개인 난 너 같이 생긴 아들 없어.

역사 아버지. 나야! 아버지 빼닮았다고, 판박이라고 흐뭇해하시던 바로 그 아들이라고. 재롱둥이, 골목대장, 반장, 학생회장, 가문의 미래, 아버지의 꿈, 바로 그 아들이란 말야. 아버지, 나 몰라보겠어?

개인 그렇구나. 자랑스러운 내 아들이로구나. 믿음직스런 내 아들이로구나. 하나 밖에 없는 내 아들이로구나. 하하하.

역사 자랑스럽지 못해서 미안. 믿음직스럽지 못해서 미안.

개인 아들, 돌아왔구나.

역사 아니.

개인 내 아들, 돌아올 거지?

역사 아니.

개인 우리 아들. 외국 생활 힘들지 않아?

역사 여기보단 나아.

개인 사랑하는 아들, 잘 지내지?

역사 잘 지낼 수 있겠어?

개인 그럼 어서 돌아와.

역사 그래도 거기가 여기보단 나아.

개인 잘 생긴 아들, 외롭진 않아?

역사 왜 안 외롭겠어.

개인 보고 싶은 아들, 돌아와.

역사 차라리 외로운 게 나아.

개인 내가 널 도울 수가 없잖니. 아들, 돌아와.

역사 네 도움. 그것 때문에 돌아올 수가 없어. 난 네 도움으로부터 탈출한 거야.

개인 부모가 무슨 재미로 살겠니. 자식 키우는 재미로 사는 거야. 부모의 도움에 대해 그렇게 부담을 갖다니. 역시 효자다, 내 아들. 부모의 사랑을 듬뿍 받아주는 것이야말로 효도 중에 효도다. 부모에겐 그보다 더한 기쁨이 없단다, 아들.

역사 그간 충분히 효도했으니 이제 그만하려고. 아들 노릇 그만하려고. 너도 그만큼 효도 받았으면 이제 그만 날 놔줘도 되지 않겠어.

개인 나 좋자고 이러는 거 아니잖아. 이 험한 세상에서 너 혼자 뭘 어쩌려고? 어떻게 헤쳐 나가려고 그래. 그 무시무시한 무한경쟁 어떻게 뚫고 나가려고.

역사 험하지 않은 세상을 만들면 되잖아. 살벌하지 않은 세상을 만들면 되잖아. 싫어, 무한경쟁.

개인 아들. 남자가 그러는 거 아니라고 했지. 능력이 있어야 한다고 했지. 강해야 한다고 했지. 뭘 하든 제일 앞서 나가야 한다고 했지. 무슨 수를 써서든 최고가 돼야 한다고 했지!

역사　난 네가 자랑스런 아버지이길 바랬어. 존경스런 아버지이길 바랬어. 강하고 능력 있는 아버지 말고, 따뜻한 아버지. 아버지 말고 그냥 사람. 다정한 사람, 편한 사람, 믿음직한 사람. 아니 불쌍한 사람이어도 괜찮아. 좀 능력 없는 사람이어도 괜찮아. 사람이면 돼. 그런데 넌 늘 아버지뿐이기만 했지. 그저 아버지. 난 아버지가 싫다. 싫어졌다.

개인　안 돼, 아들. 아버지를 싫어하면 아들이 아니지. 착한 아들 아니지.

역사　나 착하고 싶지 않아. 내가 너무 착해 널 망친 거 같아, 싫어.

개인　아들. 나 같은 아버지 세상에 없다.

역사　다행이야. 세상 아버지 다 너 같을까 걱정했는데.

개인　너 잘못 생각하는 거야. 판단 착오야.

역사　내 단짝 친구 알지. 걔네 아버지 잘 알지?

개인　누구?

역사　네 회사 동료.

개인　동료 누구?

역사　잊었어? 외면하고 싶지? 부정하고 싶지?

개인　또 그 얘기. 또 그 자식 얘기. 그럼 알지. 배신자를 내가 어떻게 잊겠어. 그런 의리 없는 새끼를 어떻게 잊겠어.

역사　그 아버지가 뭐라 말했는지 들었지?

개인　힘들었다고?

역사　그거 말고.

개인　정의? 공익?

역사　그거 말고.

개인　괴로웠다고? 더 이상 참을 수 없었다고? 보고만 있을 순 없었다고?

역사　그거 말고.

개인 역사적 결단?

역사 그거 말고.

개인 나를 밟고 가라? 나를 잡아들여라? 나는 기꺼이 내 죄과를 치를 각오가 되어 있다?

역사 그거 말고.

개인 그 잘난 새끼가 또 어떤 멋진 말을 했는데? 그 멋진 새끼가 또 어떤 화려한 수사를 동원했는데?

역사 자식에게 부끄럽고 싶지 않다잖아. 떳떳한 아버지 되고 싶다잖아. 자식 얼굴에 먹칠하고 싶지 않다잖아. 가족 명예에 똥칠하고 싶지 않다잖아.

개인 반성? 일 저질러 놓고 도피하는 약해 빠진 새끼. 가족? 자기 합리화 하려는 치사한 새끼. 그 새끼 저 처먹을 건 벌써 다 준비해 뒀을 걸. 저 혼자 투사인 냥 거들먹거리는 새끼. 저 혼자 맑다, 양심 타령하는 가증스런 새끼.

역사 불쌍한 새끼.

개인 뭐라?

역사 반성이라도 할 줄 알면 불쌍하지나 않지.

개인 반성은 잘못한 자들이나 하는 거야. 후회는 실패한 자들이나 하는 거야.

역사 후회라도 있으면 변화 가능성이라도 있지.

개인 뒤돌아보지 마라. 반성하면 약해진다. 후회하면 진다.

역사 난 학교에 갈 수가 없었다. 친구들을 볼 수 없었다. 자꾸 내 눈치를 살피더라. 자꾸 눈치를 주더라. 네 아버지는? 네 아버지는? 따져 묻더라. 죽고 싶더라. 창피해서 못 살겠더라. 내가 한 일도 아닌데. 내가 그런 것도 아닌데, 정말 부끄럽더라. 네 일에 내가 죽겠더라. 가족이 하나인 줄 알겠더라. 공동운명체인 줄 알겠더라. 네 아내, 내 어머니. 그때 많이 혼란스러워 하시더라. 많이 후회하시더라. 많이 반성하시더라. 네 딸, 내 누이. 그 일로 그리 된 거 나도 안다. 네 생각해서 모르는 체 했을 뿐.

개인 자식이 부모 마음 어찌 알겠니. 딸 염려하는 아버지 마음, 어떻게 헤아리겠니.

역사 그러는 너는 자식 마음 얼마나 헤아리는데? 들을 귀는 있니? 들을 마음은 있니? 우리도 너에게 신호 보낼 만큼 보냈다. 차마 대놓고 뭐라 할 수 없어서. 네 입장 생각해서.

개인 억울한 자여, 그대 이름은 부모로다. 고독한 자여, 그대 이름은 아버지로다.

역사 억울하기도 하겠구나 생각해. 네가 불쌍해지기도 해. 아, 얘도 아버지를 잘 못 만났구나. 아버지에게서 잘 못 교육받았구나. 네 마음 몰라준다고 너무 서운해 하지는 마. 널 증오하지는 않으니까. 미워하지도 않아. 다만 널 떠나야겠구나 생각했을 뿐이야. 네 품안에 머물러서는 영영 제정신 못 차리겠구나 하는 생각을 했을 뿐이야. 내 아버지에겐 배울 게 없구나, 잘못하단 영 엉뚱한 길로 갈 수도 있겠구나. 진정한 성장은 아버지를 떠나는 데서 시작되는구나 하는 생각을 한 것뿐이야. 너 마지막 가는 길이라기에 와 봤어. 정말 가나. 너 가면 나 돌아올 거야. 네 바람대로는 아니고, 내 계획대로. 일단 네가 빼준 병역문제부터 해결해야 하지 않을까 생각 중이야. 대체복무를 신청해볼 생각이야. 총 들고 살인기술 훈련하는 건 싫거든. 받아들여질는지는 모르겠고.

개인 널 두고 나 못 가겠다. 계획 변경해야겠다.

역사 계획대로 해. 어서 가. 뭘 망설여, 너 답지 않게. 평소 너답게 앞만 보고 가.

개인 아들. 아버지 없이 잘 해낼 수 있겠어? 나 없이 행복하겠어?

역사　너 없어야 잘 될 것 같아. 네가 사라져야 행복해질 것 같아.

개인　그럼 가야겠다. 내 아들을 위해서.

역사　고마워.

개인　안녕, 아들.

역사　안녕, 아버지.

　　　역사, 미련 보이는 개인을 야멸치게 수면 아래로 밀어 넣는다. 잠시
　　　침잠. 거친 숨을 몰아쉬며 솟구치는 개인.

개인　아들… 아들… 아들….

　　　아들을 부를 때마다 무자맥질의 벌칙이 수행된다.

개인　난 밥상머리에 앉아 자랑스럽기만 했겠니? 편하기만 했겠니?
　　　누군 떳떳하고 싶지 않았겠니? 누군 존경받고 싶지 않았겠
　　　니? 내가 눈이 없어 못 봤겠니? 귀가 없어 못 들었겠니? 내
　　　가 양심선언하면? 자랑스런 남편, 존경스런 아버지? 그거 며
　　　칠이나 갈 것 같아? 곧 입 나올 걸. 또 다른 눈치 줄 걸. 배
　　　고프다 아우성칠 걸. 아버진 그걸 안다. 그래서 안 한 거야.
　　　못 한 게 아니고 안 한 거라고. 자신의 명예와 안락보다 가
　　　족의 안위를 지켜야 하는 사람, 그게 아버지다. 그게 가장의
　　　도리다. 알겠느냐, 아들? 알아듣겠어, 잘난 아들?

역사　아들은 갔다. 벌써 떠났다.

개인　매정한 놈. 그런데 넌 누구?

역사　나.

개인　나? 누구?

역사　네가 가장 보기 싫어하는 사람. 아니, 네가 가장 보고 싶어

　　　　　할 수도 있겠구나. 알아보겠어?

개인　넌….

역사　아빠.

개인　아!

역사　그래 나야.

개인　오, 사랑스런 내 딸.

역사　그래. 사랑스런 네 딸이야.

개인　아, 불쌍한 내 딸.

역사　괜찮아. 그렇게 불쌍해 할 것까진 없어. 그것도 한 인생이다 생각해.

개인　내 인생의 햇살. 우리 집안의 웃음꽃.

역사　미안해. 햇살 너무 일찍 걷혀서. 나도 아쉽긴 해, 웃음꽃 너무 일찍 꺾은 거.

개인　왜 왔어? 어떻게 왔어? 돌아가.

역사　얼마 만에 보는 건데 가래. 어떻게 찾아온 딸인데 가래. 날 그리워하지 않았던 거야? 보고 싶지 않았던 거야? 미안해서 그러는구나.

개인　아니라고 말해 줘. 너 그렇게 된 거 나 때문이 아니라고 말해 줘. 들리지? 보고 있지? 널 죽인 게 나라고. 아버지가 딸 죽 였다고 수군대는 소리. 아니라고 말해 줘. 오해라고 말해 줘.

역사　세상 사람들. 아니에요. 얘가 그런 거 아니에요. 어느 아버지 가 딸을 죽이겠어요. 세상 어느 아버지가 사랑스런 딸에게 해코지를 하겠어요. 절대. 절대 그런 일 없습니다. 직접이든 간접이든 딸을 불행하게 만들 저의를 품은 아버지가 있다면, 그건 인간도 아니죠. 개만도 못하죠. 호호호!

개인　하하하. 들었지? 봤지? 난 아냐. 난 아니라고. 하하하. 하하하.

역사　그 사람. 그 사람 어디가 그렇게 싫었어? 뭐가 그렇게 못 마땅했어? 그만하면 훌륭하지 않아?

개인 훌륭하지. 너무 훌륭하지. 감당할 수 없을 만큼 훌륭하지.

역사 찔려서? 네 진정한 모습을 비춰주는 거울 같아서?

개인 그 비아냥거리는 말투가 싫어서. 짐승 보듯 멸시하는 눈이 싫어서. 무시하는 듯 뻣뻣한 태도가 싫어서.

역사 알량한 자격지심.

개인 그놈은 우리와 피가 달라. 너와는 태생이 달라.

역사 그만큼 순수해. 그만큼 정직하고 의로워. 그래서 존경스러워. 사랑하는 사람이 존경스럽다는 게 뭔지 알아? 사랑하는 사람을 존경할 수 있다는 게 뭔지 알아? 나 그 남자를 존경했다고.

개인 자기를 멸시하는 놈에게 제 딸을 줄 정신 나간 아버지가 세상에 어디 있어? 내 딸을 사랑한다면 내 앞에 간이라도 떼어 바칠 일이지. 어디서 부도덕, 비양심, 무책임 운운이야. 그놈 심보가 딸 맡기려면 집안 쇄신부터 하라는 거잖아. 건방진 놈. 분수도 모르는 놈. 적반하장도 유분수지. 너 같으면 네 자식 주겠다.

역사 난 영광이라 생각했어. 그런 나를, 그런 아버지 딸을 사랑하다니. 그 사람 참 너그럽다, 그 사람 참 진솔하다, 그놈 참 멋있다 생각했어.

개인 영악한 거지. 맘에 안 드는 집안과 혼사 치르려는 건 숨겨진 저의가 있는 거지. 은밀한 계산이 있는 거지. 그런 놈. 여자 행복하게 못한다.

역사 세상 사람이 다 너 같지? 세상 사람이 다 도둑, 사기꾼 같지? 진실 따윈 안중에 없지? 뭐 눈엔 뭐만 보인다고.

개인 널 너무 순진하게 키운 내 탓이다.

역사 네 밑에서 어떻게 순진한 자식이 나오겠니. 솔직하지 못한 건 나였다. 언감생심. 욕심을 부린 건 나였다. 그래서 내가 포기한 거다. 그가 날 저버려서 내가 이렇게 됐다고 우기지 마라. 오해하지 마라. 네가 그를 협박해서 그가 손들었다고 착각하지 마라. 그는 신실했다. 그는 사랑에 충실했다. 그는 결코 네 공갈에, 조작된 폭력에 굴하지 않았다. 그 따윈 나도 두렵지 않았다. 내가 더 이상 살 수 없었던 이유는 그 사람 보기 민망했기 때문이다. 내가 더 이상 내 꿈을 고집할 수 없었던 이유는 그 사람 앞에서 얼굴 들기 부끄러웠기 때문이다. 사랑하는 사람 앞에 선 내가 너무 초라했기 때문이다.

개인 네가 왜? 네가 뭐가 부족해서?

역사 너 때문에. 네가 내 아버지라는 거 때문에. 네가 내 아버지라는 게 견딜 수 없이 부끄러워서.

개인 결국은 내 탓이로구나. 딸 사랑하는 아버지 탓이로구나.

역사 알면서. 잘 알면서. 어쩌면 그렇게 태연해? 어쩌면 그렇게 잘 견뎌?

개인 태연하지 않으면, 잘 견디지 않으면. 너 따라 가야 했을까? 남은 마누라, 아들마저 버려야 했을까? 지금 가잖아. 가려고 하잖아. 너무 늦어서, 서운해서 찾아왔니? 빨리 오라고? 빨리 가자고?

역사 날 찾아오지는 마. 보기 싫어 떠났는데 또 같이 있으려고?

개인 그럼 뭣 하러 왔는데? 왜 다시 와서 염장을 지르는데?

역사 아직 따질 게 남아서.

개인 자진 퇴장한 주제에 무슨 자격으로 따져.

역사 어떻게 그럴 수 있어? 날 위해서라도, 스스로 인생을 포기한 날 생각해서라도 그 사람에게 그러면 안 되지. 그래도 난 널 생각해서 양보했구만, 내 목숨과 바꾼 사랑이구만. 그렇게 밟아 뭉개나? 그렇게 내 진심을 몰라주나? 딸의 신념을 그렇게

　　　　무시하나?

개인　그게 네가 증오하는 아버지다. 네가 그렇게 못마땅해 하는 아
　　　　버지 성격이다.

역사　네 성질 못 된 거 인정하는데, 그래도 숭고한 사랑에 대해 더
　　　　러운 복수의 칼을 들이미는 건 비인간적이지 않아? 사랑인
　　　　데. 그래도 사랑인데.

개인　사랑. 사랑! 사랑? 하하하.

역사　세상에서 가장 큰 죄는 사랑을 비웃는 죄다, 믿는 딸이 사랑
　　　　을 조롱하는 아버지에게 주는 선물이다. 가자. 널 세상에 뒀
　　　　다간 나처럼 사랑 때문에 상처받는 사람 아주 많겠구나. 차
　　　　라리 내가 한 번 더 죽자. 내 너 꼭 끓어 안고 놔주지 않으
　　　　련다.

　　　　역사, 개인을 끓어안고 함께 잠수한다. 개인의 무자맥질이 처량하다.

개인　딸이 어떻게 아버지 마음을 알아? 딸이 어떻게 애틋한 아버
　　　　지의 심정을 알아?

역사　아버지니까 순진한 딸의 마음 좀 알아주지. 아버지니까 사랑
　　　　에 빠진 딸의 행복한 꿈 좀 헤아려주지. 딸의 인생이니 그냥
　　　　좀 인정 좀 해 주지. 자식에게 좀 저 주지.

개인　넌 누구냐?

역사　어험! 네 아버지다.

개인　아버지?

역사　그래. 네 아버지.

개인　오, 내 아버지. 무책임했던 그 아버지?

역사　자유를 인정한 관대한 아버지. 자립을 가르친 지혜로운 아버
　　　　지.

개인　비겁자. 유산이라곤 가난밖에 물려준 게 없는 무능력자.

역사　아버지를 배반한 건 너였어. 아버지 인생을 헛되게 한 건 너였다.

개인　구차한 변명.

역사　쉬운 길을 찾은 건 너였어. 어려운 길을 회피한 건 너였다.

개인　비겁한 책임전가. 당신은 낙오자야. 당신은 실패자야. 아버지? 아버지! 당신이 아버지라고!

　　　개인, 역사를 잡아 물속에 처박는다. 울음과 웃음이 뒤섞인 개인의 "아버지"라는 외침 속에 역사의 무자맥질이 계속된다.

역사　이 무슨 짓이냐? 아버지에게 무슨 배은망덕한 짓이야.

개인　아버지니까. 너도 아버지니까. 나를 이렇게 만든 아버지니까. 너도 나 같은 아버지니까. 너는 내게 인간이 아니고 아버지니까. 그냥 아버지니까.

역사　위로하러 온 아버지, 만류하러 온 아버지 또 배척하는구나. 또 밀어내는구나. 그래 죽자. 못난 아버지와 함께 죽자. 내가 뿌렸으니, 내가 망쳤으니, 내가 거두자. 내가 데려가자.

　　　역사, 물속에서 나온다. 언제 눌렸냐는 듯 힘 안 쓰고 자유롭게 일어선다. 그리고는 전세역전. 개인을 물속에 다시 처박는다.

역사　한 번 죽은 아버지가 다시 죽겠느냐. 살아 있는 네가 죽을 차례다. 그래, 그렇게 원한다면 네 애비 따라오너라. 가자, 내 아들.

　　　개인의 무자맥질이 반복된다.

개인 제대로 가르쳐주든가, 제대로 보여주든가. 아버지 노릇 하기 얼마나 힘들었는데. 좋은 아버지 되려고 죽고 싶어도 죽지 못했는데. 뭐가 이리 복잡해. 뭐가 이리 비참해. 그래서 아버지 자리 반납한대잖아. 가장 그만두겠다잖아. 다 끝내는 마당에 왜들 이래, 정말.

역사 허허! 아직 안 끝났나 보지. 아직 멀었나 보지. 끝장내는 마당에 정리할 것 다 정리하고 가는 것도 나쁘지 않을 것 같은데.

개인 넌 또 누군데? 무슨 볼일이 있어 왔는데?

역사 나야. 네 친구.

개인 친구?

역사 그래. 반갑다 친구야.

개인 친구는 본래 반갑지. 반가워야 친구지. 친구야, 반갑다.

역사 반갑지, 친구야?

개인 반갑긴 한데, 우린 어떤 친구지? 언제 적 친구지?

역사 날 못 알아보다니 섭섭한데.

개인 미안, 미안. 알 것도 같은데, 그래 누구더라.

역사 에이, 어떻게 자기가 죽인 사람도 못 알아보냐.

개인 누구?

역사 나.

개인 아!

역사 괜히 찾아왔나 보다. 네 마지막 날이라기에. 말끔히 정리 좀 해줄까 했지. 괜한 오지랖이었나.

개인 그 눈빛.

역사 그래. 그날 거기. 푸른 제복 입고 총구 겨누던 때. 눈 마주친 우리. 내가 피식 웃었잖아. 쏘지 말아달라는 간절한 부탁이었어, 그 눈길. 외면하더라. 탕! 쏘더라.

개인　제병들, 전체 사격준비! 사격! 사격! 사격!

역사　사격!

개인　나는 군인이다! 국가와 민족을 위해 목숨 바쳐 싸운다! 군인
　　　은 명령에 죽고 명령에 산다!

역사　알아. 나도 군대 갔다 왔어. 베테랑이야.

개인　그런데 뭘 어쩌라고? 나더러 뭘 어쩌라고.

역사　나 너 이해해. 우리 같은 일개 사병에게 무슨 다른 방도가 있
　　　었겠니. 까라면 까고 박으라면 박는 거지. 쏘라면 쏘고 죽이
　　　라면 죽이는 거지. 나도 참 많이 박아봤다. 많이 기어봤다.
　　　좆뺑이야 군인들의 일상 아니겠냐.

개인　알면서, 이해한다면서 왜 찾아와? 이제 와서 뭘 어쩌라고 옛
　　　일을 상기시켜? 그래, 좋다. 너도 나 물고문이나 하고 가라.
　　　내가 그거라도 당해주마. 그거 생각만큼 쉽지 않다. 죽을 맛
　　　이다.

역사　친구야. 난 너 물고문 따위 시키고 싶지 않다.

개인　친구야, 친구야 하지 마라. 무슨 욕을 그렇게 고상하게 한다
　　　니.

역사　친구야. 난 그래도 네가 꽃이라도 한 다발 사들고 찾아올 줄
　　　알았다. 소주 한 잔, 담배 한 개비라도 불붙여 놓고 맞담배질
　　　하면서 불편한 마음 털어놓을 줄 알았다.

개인　너 때문에 내가 피울 담배도 부족했다.

역사　여기.

　　　역사, 담배를 던져준다. 개인, 물에 젖은 담배 입에 문다. 역사, 불을
　　　붙인다. 그러나 붙지 않는다.

역사　그거 봐라. 담배는 네가 내게 주는 거지. 피차 담뱃불 붙여줄

형편 못 되니 우리 피웠다 치자.

개인 폭풍전야로다. 허허.

역사 허허. 나, 너 불쌍했다. 너나 나나 시대를 잘못 타고나 불운을 같이 한 청춘 아니더냐. 그래서 빨리, 가능한 빨리 용서해야지 생각했다. 그런데 너무 힘겨웠나 보더라. 날 찾아오려고 몇 번 집을 나섰던 거 알아. 끝내 못 오더라. 딴 데로 새더라. '나 아직 너에게 가지 못한다.' 중간 중간 네 일기장에 등장하던 글귀를 엿보며 위안도 삼고 기대도 했는데. 어느 날부턴가 아주 사라졌더라. 그러더니 완전히 외면하더라.

개인 외면하지 않으면? 힘들기 밖에 더 하겠니, 미치기 밖에 더 하겠니? 명령에 반역한 자는 반역한 죄로 징계 받고, 그 징계로 자유를 얻었건만, 거역하지 못한 나 같은 무지렁이들은 이승이 지옥일 수밖에. 후회와 죄의식 그리고 부끄러움. 그보다 더한 억울함. 뭐가 좋아 기억하겠니, 어디다 쓰려고 보존하겠니!

역사 그 자괴감, 그 열패감에서 벗어날 수는 없었니? 그 힘으로 세상을 조금이라도 바로 잡아보자는 생각은 불가능했니?

개인 그런 삶의 태도가 더 손가락질 당하는 세상이라는 건 안 보이니? 반성이 불가능한 사회다. 반성마저 금지된 사회야. 잘 알잖아.

역사 살았으니 저항 좀 하지. 살았으니 좀 바꿔보려 노력하지. 죽었으니 그 정도 고통은 감수 좀 하지. 이래도 힘겹고 저래도 힘들 거, 좀 긍정적 생각을 갖지. 적극적 자세를 갖지.

개인 다행히 짐을 벗을 길을 찾았다. 널 그냥 잊었겠냐.

역사 그랬구나. 불행 중 다행이다, 친구야.

개인 용서받았다, 다른 친구로부터.

역사 널 용서하고 위로하려 했던 내가 멋쩍다, 야.

개인 너에게 미안하긴 한데, 너보단 그에게 용서받는 게 쉽겠더라.

역사 그? 누구?

개인 너보다 통 큰 분, 아량 무한하신 분.

역사 아, 누군지 알겠네.

개인 너도 잘 알지?

역사 그럼 잘 알지. 중간상인. 안 끼는 데 없지. 안 챙기는 데 없지.

개인 그러지 마, 큰일 나.

역사 죽은 놈이 큰일 나 봤자지.

개인 그런가.

역사 친구야. 나 비겁한 네가 좀 야속하긴 한데, 그냥 보내줄게. 우린 생애의 가장 긴박한 순간에 생명으로 맺어진 인연이니까. 친구야, 불쌍한 친구야. 나에 대한 부담은 네 인생에서 제해줄게. 가볍게 잘 가라.

개인 고맙다, 친구야. 날 이해해주니 네가 진짜 친구다.

역사 안녕, 친구. 한 세상 고생했다.

개인 안녕. 우리 다시는 보지 말자.

역사 그래. 다시는 만나지 말자.

    역사, 개인을 물속에 처박는다. 개인의 무자맥질이 반복된다.

개인 치사한 놈. 친구라며 거짓말이냐. 돌아서기 무섭게 배신이냐. 하긴 용서가 쉽겠냐. 용서가 되겠냐.

    역사, 다시 개인을 물속으로 찍어 누른다. 또 한 번의 무자맥질 후.

개인 친구야, 그만해라. 물 많이 먹었다.

역사 더 처먹어야 돼. 심장이 터지도록 처먹어야 돼.

개인 이제 넌 친구도 아니다.

역사 왜? 통 큰 친구라며. 아량 무한한 친구라며.

개인 누구냐, 넌?

역사 네 친구.

개인 또 친구? 내가 죽인 사람 또 있었나? 눈 마주친 그 친구 말고
      또 있었나? 겁에 질려 마구 날린 총탄에 여기저기 의미 없이
      막 쓰러졌나. 그럼 넌 어디서, 어쩌다 총 맞은 친구?

역사 아니, 아니. 너의 신실한 친구, 영원한 친구.

개인 그런 친구… 없는데.

역사 없긴. 나야 나. 네가 그렇게 열심히 섬긴다는 신. 네 하느님.

개인 하느님? 진정 하느님?

역사 으흥.

개인 아니 그런데 하느님이 어찌 사랑하는 친구에게 물고문을?

역사 심술 한 번 부려봤어.

개인 오, 내 친구. 나의 구세주. 잘 왔네, 친구. 날 좀 도와줘야겠
      어. 내 소원 좀 들어줘야겠어.

역사 그거야 내 일상. 소원을 말해 봐. "소원을 말해 봐!" 히히히.

개인 위로. 아니 지금 그게 필요한 게 아니지. 그러니까, 내 뒤를
      좀 봐줘. 내 행적을 좀 깨끗이 정리해 줬으면 해.

역사 안 돼.

개인 왜, 왜 안 돼? 너한테 안 되는 게 어디 있어.

역사 못해.

개인 네가 못하는 게 뭐 있어.

역사 그건 하느님 아니라 누구래도 못해. 해서도 안 돼.

개인 친구 좋다는 게 뭐야.

역사 날 네 뒤치다꺼리나 하는 존재로 보는 거야?

개인   아니면? 내가 네게 뭐 하러 그렇게 공을 들이는데? 평소엔 만사 오케이더니, 뭐야 이제 막판이라는 거야? 끝이라는 거야? 더 이상 뜯어먹을 것 없다는 거야?

역사   무슨 망언이야. 친구 사이에도 지켜야 할 예의가 있는 법이다.

개인   여태 그래 왔잖아. 잘 받아쳐먹어 왔잖아. 이제 와서 웬 오리발.

역사   그랬다면 오해했거나 속았거나.

개인   오해했다면, 오해하게 만든 건 너. 속았다면, 날 속인 것도 너.

역사   지랄. 그게 왜 내 탓이니. 인간 속이는 인간이 있으면 있지, 인간 속이는 신 있겠냐.

개인   그럼, 내게 둘도 없는 친구인 냥 하던 그 잡것들은 다 뭐야.

역사   그 잡것들 나무라지 마라. 그것들도 다 속을 자세가 된 놈들만 속인다. 속기를 간절히 원하는 사람들만 속여. 결국 널 속인 작자는 바로 너란 말이다. 너한테 완전히 속을 사람 너밖에 없단 말이다. 눈 가리고 아웅. 네 연기가, 네 위장이 잡것들을 키우고 잡것들을 가지고 놀아왔단 말이다. 머리가 있으면 생각 좀 해 봐라. 무슨 신이 그렇게 허술하냐. 무슨 신이 그렇게 물렁해? 무슨 신이 그렇게 치졸하고 쩨쩨하고 뇌물이나 밝히고 부화뇌동하고 공갈협박이나 일삼고… 에이, 지랄. 어떤 신이… 날 뭘로 보고. 어딜 봐서 내가 징징거리기나 하겠냐. 내가 어딜 봐서 편들기나 하고 패싸움이나 조장하겠냐. 내가 동네 양아치도 아니고… 씨발. 야, 무섭지도 않은 게 신이야? 자존심도 권위도 위엄도 없는 게 신이야? 그리고 어떤 신이 그렇게 말이 많아 매일 낮밤으로 바쁜 사람 불러다 놓고 이래라 저래라 주둥아릴 놀려대겠냐. 무슨 신이 말이 필요하겠냐? 그게 신이냐. 네 생각엔 그 따위가 신이야? 내가 그렇게 보이냐? 내가 그렇게 형편없어 보이냐?

개인   그래. 내가 아는, 내가 믿는 신이 딱 그거야. 딱 너야. 난 인간적인 신이 좋아. 너 같은 친구가 좋아. 날 닮아서 위로가 돼. 의지가 돼. 정의로운 신? 위엄 있고 공명정대하고 불편부당한 신? 보편적이고 상식적인 신이 내게 무슨 소용이람. 난 날 이해해주고 응원해주고 위로해주고, 무조건 내 편이 되어주는 나만의 친구, 나만 신이 필요해. 모두의 친구는 그 누구의 친구도 아니다. 네 친구는 내 친구가 될 수 없다. 공평한 신은 있으나마나 한 신이다. 보편적인 신은 있어도 그만 없어도 그만이다. 편들지 않는 신은 신이 아니다. 내편 들지 않는 신은 내겐 아무 것도 아니며 나와는 아무런 상관없는 존재다. 하느님이 있다면 오직 나의 하느님만 있을 뿐.

역사   그래서 세상이 신들의 시장, 신들의 전쟁터로다.

개인   친구야, 뒤를 부탁한다.

역사   친구야, 너보다 내가 죽어야겠다. 너보다 내가 먼저 자살해야겠다.

개인   내 소원을 들어줄 수 없다는 거지? 내 친구가 되어줄 수 없다는 거지? 그래, 그렇다면 나도 네가 필요 없어. 네가 사라진다 해서 아쉬울 거 없어. 가라. 꺼져라. 너도 정리해야 할 내 뒤끝 중에 하나가 됐구나. 그동안 오해해서 미안했다. 이별하는 마당에 이해해라.

역사   신이여, 인간세계로 추락한 신이여. 어서 인간에게 세례 받고 새로운 신이 되자. 친구, 날 죽여주게.

개인   그래 친구. 잘 생각했어. 친구도 생각 바꿔야 돼. 변해야 돼. 잘 가게, 친구.

개인, 역사를 물속에 처박는다. 역사, 무자맥질을 한다. 그렇게 반복
하길 몇 번이 지났을까. 갑자기 역사가 힘을 내 상황을 역전시킨다.
다시 개인의 무자맥질이 반복되길 몇 번.

개인 아, 씨. 그만해라. 죽기 전에 불겠다. 불어서 죽겠다. 그만하
      자. 그만 좀 하자고. 죽여 달라며? 세례 받겠다며?
역사 내가 언제? 내가 왜? 네가 뭔데 나에게 세례야.
개인 넌, 넌 누구냐?
역사 네 이웃이다.
개인 이웃? 이웃이 한둘이냐. 이웃 누구?
역사 가까운 이웃. 나 모르겠어? 못 알아보겠어?
개인 이웃이라며? 왜 이렇게 낯설어. 당신 내 이웃 맞아?
역사 젠장. 네 윗집 사람이다.
개인 아, 윗집. 그러고 보니 그런 거 같네. 그러네.
역사 그렇긴 뭐가 그래. 네 아랫집 사람이야.
개인 아, 맞다. 하하. 그러네. 아랫집 사람이네.
역사 에이. 실은 옆집 사람인데.
개인 옆집? 오른쪽? 왼쪽?
역사 앞 동 오른쪽. 아니 왼쪽.
개인 앞 동 왼쪽. 이웃. 어디까지 이웃인데? 누가 이웃인데?
역사 나, 네 집에 우유 배달하는 사람. 신문 배달하는 사람. 보쌈
      족발 피자 치킨 배달하는 사람. 네 밥상에 오르는 물고기 잡
      는 사람. 농사짓는 사람. 네 넥타이 와이셔츠 세탁해주는 사
      람. 네 구두 닦아주는 사람. 네 차 닦아주는 사람. 네 집 청
      소부. 네 아파트 방범, 경비. 동네 구멍가게 주인. 네 동네 환
      경미화원. 네 동네 교통경찰. 네 동네 마을버스 운전사. 주민
      자치센터 호적계원. 나, 너랑 같은 길 걷는 사람. 같은 공기

마시는 사람. 같은 하늘 보는 사람. 같은 눈 비 바람 맞는 사람. 너와 같은 절, 같은 교회에서 절하고 기도하는 사람. 너랑 같은 물 마시는 사람. 나, 너에게 새치기 당해 억울한 사람. 사기당해 망한 사람. 너에게 밀려서 실패한 사람. 너를 한 번도 이겨본 적 없는 사람. 너의 성공 때문에 절망한 사람. 네 가족을 부러워하는 사람. 나, 너와 생각이 같은 사람. 너와 생각이 다른 사람. 어떤 때는 같았다가 어떤 때는 다른 사람. 나, 네 친구의 친구. 네 아들의 친구의 친구의 아버지. 네 딸의 친구의 동생의 친구의 엄마.

개인 아, 그 사람들이 이웃이구나.

역사 나, 심장 치료비 없어 신장 떼어 판 사람. 성적 비관해 학교 옥상에서 떨어져 죽은 학생. 직업병 얻어 쫓겨난 네 회사 하청공장 비정규직 노동자. 정리해고로 가족으로부터 정리당하고 이 역 저 역 쫓겨 다니는 노숙자. 나….

개인 결국, 이웃, 나와 상관없는 사람들이란 말이잖아. 이웃이라기엔 너무 멀어.

역사 외면하지 마. 회피하지 마. 울타리치지 마. 담쌓지 마. 성 둘러쌓지 마.

개인 그런 이웃 필요 없어. 이웃 별거 아니네.

역사 허. 전부란 말이지. 너의 전부. 공기, 물, 밥, 옷, 집….

개인 억지. 궤변.

역사 당연한 이치. 상식.

개인 그런데 나의 전부 되시는 대단한 이웃께서 내겐 무슨 볼 일? 뭘 또 귀찮게 하시려고?

역사 이웃이 이승 하직하는 순간을 모른 체할 수 있나. 그건 이웃으로서의 예의가 아니지.

개인 그런 배웅 필요 없다고. 원치 않는다고.

역사 마중과 배웅이 없으면 이웃이 아니지.

개인 남이 뭘 하든 내버려 두라고.

역사 내버려 두라고 내버려 두면 이웃이 아니지.

개인 남의 인생 참견하지 말라고.

역사 참견하지 말라고 참견하지 않으면 이웃이 아니지.

개인 안타까워하지도 않잖아. 측은해하지도 않잖아.

역사 안타깝지 않으면 고소해라도 하는 게 이웃이지. 칭찬할 것 없으면 욕이라도 하는 게 이웃이지. 나 몰라라 하면 이웃이 아니지.

개인 잘난 이웃 때문에 어디 편히 살겠냐.

역사 편하게 내버려 두면 이웃이 아니지. 귀찮게 하는 게 이웃이지.

개인 이웃 등쌀에 죽겠다.

역사 이웃 등쌀 덕에 사는 거지. 이웃이 살리는 거지. 이웃 없이는 못 살지. 혼자서는 절대 못 살지.

개인 나 오늘로 끝이다. 내 이웃이 아무리 심심하대도 더 이상 내게 할 일 없다. 이웃 필요 없다.

역사 저승도 이웃만 있으면 살만 할 걸. 이웃만 있으면 견딜 만 할 걸. 이웃 없는 곳이 지옥일 걸.

개인 저승까지 동행해 주시려고? 황공스럽기도 해라.

역사 황공하지? 고맙지? 그런 이웃을 너무 무시했어, 너. 그런 이웃에게 너무 무심했다고, 너. 그런 이웃에게 너무 무례했어. 너무 실수가 많았어.

개인 그래서 계산하자고? 저승으로 전역하는 날, 환송 대신 보복이라도 하겠다고? 마음대로.

역사 지금이라도 친해 두려고. 나도 머지않아 너 따라 저승 갈 테니까. 인간이라면 피할 수 없는 운명이니까. 우리 거기서 이

옷으로 다시 만나야 하니까. 그래서.

개인　짝사랑도 유분수지.

역사　모든 사랑이 다 외사랑이더라.

개인　그런 사랑이라면 난 거절이다. 그건 폭력이다.

역사　사랑, 그거 마음대로 안 되는 거다. 사랑, 어쩔 수 없이 폭력
　　　이다.

개인　그래서? 그래서 어쩌겠다고?

역사　폭력 좀 써야지. 별 수 있겠어.

개인　물 좀 먹이겠다고?

역사　조금? 그거로 되겠어? 아주 많이.

개인　하느님 보다 더 지독한 인간들. 하느님보다 더 끈질긴 이웃
　　　들. 징그러워. 정 떨어져.

역사　정 좀 붙이자. 같이 사는 법 좀 배우자.

　　　역사, 개인을 물속으로 찍어 누른다. 깊이 담근다. 쉽게 꺼내주지
　　　않는다. 필사적 무자맥질이 몇 번 반복되고.

개인　엄마. 엄마.

역사　누구?

개인　엄마. 나 무서워. 여기 너무 무서워, 엄마.

역사　나? 엄마?

개인　엄마. 나 좀 도와줘. 나 좀 살려줘. 나 더 있다 갈래. 나 더
　　　놀다 갈래. 죽는 거 싫어. 나 혼자 죽는 거 너무 외로워. 무
　　　서워.

역사　나, 네 엄마 아니다.

개인　엄마, 나랑 같이 있어야 돼. 어디 가면 안 돼.

역사　나, 네 엄마 아니래도. 잘 봐.

개인　엄마, 왜 그래. 우리 엄마 맞잖아. 내 엄마 맞잖아.

역사　미친놈! 내가? 잘 봐. 내가? 내가?

개인　으앙!

역사　네 편 들어줄 사람 없다. 기댈 사람 없다. 가자.

개인　우리 엄마는, 내 엄마는 어디 갔어? 왜 안 와?

역사　네가 다 뜯어먹었잖아. 뼈까지 다 갈아먹었잖아. 영혼까지 다
　　　마셔버렸잖아. 엄마는 안 오신다. 네 어머니, 못 오신다. 떼써
　　　봐야 소용없어. 울어봐야 배만 고파져. 가자. 그만 가자.

개인　엄마. 엄마.

역사　가자.

　　　역사, 개인을 물속으로 찍어 누른다. 개인, 무자맥질한다.

개인　허허. 그래, 가자. 그래, 나 간다.

역사　나가.

개인　그래, 나 간다. 이제 정말 간다.

역사　나가. 나가. 나가.

개인　나가? 왜? 왜 또 변덕이야.

역사　변덕은 무슨 변덕. 물 더러워져, 꺼져.

개인　넌 또 뭐야? 넌 또 누군데? 수질관리원이냐?

역사　나, 강이야.

개인　미스터 강? 강 뭐?

역사　한 강.

개인　그러니까 강 한, 그 다음 뭐?

역사　그냥 한강. 한 리버.

개인　허. 강이래. 이젠 강까지 시비야? 넌 또 뭐가 불만인데?

역사　더럽다고. 나가라고. 꺼져달라고.

개인　내가 더러운들 썩은 너보다 더러울까.

역사　저절로 더러운 강 봤냐? 너 같이 썩은 놈들 덕에 썩었지. 나가. 꺼져. 물 탁해져. 악취 풍겨.

개인　썩은 물 나도 싫지만 오늘은 어쩔 수 없다. 피부병 생겨도 어쩔 수 없다. 여기가 오늘 내 무덤이다.

역사　누구 맘대로?

개인　내 맘대로.

역사　허락할 것 같아? 내가 누군데.

개인　한강씨라며.

역사　그렇다. 내가 강이다.

개인　강이 뭘 허락하고 말고야. 여기가 내 무덤이다 하면 내 무덤인 거지.

역사　강이 뭔데? 날 뭐로 보기에 그렇게 함부로 까불어.

개인　네가 뭔데? 네가 뭔데? 강이 강이지, 내 할아버지라도 돼?

역사　그래. 나 네 조상이야.

개인　뭐라?

역사　나 네 고조부, 증조모야. 나 네 아버지고 어머니야. 네 아내고 딸이고 아들이야. 네 손자고 손녀야. 증손자고 증손녀야. 나는 과거고 현재고 미래야.

개인　얼씨구.

역사　나는 하늘이야. 땅이야. 나는 바다고 강이야. 나는 태양이며 달이고 또한 별이야. 알겠어, 내가 누군지?

개인　강, 강이라며.

역사　맞춰. 맞춰야 허락받을 수 있어. 나는 소나무고 나는 향나무야. 나는 은행나무고 나는 단풍나무야. 나는 포도나무고 나는 사과나무야. 나는 해바라기 꽃이고 나는 달맞이꽃이야. 나는 할미꽃이고 며느리밥풀꽃이야. 나는 쥐오줌풀이고 나는 애기

똥풀이야. 나는 꾀꼬리고 나는 부엉이야. 나는 알바트로스고 나는 제비야. 나는 진딧물이고 나는 무당벌레야. 나는 거미고 매미야. 나는 고양이고 쥐야. 나는 고래고 새우야. 나는 황조롱이고 들쥐야. 나는 매고 꿩이야. 나는 연어고 나는 은어야. 나는 뱀장어고 송어야. 나는 하루살이고 나는 거북이야. 나는 조기고 굴비야. 나는 명태고 동태고 황태야. 나는 개고 소고 닭이야. 나는 바퀴벌레고 파리고 모기야. 나는 해삼 멍게 말미잘이야. 나는 거머리고 지렁이야. 알겠어, 내가 누군지?

개인 나무면 나무, 꽃이면 꽃. 개면 개, 소면 소. 새우면 새우, 고래면 고래.

역사 나는 늘 네 곁에 있어, 늘 너와 함께 있지. 네 과거에도 있고 미래에도 있어. 너에게도 있고 네 이웃에게도 있어. 내가 뭐지? 내가 누굴까?

개인 관심 없어. 나 여기서 끝낼래. 지금 끝낼래.

역사 내가 뭔지, 내가 누군지 모르면 절대 못 끝내. 끝내기 위해서도 알아야 해. 그래야 이 강을 네 무덤 삼을 수 있어. 네 인생 끝낼 수 있어. 내가 누구야?

개인 몰라.

역사는 개인을 물속에 담갔다 뺐다 하며 질문을 계속한다. 질문이 계속되는 동안 개인의 무자맥질도 격해진다.

역사 얼굴이 하나이기도 하고 여러 개이기도 한 나는 누구지?

개인 몰라. 개에게나 물어봐.

역사 무겁기도 하고 가볍기도 한 나는 뭐지?

개인 몰라. 몰라. 알고 싶지 않다고.

역사 낡기도 하고 새롭기도 한 나는 뭐지?

개인　몰라.

역사　둥글기도 하고 모나기도 한 나는 뭐지?

개인　몰라.

역사　원이기도 하고 직선이기도 한 나는 뭐지?

개인　네가 누구든, 네가 뭐든 관심 없어. 관심 없다고.

역사　낮이기도 하고 밤이기도 한 나는 뭐지?

개인　몰라. 몰라. 모르겠다고.

역사　순간이기도 하고 영원이기도 한 나는 뭐지? 끝이기도 하고 시작이기도 한 나는 뭐지? 속이려야 속일 수 없는 나는 누구지? 피하려야 피할 수 없는 나는 누구지? 너의 노예이기도 하고 너의 주인기도 한 나는 누구지? 슬픔이기도 하고 기쁨이기도 하는 뭐지? 악마이기도 하고 천사이기도 한 나는 누구지? 신이기도 하고 인간이기도 한 나는 누구지? 내가 누구지? 내가 뭐지? 하하하. 하하하.

　　잠시 후, 발이 바닥에 닿은 듯 조용하던 수면을 뚫고 개인, 솟구치듯 튀어 오른다.

개인　아! 네가 누군데? 네가 뭔데?

역사　아직도 모르겠니, 아직도 모르겠어? 한심한 인간아! 불쌍한 인간아! 그러니 죽자고 덤비지. 그러니 죽자하면서 죽지도 못하지.

개인　내가 왜 못 죽어. 내가 왜 못 끝내. 나 이대로 간다고. 지금 간다고. 그러니 날 좀 가만히 내버려두라고.

역사　날 영 모른 체하시겠다? 그럼 네가 누군지는 알고 가야지. 그래야 염라대왕 앞에서 자기변론이라도 제대로 하지.

개인　살기 싫어 포기한 이승. 저승길에 변론 따위가 다 무슨 소용

　　　　이야.

역사　그게 저승의 법이라면 따를 줄도 알아야지.

개인　그 따위 법, 아무렇대도 상관없어. 관심 없어.

역사　내가 염라대왕이래도?

개인　그렇지? 나 이미 죽은 거지? 벌써 심판이 시작된 거지? 좋아.
　　　빨리 끝내자.

역사　누구냐, 넌?

개인　모른다.

역사　대답해. 넌 뭐야?

개인　사람. 인간.

역사　어떤 인간?

개인　남편.

역사　그리고?

개인　아버지.

역사　그리고?

개인　부모의 자식.

역사　그리고?

개인　직장인. 상무.

역사　그리고?

개인　친구의 친구.

역사　그리고?

개인　이웃의 이웃.

역사　그리고?

개인　하느님의 친구.

역사　그리고?

개인　살인자.

역사　그리고?

개인 그리고? 그리고 또 있나? 뭐가 있지? 내가 누구지?

역사 그 모두를 합한 것. 그 모두가 합쳐진 것.

개인 그런 나도 있나?

역사 그게 진짜 너지. 분열된 네가 아니라 하나 된 너. 해체된 네가 아니라 통합된 너.

개인 그렇게 사는 사람도 있나. 그렇게 살 수 있는 사람도 있어?

역사 당연히 그래야지. 당연히 그렇게 살아야지.

개인 인생 참 우습게 본다.

역사 너야 말로 인생 너무 가볍게 봤다.

개인 어쩌라고?

역사 이제라도 정신 좀 차리라고.

개인 염라대왕이 몸소 마중을 나온 건 아닐 테고. 저승길조차 막아서서 날 고문하는 너는 대체 누구냐?

역사 진작 그랬어야지. 알고 싶어?

개인 그래. 그만하고 이만 가자. 넌 누구냐? 넌 뭐냐?

역사 통합자로서 너, 하나 된 자로서 너.

개인 나?

역사 그래. 너.

개인 나?

역사 너.

개인 나, 나라고? 정녕 네가 나라고? 하하, 네가 나라고? 하하하, 하하하. 나래. 미친 새끼. 자기가 나래. 하하하. 웃기는 새끼. 하하하. 지랄하고 자빠졌다. 하하하. 하하하.

역사 그래, 너. 바로 너. 그러니 제발 나 좀 살려줘라. 제발! 나 좀, 살려줘라! 이 씹할! 개, 좆같은! 새끼야!

개인 하하하, 하하하. 네가 누구라고? 네가 뭐라고? 하하하, 하하하. 네가 나라고? 그런데 내 모습이 왜 이렇게 못났어! 왜 이

렇게 초라해! 왜 이렇게 엉망이야? 이게 내 모습이라고! 이게
나라고? 아니. 인정 못해. 네가 나일 수는 없지. 내가 그 꼴
일 수는 없지.

역사　외면하고 싶겠지. 피하고 싶겠지. 고치고 싶겠지. 왜곡하고 싶
겠지. 미화하고 싶겠지. 하지만 이게 바로 네가 만든 내 모습
이다. 네가 꾸민 네 꼴이다. 잘 봐. 나는 너다. 네가 나다.

개인　좋아. 네가 죽어야 나도 죽는다 이거지. 널 죽여야 내 계획이
성사된다는 거지. 그래. 널 지워버리면 되겠구나. 그래야 내
흔적도 사라지겠구나. 그럼, 이제 그만 꺼져 줄래!

　　　개인, 역사를 덮쳐 물속에 처박는다. 역사, 무자맥질하다가 대응한다.

역사　미련한 인간아, 꽉 막힌 인간아, 불쌍한 인간아! 그래 죽여라,
죽여! 죽어라, 죽어!

　　　역사, 개인을 물속에 처박는다. 개인, 무자맥질한다. 개인의 발버둥
　　　이 멈춘다. 잠시 태초 직전의 혼돈처럼 고요하다. 개인, 다시 일어
　　　선다.

역사　내가 누군지 모르면 죽지 못한다. 내가 누군지 알기 전까지는
죽어도 죽은 게 아니다. 그러니 죽고 싶으면 내 질문에 대답
해야 돼, 네가 누군지. 반드시 알아내야 돼, 내가 누군지.

개인　몰라. 모른다고. 몰라. 몰라.

역사　내가 누구지?

개인　몰라. 모르겠다고.

역사　그렇게 외면하지 말고. 그렇게 회피하지 말고. 어서 대답해!
대답해!

개인　싫어. 몰라. 하하하. 아아아. 으앙! 으앙! 으~앙!

역사　내가 누구지? 나는 뭐지?

개인　엄마! 엄마! 으앙! 으앙! 으~앙!

역사　다시 묻는다. 내가 누구지?

개인　으앙! 으앙! 으~앙!

역사　다시 묻는다. 나는 누구지? 내가 뭐지?

개인　너? 나? 너?

역사　다시 묻는다. 나는 누구지? 내가 뭐지?

개인　너는? 너는…. 너는!

　　시선을 회피하던 개인, 용기를 내어 겨우 역사를 직시한다. 그 눈
빛을 확인한 역사의 얼굴에 의미심장한 미소가 피어난다.

개인　으~아! 아! 아!

　　개인, 굴복인지 참회인지 모를 신음을 토해낸다.

역사　하하하. 하하하….

　　역사, 어느새 어디론가 사라지고 자취도 없다. 개인은 어느새 물
밖에 던져져 있다.

개인　아, 오줌 마려워! 똥 마려워!

　　개인, 쭈그려 앉아 똥을 눈다. 주위를 둘러보며 밑 닦을 종이를 찾
아 손에 쥐어보지만, 종이에 적힌 글들이 모두 눈에 밟혀 차마 밑 닦
이로 사용하지 못한다. 개인, 결국 맨손으로 밑을 닦는다.

개인 아, 추워!

　　어디선가 역사의 웃음소리 들려온다.

역사 하하하.
개인 아, 목말라!
역사 하하하.
개인 아, 배고파!
역사 하하하. 하하하.
개인 엄마! 엄마! 엄마!
역사 하하하. 하하하…
개인 엄마! 엄마! 엄마!

　　피 튀기는 전쟁 같았던 한강 아니, 역사 한 복판에서의 세례식, 서
서히 막을 내린다.

　　　　　　　　　－ 막 －

잔혹한 여자

<등장인물>

최영숙, 총리내정자의 아내
이서진, 총리내정자의 첫째 며느리
김주희, 총리내정자의 둘째 며느리
정인주, 총리내정자의 딸
서민자, 총리내정자 집의 가정부

<때>

현대

<장소>

총리내정자의 저택, 거실

1막

막이 오르면 한 저택의 거실이다. 무대 뒤쪽 벽 가운데로 큰 창이 보인다. 창밖은 정원으로, 살짝 드리워진 커튼 사이로 잘 가꾼 나무 세 그루가 보인다. 뒷벽과 접한 무대 오른쪽 벽 끝에는 2층으로 오르는 계단이 설치되어 있다. 눈에 보이지 않는 2층에는 두 아들이 쓰던 방들과 딸, 인주의 방이 있다. 아들들의 방들은 며느리들의 임시 거처다. 그 계단 바로 오른쪽으로 문이 설치돼 있는데, 그 안쪽은 총리내정자, 정의원의 서재다. 그 벽 맨 앞쪽으로 문이 하나 더 있는데, 가정부의 방이다. 뒷벽과 접한 무대 왼쪽 벽 끝에는 현관문으로 연결된 통로가 보인다. 그 벽면에 인터폰이 설치되어 있다. 왼쪽 벽 가운데 부분은 주방으로 연결된다. 그 벽 맨 앞쪽으로는 안방으로 통하는 문이 있다. 무대 한 가운데 낮은 탁자가 자리 잡고 있다. 탁자 양 옆과 뒤쪽은 소파가 둘러싸고 있다. 거실 천장 한 가운데 샹들리에가 하나 매달려 있다. 삼면 벽 빈 공간에는 가족사진과 총리후보자 사진 및 회화 액자가 몇 개 걸려 있다. 장식물도 몇 개 자리 잡고 있다. 전체적으로 고상하면서도 깔끔한 멋을 풍기는 거실이다.

창문을 통해 햇빛 들어온다. 빛의 투사각도로 보아 오후 네다섯 시경인 듯하다. 거실엔 아무도 없다. 잠시 후 초인종 울린다. 서민자, 주방에서 나와 인터폰을 확인하고는 맞으러 나간다. 정문과의 거리가 좀 있는 듯 잠시 시간이 흐른다. 김주희가 앞서 들어서고 서민자가 뒤따른다. 서민자는 커다란 과일바구니를 들었다.

김주희 아버님은요?
서민자 무겁게 과일은 뭐하려 들고 오세요. 가게 정해놓고 배달시켜 먹는 걸요.
김주희　꼭 먹자고 들고 오나요. 아버님은요?

　　서민자, 주방에 과일 바구니 두고, 물 한 잔 들고 나와 김주희에게
　　건넨다.

서민자　박사님은요? 혼자 오셨어요?
김주희　학기 중이잖아요. 아버님은요?
서민자　장보러 나가셨어요.
김주희　아버님이요?
서민자　네. 왜요?
김주희　아버님이 언제부터 장을 보러 다니셨어요?
서민자　누가 장을 보러 가셨다고요?
김주희　아버님이요.
서민자　의원님이 왜 장을 보러 가세요?
김주희　가셨다면서요? 장보러.
서민자　장보기야 제 일이죠. 의원님이 왜 장을.
김주희　그럼, 아버님이 장보러 가셨다는 건 무슨 말이에요?
서민자　누가요? 제가요?
김주희　아니면, 여기 아줌마 말고 다른 사람 또 있어요?
서민자　늘 사모님 안부부터 물으셔서 그랬나. 실수했네요. 죄송해
　　요.
김주희　어머님은요?
서민자　사무실에 나가셨지요.
김주희　어머님 사무실 내셨어요? 언제요? 어디다가요?
서민자　언제라니요? 사무실이야 벌써.
김주희　어머님이요?

서민자 의원님이요.

김주희 그러니까요. 아버님은 사무실 나가신 거고요. 어머님은요?

서민자 사모님요? 아! 사모님은… 장보러 나가셨는데.

김주희 어머님이 손수요? 특별 손님 말고는 직접 장보시는 분 아니
       신데. 벌써 바빠지셨나 보네. 오늘은 누구래요?

서민자 그러게요. 누가 오시려나, 저도 궁금했는데. 둘째 며느님이
       셨네요.

김주희 나 입국한 거 모르실 텐데.

서민자 말씀 안 드리셨어요? 연락 없이 오신 거예요?

김주희 항상 하시는 말씀 있잖아요. 자주 드나들 것 없다. 식구들
       이나 잘 챙겨라.

서민자 누구란 말씀도 없이 끝내 고집을 피우셔서 보내드리긴 했는
       데. 오늘은 조금 들떠 있으신 거 같기도 하고요. 얼마나 귀한
       손님이 오시려는지. 저도 찬거리 좀 준비하고 있었네요.

김주희 요즘 부쩍 손님 늘었죠? 방문객 많아졌죠?

서민자 어디요. 뭐 특별히 바빠질 일이라도 있게요. 그저 사모님
       말동무나 해드리는 게 요즘 제 일과인 걸요.

김주희 그래요? 혹시 오늘 형님 오신다는 얘기 없었어요?

서민자 큰 며느님이야 어디 손님이랄 수 있나요. 두 분 약속하셨어
       요?

김주희 약속은요. 형님은 자주 들르시죠?

서민자 사모님이 가시는 편이죠. 가끔 고등어자반 준비해라, 오이
       장아찌 준비해라 해서 싸들고 가시는 게 사모님 낙인 걸요.

김주희 최근에는요?

서민자 다녀가신 지 꽤 됐어요. 워낙 바쁘신 분이시잖아요. 아, 의
       원님 생신 때 외식 후 잠깐 들르셨었네요. 왜 그때 작은 며
       느님도 선물 보내셨잖아요. 손목시계였죠?

김주희 흡족해 하시던가요?

서민자 요즘 그 시계만 차고 다니신답니다.

김주희 정말이요?

서민자 네.

김주희 성의가 통했네요. 값 좀 나가는 거거든요.

서민자 손주들 못 봐 아쉽다는 말씀도 있으셨네요.

김주희 영상통화 자주 하는데요, 뭘.

서민자 묵어가실 거죠? 방 청소 좀 해야 되는데.

김주희 아녜요. 천천히 하세요. 이번엔 친정에서 지낼 거예요. 저
        잠깐 올라가 있을 게요.

서민자 뭐 좀 준비해 드릴까요?

김주희 기내식 챙겨 먹었어요. 친정식구들과 저녁 약속도 있고요.

        김주희, 2층으로 올라가고, 서민자는 주방으로 들어간다. 잠시 후
        인터폰 울린다. 서민자, 주방에서 나와 인터폰 확인하고 나간다. 잠
        시 후 이서진이 앞서고, 서민자가 커다란 과일바구니를 들고 뒤따
        른다.

서민자 웬일로 과일을 다.

이서진 아버님이 좋아하시잖아요.

서민자 (혼자말로) 오늘은 사모님이 서운하시겠네!

        서민자, 주방에 과일 바구니 두고, 물 한 잔 들고 나와 이서진에게
        건넨다.

이서진 그간 별 일 없었죠?

서민자 그럼요. 우리 집만 같으면 야 무슨 걱정이겠어요. 오랜만에

발걸음 하셨네요. 그런데 이 시간에 어떻게?

이서진　아버님은요?

서민자　장보러 나가셨죠.

이서진　네? 왜요?

서민자　오늘 귀한 손님이 오시려나 봐요.

이서진　얼마나 대단한 분이 오시기에 아버님이 직접 장을 보러 가
　　　　세요?

서민자　누가요?

이서진　아버님이요.

서민자　에이, 의원님이 장을 보시다뇨?

이서진　제 말이요. 어머님은요? 방에 계신가요?

서민자　에이, 퇴근하시기엔 아직 이른 시간이잖아요.

이서진　퇴근이라뇨? 어머님이요?

서민자　의원님이요.

이서진　아버님은 장보러 가셨다면서… 내가 지금 뭐라는 거야. 어
　　　　머님 어디 계시냐고요?

서민자　아! 사모님이야 지금 쯤 시장에서 민어 고르고 계실 테죠.
　　　　아니다, 오늘은 무슨 음식을 내놓으시려나. 제가 다 기대되네
　　　　요.

이서진　벌써부터 손님들 들끓어요?

서민자　뭘요. 요즘엔 오히려 조용하네요. 왜요, 집안에 무슨 경사라
　　　　도 난 거예요?

이서진　어머님이 직접 장보러 가신 거 보면 길손 오신다는 거 아니
　　　　겠어요?

서민자　아무러면요. 좋은 일 많이 생기고, 귀한 손님 많이 와야죠.
　　　　저기, 사장님도 오실건가요? 애들은요? 얼른 방 정리해 놓을
　　　　게요.

이서진 아니에요. 저만 잠깐 들른 거예요.
서민자 아이고, 내 정신 좀 봐라. 작은 며느님도 오셨는데.
이서진 동서가요? 언제요?

　　　　김주희, 2층에서 내려온다. 두 사람 반갑게 인사 나눈다.

김주희 어머, 형님.
이서진 동서. 언제 왔어? 연락도 없이.

　　　　서민자, 주방에 들어간다.

김주희 오랜만이에요, 형님. 그간 잘 지내셨죠?
이서진 맨날 똑 같지 뭐. 모두들 무고하지? 애들 많이 컸겠다. 좀
　　　　데려오지.
김주희 학기 중이잖아요.
이서진 참, 그렇지. 공부들은 잘 해?
김주희 겨우겨우 따라가죠 뭐.
이서진 부모 기대 충족시켜주는 애들 몇이나 되게. 애들 착하고 똑
　　　　똑하잖아. 잘 해낼 거야.
김주희 형님네는요? 아주버님 사업은 여전히 잘 되시죠?
이서진 동서도 알다시피 국내 경기 별로 안 좋잖아. 겨우 현상유지
　　　　나 하는 거지.
김주희 그게 능력이죠. 그리고 형님 댁에서 사위 사업 망해라 쳐다
　　　　보고만 있겠어요.
이서진 처가에 기대는 건 내가 싫어.
김주희 또 그렇게 말씀하신다. 이집 형제들… 아니다. 형님은 벌써
　　　　학과장 맡으셨다면서요.

이서진　떠맡은 거야. 요즘 교수들 귀찮은 보직 꺼려하잖아.
김주희　학교 경영 승계하려면 보직 두루 경험해봐야죠.
이서진　난 학교 경영 관심 없대도.

　　서민자, 장바구니 챙겨들고 거실로 나온다.

서민자　오랜만에 정 좀 나누고 계세요. 저 좀 잠깐 나갔다 올게요.
이서진　어디 가시게요?
서민자　장에 좀 다녀오려고요.
김주희　어머님이 장보러 가셨다면서요.
서민자　사모님은 특별 장만 보시잖아요. 오랜만에 이렇게 며느님들
　　　　도 다 오시고 모처럼 큰 가족모임 될 텐데. 뭐라도 준비해야
　　　　죠.
이서진　그냥 잠깐 들른 건데.
서민자　금방 다녀올게요. 입 궁금하시면 냉장고 열어보시고요.

　　서민자, 나간다. 이서진과 김주희, 한동안 말없이 배회한다.

김주희　형님. 한 잔 하실래요?
이서진　그럴까, 동서.
김주희　제가 준비할게요.
이서진　그럴래.

　　이서진은 거실을 둘러본다. 특별히 총리후보자의 사진 앞에서 오래
　　머문다. 김주희, 포도주와 건과일을 준비해 가지고 나와 술상을 차
　　린다.

김주희 이른 시간이니까 약한 걸로 시작하죠.

　　　두 사람, 소파에 마주앉는다.

이서진 좋지. 이렇게 마주 앉아 술잔 기울이는 거 참 오랜만이네.
김주희 이렇게 단둘이 마주 앉은 적 없었을 걸요.
이서진 그런가? 하긴 며느리들끼리 마주 앉아 술 마시는 풍경, 흔
　　　치 않지.
김주희 세상이 좋아라하지도 않고요.
이서진 그렇지? 호호호.
김주희 형님 뵙자고 귀국한 건 아니지만, 오랜만에 뵈니 정말 반갑
　　　네요.
이서진 예정에 없이 얼굴 보니, 새롭다. 반가워 동서.
김주희 한 잔 하세요.
이서진 아버님을 위해서!
김주희 … 뭐 들으신 거 있군요?
이서진 이렇게 동서 와 있는 거 보니 믿을 만한 소식이네. 확신이
　　　들어, 나도.
김주희 훌륭한 정보통 두셨네요.
이서진 동서네만 하려고.
김주희 어쨌든, 정씨 가문을 위하여!
이서진 우리의 미래도 곁들여서!

　　　두 사람, 잔을 부딪친다.

김주희 의미심장한 건배네요.
이서진 축배를 너무 빨리 터뜨리는 건 아닌가 몰라?

김주희 아직은 은밀하게요. 곧 축하연 크게 벌여야죠.

이서진 틀림은 없는 거겠지?

김주희 형님. 오랜 시간 공들여 준비해 온 일이에요. 남이 주는 기회가 아니라 우리가 성사시킨 과업이라고요.

이서진 그래. 우리가 함께 이뤄낸 거사란 거 잘 알지. 기대는 했지만 막상 현실화 되는 과정을 보니 무척 긴장되는데.

김주희 이 단계에서 끝날 거 아니라는 사실도 잘 아시죠?

이서진 그래서 더 흥분돼.

김주희 어쨌든 재계는 형님네서 확실히 책임지셔야 돼요. 한 치의 실수도 있어선 안 되는 거 아시죠?

이서진 지금까지 해온 거 보면 몰라? 나라 쥐고 흔드는 주체, 그거 재계야. 치부쯤이야 재력으로 덮으면 그만이고. 재계를 함부로 건드려서는 안 되지. 그게 국민적 합의야. 경기불안보다 무서운 게 없거든. 목구멍이 포도청이라고, 불안에 떠는 국민들이야 말로 재계의 가장 확실하고 든든한 지원군이지. 우리 아버지 대통령 옆자리 앉으시잖아.

김주희 그러면서 맨날 처가 덕 안 본다, 싫다 부정하시죠.

이서진 그 화법 그거 다 역사교수인 내가 동서한테 배운 거다. 법조인의 불법만큼 불명예스러운 것도 없다. 조심해.

김주희 염려마세요. 법가지고 법 부리는 법관에게는 모든 법이 적법하니까요.

이서진 하긴 돈보다야 권력이지.

김주희 권력이 곧 돈이고, 돈이 곧 권력이죠.

이서진 그런가.

김주희 제가 공연히 이집 며느리가 됐겠어요. 자존심 상하는 말이지만 저 팔려온 여자에요.

이서진 동서. 말 좀 예쁘게 해라.

김주희 형님도 다를 바 없잖아요. 형님 결혼은 정략 아니었던가요?

이서진 아니라곤 말 못하지. 그래도 표현이 좀 세다. 슬퍼지려고
        그런다.

김주희 더 확실히 하자는 거예요, 형님. 결실의 계절이 멀지 않아
        요.

이서진 철 지난 태풍이나 없어야 할 텐데.

김주희 완벽히 대비해야죠.

        잠시 정적이 흐른다.

이서진 아가씨 얘기는 들었지?

김주희 무슨 얘기요?

이서진 아버님이 사윗감 물색해두셨다고.

김주희 언론사 둘째요? 재원이라던데. 마음 굳히셨나보네요.

이서진 완전한 진용을 꾸리시겠다는 거지.

김주희 마음먹은 건 꼭 이루고 마는 분이니까요.

이서진 황후보, 그 분 이번 청문회 잘 넘어갈 것 같던데.

김주희 그래야죠. 아버님의 대권행보를 위해서는 이번 내각이 아니
        라 차기내각이 적기라는 견해가 대세예요. 황후보 같은 경우
        는 총리직에 올라도 오래 앉혀 두지는 않을 거란 관측이 지
        배적이에요.

이서진 아버님을 위한 타임 스케줄을 확실히 짜 놓았다는 뜻이네.

김주희 그렇기는 한데. 모르죠. 황후보에게서 또 어떤 흠이 튀어나
        오는지. 무엇보다 그 분을 보호해 줄 엄호세력 약하다는 게
        문제라네요.

이서진 그리고 보면 우리 아버님이 참 대단한 분이시다. 여야, 재
        야, 법조계, 학계 가릴 것 없이 이렇다 할 저항세력 하나 안

만들어 놓으셨으니.

김주희 난 어머님이 참 대단하신 분이다 생각해요. 어머님의 희생 없이 아버님이 여기까지 오실 수 있었겠어요.

이서진 그러게. 아버님도 아버님이지만 어머님이야말로 영부인으로 손색이 없으신 분이지. 영부인 최영숙! 그 자리야말로 어머님에게 딱 어울리는 자리다.

김주희 형님. 입조심하세요. 정치 작전은 봉인을 품과 동시에 완성되어야 해요. 섣불리 발설되었다간 곧바로 야욕으로 변질돼요. 치명적 상처를 입게 되죠. 지금까지 준비해 온 모든 계획이 물거품 되고 만다고요.

이서진 그걸 모를까봐. 우리끼리니까 하는 얘기지. 솔직히 남자들이야 남자들이래서 그렇다 치고. 우리 여자들은 뭐 꿈도 욕망도 가지지 말래냐. 우리가 남자 소유물이야, 부속품이야, 들러리야? 남편 계급장 그거 아내 계급장 아냐? 남자는 남자들끼리 큰일 하라 하고, 여자들끼리 해야 할 큰일은 또 따로 있는 것 아니겠어. 그간 남편 키우느라 당한 설움과 수모가 얼만데. 그에 답하는 게 있어야 할 것 아냐. 욕심인가? 욕심일까, 동서?

김주희 어머님 얘기 아니죠? 형님 꿈이죠?

이서진 뭐가?

김주희 대학교수로는 부족하세요?

이서진 왜? 동서야 말로 생각 있구나.

김주희 아버님이 말씀하시곤 하는 대한민국 정치명문가요. 그거요.

이서진 그래, 그거. 지금이야 아버님을 위해 음지에서 일하고 있지만 곧 지역구 승계해야지, 우리 그이가. 문제없이 준비 잘하고 있고.

김주희 우리 그이야 말로 왜 먼 이국땅에서 생고생하고 있게요. 아버님을 위한 미국 쪽 지반 다 그이가 다지고 있어요. 미국 대학 법학교수 아무나 하는 줄 아세요. 현재의 정치적 역량만으로도 대한민국 국회의원 뺨치고도 남죠. 아버님 때문에 자세 낮추고 있는 거 잘 아시잖아요.

이서진 어느 쪽 손을 들어줄지는 아버님 선택에 맡기자고.

김주희 좋아요.

이서진 맏이 사랑, 그거 이유 불문이야. 설명 잘 안 된다.

김주희 가문의 명예와 미래가 걸린 문제인데 아무렴 아무 생각 없으시려고요. 형님은 아버님께 매달려 보세요. 전 어머님을 설득해 볼 테니까요.

이서진 순서대로 가자고. 두 아들 중 하나만 정치해서 정치명문가 소리 듣겠어? 형님이 아우 생각 안 할까.

김주희 사실 우린 누구 도움 없이도 자신 있어요.

이서진 왜 이러시나. 서방님, 이미 아버님 자식으로서의 후광 충분히 누리고 있네요.

김주희 어쨌든 아주버님 사고 안 치시게 단속이나 좀 잘 해주세요.

이서진 사고라니?

김주희 사람 말예요. 사람이 사고치지 일이 사고 치겠어요. 많은 사람 거느리고 계시잖아요. 관리 잘 하시라고요. 배신하는 동물, 인간 밖에 없다잖아요.

이서진 괜한 염려 말고 서방님이나 신경 써. 특별히 여자문제 안 생기게.

김주희 그게 무슨 소리에요?

이서진 들은 게 있어서 하는 소리야. 그거 가장 치명적이다. 한국적 정서로는.

김주희 우리 사생활까지 감시하세요?

이서진 내가 하겠어? 하는 김에 다 하나보지.

김주희 어디까지 알고 계신 거예요?

이서진 아직 다른데서 눈치 못 채고 있다는 거까진 알아. 아버님 총리 내정됐다는 소문 퍼지면 눈 많아지는 거 삽시간이다.

김주희 그렇게 심각한 관계 아니에요.

이서진 나도 미국 유학한 사람이야. 그리고 여긴 한국이야. 서방님 한국 사람이고. 미국 한국에서 그렇게 멀지 않아. 거기 아침 소식 여기 점심이면 파다해. 확실히 잡아. 엉뚱한 문제로 계획에 차질 생기면 동서나 나나 죽 쒀서 개 주는 꼴 될 테니까. 이제 막 서광이 비치려는 찰나인데.

김주희 ….

이서진 동서도 그만 정리하고.

김주희 형님!

이서진 같은 여자끼리, 비슷한 처지에 이해 못할 건 아닌데, 워낙 상황이 상황이다 보니 걱정이 돼서 그래. 동서 주변정리 완벽하게 하는 사람인 거 잘 아는데, 내 귀에까지 들어오는 걸 보면… 많이 외로웠나 봐. 하긴 바람난 남편 두고….

김주희 그만하세요, 형님.

이서진 잠자리도 좀 신경 써라. 남자들 단순해.

김주희 내가 억울한 게 뭔지 아세요? 서비스는 서비스대로 실컷 받아놓고는 또 눈을 돌린다는 거예요. 가슴 큰 여자만 보면 아주 환장을 하죠.

이서진 동서도 한 번 고려해 보지 그래.

김주희 형님. 이래보여도 형님보단 실할 걸요.

이서진 그래. 인정. 하도 어이가 없어서 그런다. 자고로 수컷들이란!

김주희 형님네는 문제없는 거죠?

이서진 피차 애정 따위엔 관심 없다는 게 문제라면 문제지.

김주희 저희도 어차피 사랑으로 맺어진 부부는 아닌 걸요, 뭐.

이서진 지금까지 일은 모두 덮어두자고 부탁해 놨으니까. 앞으로 조심해서 처신하라고. 앞으로 말이야. 부탁한다, 동서. 혹시라도 나중에 꼬투리 잡힐까 몰라 그래. 가족끼리 치고받는 게 제일 추하고 독하다는 거 잘 알지?

　　　이서진, 김주희 잔에 술 따른 후 자기 잔에도 술을 따른다.

이서진 대한민국 최고 정치명가를 위해! 치어스!

　　　이서진, 건배 후 마신다. 김주희, 쓴 잔을 들이킨다. 어색한 분위기 흐른다. 잠시 후 현관문이 열리고 서민자가 장바구니를 들고 들어온다.

서민자 벌써 한 잔씩 하셨네요. 잘 하셨어요. 미리 말씀하시지. 그럼 준비해드리고 나갔을 텐데. 이거 떡이에요. 좀 드셔보세요.

이서진 웬 떡이요?

서민자 개피떡이요. 두 며느님이 한꺼번에 오셨는데. 당연히 찾으시지 않으시겠어요.

김주희 아차! 형님도 멜론?

　　　서민자, 주방으로 향한다.

이서진 고마워요, 아줌마. 아줌마 같은 사람 만난 것도 어머님 복이다. 나도 저런 가정부 만났으면 좋겠다.

김주희 지혜로운 분이에요. 어머님 말동무할 정도로 식견도 풍부하고.

이서진 몇 년쯤 됐다 그랬지?

김주희 형님 시집오기 전부터 계셨다면서요.

이서진 아, 아가씨 태어나자마자 들이셨다고 하셨다. 와, 벌써 몇
년째야.

김주희 어머님이나 아줌마나 참 대단한 분들이에요.

이서진 그러게. 그것도 다 인연이다.

김주희 인연도 보통 인연은 아니죠. 웬만한 자매보다 나을 걸요.

　　서민자, 주방에서 나와 자기 방으로 들어간다.

서민자 제 흉보기 없기요.

김주희 흉보는 맛이 개피떡 맛보다 더 나은 걸 어쩌죠.

　　서민자, 웃옷 갈아입고 방에서 나온다.

서민자 제가 좀 늙어서 질기니까, 체하지 않으시려면 꼭꼭 씹으셔
야 할 걸요.

이서진 저 센스 좀 봐.

김주희 또 어디 나가시게요?

서민자 네. 쫓겨나네요.

김주희 무슨 말이에요?

이서진 누가 누구를 쫓아내요?

김주희 혹시 우리가 뭐 섭섭하게 했어요?

서민자 무슨. 이 집에서 저 쫓아낼 수 있는 사람 사모님 말고는 없
네요.

이서진 여태 두 분 사이 부러워라 합창하고 있었는데. 무슨 말이에

요?

서민자 며느님들 오셨다니까, 잘 됐다고 오랜만에 집에나 다녀오라
고요. 오늘 특별손님 오는 날이니까 식구들끼리 손님 맞으시
겠다고.

김주희 어머님이 전화하셨어요?

서민자 제가 드렸죠. 귀한 손님들 오셨는데, 얼른 알려드려야죠. 덕
분에 전 휴가 좀 다녀오겠습니다. 오랜만에 즐거운 시간들
가지세요. 사모님 손님 치르는 거 좀 도와주시고요. 아시잖아
요. 마음만큼 손이 못 따라준다는 거.

이서진 호호호. 네.

서민자 제가 흉본 거 사모님께 이르지 마시고요.

김주희 왜요. 당연히 고해바쳐야죠.

서민자 며느님들끼리 대낮부터 술잔치 한 거 사모님이 아시면 어떻
게 생각하시려나 모르겠네요.

김주희 겁 안 나니까. 일러바치세요.

서민자 사모님 곧 들어오실 거예요. 오늘은 집안 가득 희소식이 넘
치는 것 같아 참 좋네요. 또 오실 거죠? 자주 봬요.

이서진 네.

김주희 아줌마.

서민자 네. 뭐 더 필요한 거 있으세요?

김주희 떡. 고마워요.

서민자, 거실을 빠져 나간다.

김주희 아줌마, 말씀은 저렇게 하셔도 속으론 꽤 서운하시겠다.

이서진 그러게. 오늘은 어머님답지 않으시네.

김주희 누굴까요, 오늘 손님? 점점 더 궁금해지네요.

이서진 특사 혹은 밀사?

김주희 아직 그 단계는 아니고요.

이서진 그렇지? 그럼 누구지? 오랜만에 설레네.

현관문 열리는 소리 나더니, 곧 최영숙이 거실에 들어선다. 손에 자그마한 장바구니 들었다. 며느리들, 시어머니에게 달려가 맞는다.

이서진 어머님. 그간 별고 없으셨죠?

김주희 저 왔어요. 어머니.

최영숙, 장바구니 주방에 두고 거실로 나온다. 며느리들은 탁자 위의 술판을 정리한다.

최영숙 연락들도 없이 갑자기 쌍으로 행차를 다 하시고. 웬일들이냐. 넌 애비랑 애들은 어떡하고 왔어?

김주희 갑자기 어머님 보고 싶어서 왔죠.

최영숙 보기 싫던 시어미가 웬일로 갑자기 보고 싶어졌을까.

김주희 어머님도 잘 아시면서.

이서진 축하드려요 어머니. 좀 이르긴 하지만.

최영숙 어떻게들 알았니? 가족 내에서도 극비 사항인데.

이서진 당연히 저희도 알아야죠. 가족일인데.

김주희 염려마세요. 비밀 유지는 잘 할 테니까요.

최영숙 가족끼리야 아무 때면 어떠니. 그런데 어떻게 알았니? 네 시아버지가 전화라도 하시더냐? 웬일이래냐 안 하던 짓을 다 하시고. 하긴 큰일은 큰일이다.

이서진 그럼요. 이보다 더 큰 일 또 있으려고요.

최영숙 곧 지구가 멸망이라도 한 다더냐? 너희들도 곧 누릴 행복인데.

이서진 어머, 어머님.

김주희 저희들도 준비 잘 할게요.

최영숙 어쨌거나 오늘 때 맞춰 잘들 왔다. 부엌일 좀 도와라.

이서진 네. 그래야지요. 하지만 자신은 없는데.

김주희 아줌마한테 부탁하시지. 왜 보내셨어요. 서운해 하지 않으
        시겠어요?

최영숙 그렇지 않아도 가면서 눈 흘기더라.

김주희 만나셨어요?

최영숙 자기가 눈흘겨봤자지.

이서진 도대체 누군데요? 궁금해 죽겠어요.

최영숙 아무렴. 궁금해 죽을 만한 손님이지.

이서진 각하라도 행차하시려나.

김주희 집안 정리라도 좀 할까요?

최영숙 아니다. 마음 정리들이나 좀 정결하게 해둬라.

김주희 누가 최영숙 여사님 아니랄까봐.

이서진 음식은 뭘 준비하시게요?

최영숙 뭘 할 거 같으냐?

이서진 어머님 오늘 너무 즐거워하신다.

최영숙 그래. 좋다. 미칠 듯이 행복하다. 그래서 유감이라고?

이서진 부러워서요.

김주희 궁금하기도 하고요.

최영숙 조금만 기다리세요. 곧 판도라의 상자가 열립니다.

이서진 음식은요?

최영숙 떡. 개피떡.

김주희 아!

이서진 (김주희와 동시에) 아!

두 사람, 민망한 듯 서로 눈을 맞추다 이내 미소 짓는다.

최영숙 너희들 보니까. 떡부터 생각나네. 그 사람도 좋아하려나. 시
험 삼아 올려놓아 보자. 준비 됐지, 개피떡?

김주희 그럼요.

이서진 (김주희와 동시에) 그럼요.

최영숙 기본 음식은 평소 민자씨 상차림으로 할 거야. 거기에 한
가지만 더 올리면 돼.

이서진 그럼 뭐 특별히 준비할 것도 없네요.

최영숙 그런가? 너무 소박하려나? 그래도 손님 쪽 식성을 배려하는
게 맞는 거겠지?

김주희 한 가지 특별 메뉴는 뭔데요, 어머니?

최영숙 짜라잔! 박대.

이서진 박대가 뭐지?

최영숙 서대 사촌 쯤 되는 물고기 있다.

김주희 서대는 뭔데요?

최영숙 박대 사촌 쯤 안 되겠니?

김주희 호호호. 어머니도 참.

최영숙 너희들은 식구들 끼니나 제대로 챙기며 사는 거냐? 박대 하
나를 제대로 모르게.

이서진 애들 아빠는 생선이라고는 고등어자반만 찾잖아요. 어머님
이 길들여 놓은 입인 걸 전들 뭐 어쩌겠어요.

김주희 미국에선.

최영숙 박대 구하기 어려울 거고. 미안. 됐지?

이서진 그런데 왜 박대에요?

최영숙 왜라니?

이서진 귀한 손님하곤 전혀 안 어울리는 이름이잖아요. 환대라면

모를까.

김주희　형님!

최영숙　… 그러게. 그게. 손질하는데 손도 많이 가고… 말리는데 시간도 많이 들고… 절차가 복잡해서 들 외면했던 거겠지. 맛은 참 좋다. 최고지. 그 박대가… 걔가 그렇게 박대를 좋아한다네.

이서진　걔요?

김주희　젊은 사람이에요?

이서진　아버님 손님 아니었어요?

김주희　누군데요?

최영숙　우리 집 손님. 멋진 남자. 인주 신랑감. 내 사윗감.

　　　이서진과 김주희, 모르는 척 하자는 듯 눈빛을 교환한다.

김주희　와우!

이서진　아가씨 결혼해요? 누구하고요?

김주희　어느 집안이에요?

이서진　와, 기대된다.

김주희　이거였구나. 오늘 손님의 정체!

이서진　몇 시에 오기로 했어요? 아가씨는요? 아, 함께 오겠구나. 아버님은요? 아버님도 오늘 함께하시죠?

김주희　아버님이 오케이 하셨어요?

최영숙　아니면 가능할까. 오늘이 사윗감으로 정식 초대하는 첫 자리야.

김주희　어느 집 자제에요? 아버님 눈에 찼다면 보통 가문은 아닐 텐데.

최영숙　훌륭한 집안이지. 사람 반듯하고, 온화하고, 다정하고. 어른

섬길 줄 알고, 의롭고, 물론 똑똑하고.

김주희 키도 크고, 이쁘게 잘 생겼고?

이서진 그건 어머님 취향 아닌가.

최영숙 다른 거 다 필요 없고, 인주가 선택한 남자다. 너희들도 인
주 성격 잘 알지? 그 애가 좋다면 문제없는 거다. 그 애가
고른 사람이라면 그걸로 보증수표지.

이서진 어련하시겠어요. 어느 분 딸인데!

김주희 그럼, 이렇게 대접해선 안 되죠. 사위 맞이 치고는 너무 소
박한데요. 저희가 뭐라도 더 차려볼게요.

이서진 동서 뭐 할 줄 알아? 나는.

최영숙 아니다. 그렇게 수선 떨지 않아도 돼. 마음으로 환대하면
돼. 그런 사람이다, 그 사람. 이 정도로도 충분히 흡족해할만
한 사람이야. 진수성찬 차려봐야 오히려 불편해할 거다. 정성
껏 준비나 하자.

이서진 네.

김주희 어째 아가씨보다 어머님이 더 좋아하시는 거 같아요.

최영숙 티 나?

김주희 무지하게요.

최영숙 호호호.

이서진 호호호.

김주희 호호호.

현관문 열리는 소리에 이어 정인주가 거실에 들어선다. 이서진과
김주희, 정인주에게 달려가 반갑게 맞는다.

이서진 아가씨. 와, 요 얌전한 고양이 좀 봐.

김주희 축하해요. 아가씨. 왜 미리 안 알렸어요. 우리 꼬마 아가씨

가 어느새 어엿한 숙녀가 되어 있었네요.

정인주 엄마. 아빠는요?

이서진 아버님은 아직 안 들어오셨어요.

김주희 날도 날인데 오늘은 일찍 들어오시겠죠. 신랑감은 몇 시에
　　　　와요?

이서진 아가씨 온 거 보니까 곧 도착하겠네. 서두르자 동서.

최영숙 왜 너 혼자 와?

정인주 엄마.

최영숙 지석이는?

　　　정인주의 두 눈에서 눈물이 쏟아진다.

이서진 아가씨.

김주희 아가씨.

　　　최영숙, 정인주를 감싸 안는다. 정인주, 엄마 품에 안겨 서럽게 운
　　　다.

최영숙 결국. 결국 그랬단 말이지, 네 아버지가!

　　　서럽게 우는 정인주의 등을 쓸어내리는 최영숙. 어떻게 된 영문이
　　　지를 몰라 어안이 벙벙한 이서진과 김주희 위로 서서히 막이 내린
　　　다.

2막

막이 오르면, 전막과 같은 장소다. 전막으로부터 몇 주 후, 저녁이
다. 창밖엔 조광을 받은 정원수가 비를 맞고 있다. 빗줄기가 굵어
질 때면 빗소리가 거실까지 들어온다. 멀리서 번개 치고 곧 이어
천둥소리 뒤 따른다. 무대 밝아지면 객석을 마주한 중앙 소파에 최
영숙이 앉아 있고, 좌측 소파에 서민자, 우측 소파에 정인주가 자
리하고 있다. 잠시 침묵이 흐른다. 가까이서 다시 번개 치고, 천둥
소리 이어진다.

정인주 엄마. 이모. 저 지석 씨와 멀리 떠날래요.

최영숙 떠날 자유가 있었으면 이렇게 되지도 않았다.

정인주 내가 노예에요? 내가 짐승이에요? 짝 지어주는 대로 맺게?

서민자 사모님. 지석이 일은 아무리 생각해도 안 될 일이네요. 아
　　　　가씨도 그만 마음 정리하세요.

정인주 이모. 지석 씨가 그렇게 말해요? 그렇게 하재요?

최영숙 인주야.

서민자 저 의원님 오랫동안 뫼와왔어요. 의원님 어떤 분이신지는 누
　　　　구보다 사모님이 더 잘 아시잖아요.

정인주 아빠는 두 오빠만으론 만족 못하시겠대요? 두 며느리로는
　　　　불충분하시대요? 자식을 볼모로 출세를 꿈꾸는 아버지가 세
　　　　상에 어디 있어? 엄마. 우리 아빠 정말 그런 분이야?

서민자 아가씨.

정인주 사랑에 웬 조건. 사랑에 무슨 정략? 난 그런 거 몰라. 난
　　　　그런 표현조차 증오해.

최영숙 인주야, 네 아빠다. 네 아버지야. 엄마가 잘 얘기했어. 곧

아빠가 마음 바꾸실 거다.

서민자　아가씨. 의원님 중요한 일 앞두고 계시니까, 일단은 잠시 물러서세요.

정인주　다시 지석씨에게 해코지 하면 나도 더 이상 못 참아. 털끝 하나라도 다치면 나도 가만히 있지 않을 거야.

　　　　정인주, 자리를 박차고 일어나 현관문을 향한다.

서민자　아가씨! 아가씨!

정인주　이모. 걱정 마세요. 지석씨 내가 지킬게요. 내 사랑 내가 지켜요.

　　　　정인주, 나간다.

서민자　죄송해요. 사모님.

최영숙　죄송해야 할 사람은 나지. 낯부끄러워 민망하네.

서민자　제가 자식 관리를 잘 했어야 되는데. 정말 전혀 몰랐어요.

최영숙　자식 관리야 더할 나위 없이 잘했지. 흠 없이 잘 키웠지. 인주도 인주지만 나도 지석이 남에게 빼앗길 생각 전혀 없어. 민자씨. 너무 걱정 마요. 이때껏 의원님 뜻 거스른 적 없었지만 이번엔 나도 생각이 달라요. 납득할 만하게 설명했고 진심으로 부탁 드렸으니까, 잘 될 거예요. 나 인주 엄마예요. 내 딸 내가 지킬 테니, 민자 씨도 아들이나 잘 지켜줘요.

　　　　인터폰 울린다. 서민자가 현관 쪽으로 가서 확인한다.

서민자　며느님들이세요. 저녁 준비할게요.

최영숙 아냐. 저녁은 먹고 오라고 했어.

서민자 자꾸 드나드는 거 불편하지 않으세요? 공연히 제 자식놈 때문에.

최영숙 재들은 지금 제 시아버지 일로 신나서 저러지. 인주 일에는 관심도 없어. 속없는 것들!

서민자 경황이 없었네요. 저도 축하드려요, 사모님.

최영숙 그게 그렇게 좋을 일인가 모르겠네, 나는.

서민자 왜요. 가문의 영광이죠. 아무나 오르나요, 총리 자리.

이서진과 김주희, 각자 과일바구니 하나씩 들고 들어선다. 서민자가 받아서 주방으로 가지고 들어간다.

이서진 어머님, 저희 왔어요.

김주희 그간 별고 없으셨죠?

최영숙 별고 생길 여유도 없이 자주 본다, 우리. 넌 또 언제 들어왔니?

이서진 들어가지도 않았어요, 동서.

김주희 형님.

최영숙 식구들 굶겨 죽일라.

김주희 가정부 있잖아요.

최영숙 엄마 손길만 하겠냐.

김주희 안 그러려고 그러는데 자꾸 설레서요.

최영숙 그렇게 좋으면 네가 총리해라. 차라리 그게 낫겠다.

김주희 서울에서 제가 해야 할 일도 있고요.

최영숙 친정에 너무 폐 끼치지 마라.

김주희 남인가요. 지금껏 해온 역할이 있는데요.

서민자, 떡과 음료수를 들고 와 탁자 위에 내려놓는다.

최영숙 사오지도 않은 개피떡은 매번 어디서 나와?
서민자 네. 지난번 오셨을 때.
최영숙 너희들도 과일 칸도 한 번씩 열어나 보고 사와도 사와라.
       멜론들이 아주 썩어나갈 지경이다.
서민자 사모님.
최영숙 민자씨도 과일 썩혀버리지 말고 노인정에라도 가져다주고
       그래요.
서민자 네. 사모님. 더 필요한 거 있으면 부르세요.

서민자, 자기 방으로 들어간다.

김주희 다음엔 떡 한아름 싸들고 올게요.
최영숙 누가 떡 먹고 싶어 이러니. 너희들 속이 훤히 드려다 보여
       서 그러지.
김주희 죄송해요, 어머님.
이서진 아버님은 뭐라 하세요? 너무 이르다는 말씀 안 하세요? 황
       후보가 제 역할을 못해 주네요. 숨겨진 치부가 그렇게 많을
       줄 몰랐어요.
김주희 병역비리, 위장전입, 논문표절, 탈세 정도는 이제 눈감아주
       는 분위기 아닌가.
이서진 이번엔 그 부인이 결정적이었어. 행실이 가볍다고. 사실 약
       간 천박한 분위기를 풍기거든 그 사모님. 국민정서가 그런
       여자 싫다는 거야. 대한민국 얼굴마담으로 결코 인정할 수
       없다는 거지.
김주희 남자들 정치 절반은 여자 몫인데. 우린 염려할 것 없네요.

거기에 비하면 우리 어머니는.

최영숙 애들이 시어미 앞에서 못하는 소리가 없어.

김주희 죄송해요, 어머님.

이서진 어머니가 자랑스러워서 그러죠.

최영숙 난 별 관심 없다.

이서진 어머님, 그러시면 안 돼요. 이제 아버님과 동석하는 자리도
        잦아질 텐데.

김주희 그래요, 어머님. 몸 관리도 좀 하시고, 외모 가꾸는 데도 신
        경 좀 쓰시고요.

최영숙 제 나이대로 늙어가는 것보다 아름다운 모습 없다.

김주희 사람들 생각은 다르다니까요. 미모는 곧 실력이다. 이게 오
        늘의 시대정신이라니까요.

최영숙 그러니 나라가 요 모양 요 꼴 아니냐.

이서진 어쨌든 마음 준비하셔야 할 걸요. 총리 후보가 연속 두 번
        이나 낙마하는 상황이니 아버님 카드 더 이상 움켜쥐고만 있
        지는 않을 거예요. 아버님도 더 이상 거부할 수는 없으실 거
        고요.

김주희 이런 시국 잘만 활용하면 오히려 아버님 대권주자로서의 이
        미지 고양에 큰 도움 될 거예요.

이서진 재계, 법조계도 적극 협력하는 자세를 취할 거고요.

최영숙 그게 너희들이 이 집 며느리 된 사연이고.

이서진 어머니!

김주희 (이서진과 동시에) 어머니!

구릉! 천둥소리 들린다. 빗줄기 잠시 굵어졌다 다시 가늘어진다.

김주희 어머님. 차기 지역구에 대해서는 아버님의 특별한 언질 없

으셨어요?

최영숙 너희들 너무 앞서가는 거 아니냐? 벌써들 다퉈?

이서진 그런 거 아니에요, 어머님. 저희들은 누가 먼저든 아버님 뜻 따르기로 했으니까, 너무 염려마세요.

김주희 저희들 각자 다 능력 있어요. 다만 정치명가로서 큰 그림 좀 그려보는 중이라 그래요. 어떻게 해야 되나.

최영숙 정치명가? 우리 집안이 그렇게 대단한 집안이었니?

이서진 저희 친정도 있고, 동서네도 있잖아요. 세 집안이 합쳐, 아니 아가씨까지 치면 대한민국에서 제일 잘 나가는 네 집안이 합쳐 정치명가 하나 못 일으키겠어요?

김주희 대한민국도 나라를 대표할 만한 정치명가 하나쯤은 가지고 있어야 할 것 아녜요. 어디를 봐도 우리 집안이 적격이지요, 어머님.

　　　　서민자, 방에서 나온다.

서민자 사모님. 총리후보자로 총장님이 지명되셨답니다.

김주희 정말이요?

이서진 언제요?

서민자 방금, 뉴스에.

최영숙 그런 소식은 항상 남들이 먼저 알지.

서민자 축하드려요, 사모님!

김주희 어머니, 축하드려요!

이서진 축하드려요. 어머님!

　　　　번쩍! 번개 치더니, 이내 쿠르릉! 천둥소리 울린다. 빗줄기 굵어진다.

김주희   우리, 축배 들어요.
이서진   그거 좋다. 아줌마 술 좀 부탁드려요.
서민자   네. 금방 준비할게요.

　　서민자, 주방에 들어간다. 빗소리 잦아든다.

김주희   생각보다 빠르네요.
이서진   그러게. 한 두 주 후에나 발표될 거라 했는데.
김주희   아버님도 때가 나쁘지 않다 생각하셨나보죠. 선뜻 받아들이
　　　　신 거 보면.
이서진   혹여나 작은 흠 하나라도 안 생기게 확실히 챙기자고.
김주희   가진 역량 다 발휘해서 깨끗이 마무리 해야죠.
최영숙   진짜 정치꾼들 여기 다 앉았네.
이서진   어머닌!
김주희   (이서진과 동시에) 어머닌!
이서진   아줌마, 어서요!
서민자   네. 나갑니다.

　　서민자, 술과 안주를 들고 나와 술상을 차린다.

김주희   고마워요, 아줌마.
서민자   과음하진 마시고요.
최영숙   같이 앉아.
이서진   그러세요, 아줌마.
김주희   한 잔 받으세요. 축하할 일인데.
서민자   아니에요. 가족들끼리 즐거운 시간 가지세요. 며느님들도
　　　　축하드려요.

최영숙 민자씨!

서민자 더 필요한 거 있으시면 부르시고요.

　　　　서민자, 자기 방으로 들어간다.

김주희 어색하긴 하겠다.

이서진 그러게 어쩌다가. 어쩌겠어. 격이 안 맞는 걸.

최영숙 무슨 격이 안 맞아? 성격이 이상해? 인격이 부족해?

이서진 어머니 또 이러신다. 솔직히 어울리는 짝은 아니죠. 너무
　　　　기울잖아요.

최영숙 짝 고르는데 기울고 말고가 어디 있어. 생활 반듯하고 정신
　　　　건전한 사람끼리 사랑한다는데. 그걸 왜 막아. 무슨 권리로
　　　　막아.

이서진 잘 알았어요, 어머님. 전 모르는 일로 할게요. 신경 끊을 테
　　　　니 서운하다 하지 마세요.

김주희 기쁜 일로 축하하는 자리에서 왜들 이러세요. 이미 끝난 일
　　　　을 가지고. 자, 한 잔 받으세요, 어머님. 형님도요. 자, 받으
　　　　시고. 건배사는 뭐로 할까요? 에잇, 이렇게 된 거 우리 조금
　　　　앞서 가 볼까요. 우리 아버님의 총리 취임을 위하여!

이서진 위하여!

김주희 어머님도 짠!

　　　　세 사람, 잔을 부딪치고 마신다.

이서진 어머님, 노여움 푸세요.

김주희 그래요. 형님도 안타까워서 그러는 건데.

최영숙 아니다. 그게 어디 너희들 탓이겠냐. 내 탓이지, 다 내 잘못

이지.

김주희 어머님, 진정하세요. 오늘 같이 좋은 날.

최영숙 그래. 한 잔 더 마셔보자.

김주희 그러셔야죠. 자, 형님도 한 잔 더 하세요. 제 잔도 채우고
요. 자, 이번엔 형님이 한 말씀!

이서진 영부인 최영숙 여사님을 위하여!

김주희 오, 좋다!

최영숙 애들이 정말.

이서진 호호호.

김주희 호호호.

서민자, 방문을 열고 나온다. 손에는 급한 대로 옷과 손가방을 챙
겨들었으나 언행은 매우 차분해 보인다.

최영숙 우리 더 필요한 거 없어. 이리 와 앉아. 한 잔 하자.

김주희 그래요. 두 분 우정 남다르잖아요. 술 한 잔 나누시면서 서
운함 털어 버리세요.

최영숙 이리 와.

서민자 저 좀 잠깐 나갔다 와야겠어요.

최영숙 천둥번개 요란한데 어딜 나가. 이 야밤에.

서민자 실은 사모님 모르게 의원님이 제게 은밀히 하명하신 말씀이
있으셨어요. 제 아들놈과 아가씨를 먼저 생각한답시고 의원
님 말씀을 외면했네요. 오늘 그 답을 보내오셨어요.

최영숙 뭐라고? 어떻게?

서민자 병원이라네요. 자동차 사고를 당했대요.

김주희 누가요?

최영숙 그래서 어떻대? 괜찮대? 숨은 붙어 있대?

서민자　가봐야죠. 살았는지 죽었는지.

　　서민자, 체념한 듯 현관문으로 향한다.

이서진　어느 병원이래요?
최영숙　같이 가자. 나랑 같이 가.

　　최영숙, 따라 나서는데 현관문 열리는 소리에 이어 정인주가 들어
　　온다. 서민자와 정인주, 마주한다.

정인주　이모! 서여사님! 지석씨가 내 전화를 안 받아요. 하루 종일
　　　　연락이 안 돼요. 이젠 완전히 날 피해요. 어머님! 지석씨 돌
　　　　려줘요. 저 지석씨 없인 못 살아요. 저 지석씨 사랑하는 거
　　　　잘 아시죠. 부모의 반대 따위가 뭔 대수예요. 우리 서로 사랑
　　　　한다고요. 염려마세요. 지석씨 제가 지켜요. 제가 책임질게요,
　　　　어머님!
서민자　그래요, 아가씨. 걱정 말아요. 지석이 돌아올 거예요.
정인주　그렇지 이모? 그렇게 할 거지!

　　서민자, 밖으로 나간다.

정인주　엄마. 지석씨 마음 좀 돌려봐. 엄마가 그것 하나 못해? 무
　　　　슨 엄마가 딸 사랑 하날 못 지켜 주냐고!
최영숙　이모 따라가.
이서진　어머님.
최영숙　이모 쫓아가.
김주희　어머님.

최영숙　어서.
정인주　왜? 왜?
김주희　아가씨, 이리 오세요. 가지 말아요.
정인주　엄마. 아빠가 나에게.
최영숙　아빠가 너에게?
정인주　말 안 들으면 혼낸다고.
최영숙　그랬구나. 그랬어. 그래서….
정인주　그런데, 왜 내가 아니고 지석씨일까. 난 가족이고 지석씨는
　　　　남이래서? 우린 부자고 지석씨넨 가난해서? 가정부 자식이래
　　　　서?
이서진　아가씨.
정인주　참 대단하시다, 우리 아버지. 참 위대하다, 우리 집안.

　　　정인주, 현관문으로 달려간다.

이서진　아가씨 잡아야지요.
김주희　제가 쫓아가볼게요.
최영숙　놔둬라.
김주희　어머님.
최영숙　놔둬. 제 남자 자기가 챙기는 게 맞는 거지.
이서진　어머님, 독하신 데가 있으시네요.
최영숙　그동안 너무 무르게 살았나보다, 내가. 지금부터라도 독해
　　　　져야 할까보다.
김주희　큰 일 아니겠죠? 괜찮겠죠?
최영숙　큰 일 벌어졌다간 그 다음 일이 정말 큰일 될 거다.
김주희　무슨 말씀이세요?

가까이서 번개 치더니 천지개벽이라도 하려는 듯 천둥소리 요란하다. 빗줄기 또한 세상을 쓸어버릴 듯 굵다.

이서진 날은 또 왜 이래!
최영숙 너희들 이리 와 앉거라.

최영숙과 두 며느리, 마주 앉는다. 잠시 정적이 흐른다. 빗소리 조금 잦아든다.

최영숙 이즈음에서 멈추자.
이서진 멈추자니 뭘요?
김주희 무슨 뜻으로 하시는 말씀이에요?
최영숙 너희 시아버지 말이다. 안 되겠다.
이서진 아버님이 왜요? 뭐가요?
최영숙 너희들도 목을 매고 있는 그 총리자리 말이다. 아니지. 그 대통령자리지.
김주희 난 또 무슨 걱정을 하신다고. 청문회 때문에 그러세요? 걱정 마세요. 아버님 흠잡을 데 하나 없는 분이라는 거 어머님이 더 잘 아시잖아요.
이서진 어머님. 따 놓은 당상이란 말 아시죠. 이번 경우가 그래요.
최영숙 자격 없다. 네 시아버지라는 사람.
이서진 자격이라면야 더더욱 아버님께 대적할 사람이 없죠.
김주희 총리자리 정도에 이렇게 심란해하시면 안 돼요. 여기가 최종 목적지는 아니잖아요. 좀 더 담대해지셔야 돼요, 어머님.
이서진 조금 이른 감은 없지는 않지만 큰 틀에선 별 이상 없이 예정대로 잘 진행되고 있는 거예요. 어머님은 아버님이랑 자식들 믿고 잘 따라오시기만 하면 돼요. 어머님은 저희들이 가까이서 잘 보좌할게요.

김주희 딴 집 같으면 잔치준비로 난리 났을 일을 가지고, 어머님은.

최영숙 오늘 너희들과 나눈 이 술을 끝으로 이 집안에 더 이상 잔치는 없다. 그렇게들 알아라.

이서진 어머님!

김주희 (이서진과 동시에) 어머님!

최영숙 순수를 부정하다니. 사랑을 모욕하다니. 자식을 희생양 삼다니!

김주희 우리 어머님 정말 순수하고 소박하시다. 그깟 사소한 일로 봉황의 날개를 꺾으시게요?

최영숙 사소해? 나에겐 그보다 크고 중한 일 없다.

이서진 그럼, 저희 때는요? 저희도 사랑으로 맺어지는 짝은 아니라는 거 알고 계셨잖아요. 반대 하실 거였으면 그때부터 하셨어야죠.

최영숙 미안하다. 아들 가진 입장이라 그랬나, 무심했었다. 서운했다면 용서해라. 내가 잘못했다.

이서진 어머님.

최영숙 아쉽겠지만 여기서 멈추자. 잘못된 길인 줄 알면서 더 멀리 가지는 말자.

김주희 작은 문제에 연연하지 마세요. 이건 역사의 부름이에요. 시대의 요청이에요. 국민들이 아버님을 고대하고 있다고요.

최영숙 표현 한번 근사하구나. 그래. 나도 네 시아버지가 그런 사람인 줄 몰랐다. 그런 사람은 아니다 믿고 싶었다. 그런 사람은 아니길 간절히 바랐다. 부탁했다. 애원했다.

이서진 아버님 훌륭하세요. 세상 사람이 다 인정해요.

최영숙 뭘 보고? 그 사람들이 뭘 알아서?

이서진 곧 열릴 청문회를 보세요. 전에 없던 청문회가 될 테니까요. 모처럼 화기애애한 청문회 보게 될 걸요.

최영숙 남이야 천번만번 속이지. 지금까지 잘 속여 왔지. 남 속이는 게 뭔 대수냐, 자신을 속이는 게 문제지. 청문회는 이미 끝났다. 그런 줄 알아라!

김주희 언제요? 어디서요? 누가요?

이서진 어머니 혼자서요? 저희는요? 저희는 왜 빼시는데요?

최영숙 내 질문은 간단했다. 답도 미리 일러줬다. 어려운 문제도 아니었다. 아주 상식적인 질문이었지. 내가 누구예요? 나는 뭐예요?

김주희 무슨 질문이 그래요.

최영숙 답이 궁금하지 않니?

이서진 그다지 어려운 질문은 아니네요.

최영숙 그렇지. 아주 간단한 질문이지?

이서진 그래서 아버님은 뭐라 답하셨는데요?

최영숙 ….

김주희 뭐라셨는데요?

최영숙 ….

이서진 어머님!

김주희 (이서진과 동시에) 어머님!

최영숙 너희들도 봤잖니. 인주의 눈물, 지석이 자동차 사고. 그게 답이다.

이서진 네?

김주희 (이서진과 동시에) 네?

최영숙 아무 것도 아니라는 거지. 말 같지도 않다는 거지. 답할 가치도 없다는 거지. 사람도 아니란 거지. 가족, 아내? 그게 다 뭐냐는 거지. 인간? 그런 가치 내팽개친 지 오래 됐다는 거지.

이서진　어머님 질문이 좀 그랬네요.

최영숙　내 질문이 어때서? 인간된 도리를 생각해보자는 게 그렇게 이상해? 아내도 생각 있는 사람이란 게 그렇게 우스워? 아내의 간절한 청, 한 번만 들어달라는 게 그렇게 못 마땅해? 딸의 행복 좀 지켜달라는 게 그렇게 버거워? 가족에 대한 예의, 인간에 대한 예의라곤 눈곱만큼도 없는 사람!

이서진　더 큰 뜻이 있으신 거겠죠.

최영숙　야, 이 권력에 환장한 년들아!

이서진　어머님!

김주희　(이서진과 동시에) 어머님!

최영숙　그 뜻 참 고상도 하다! 그 뜻 참 아름답기도 해! 우왹! 우왹!

　　　최영숙, 헛구역질 한다.

최영숙　그 뜻 참 역겨워 견딜 수가 없구나! 우왹! 우왹!

김주희　달라지시겠죠. 권력 괜히 잡으시려는 거 아니잖아요. 큰 뜻 이루려고 그러시는 거잖아요. 권력이 있어야 뜻도 펼치시죠. 힘이 있어야 의로운 일도 하시죠.

이서진　가진 게 있어야 어려운 사람도 돕는 거고요.

최영숙　그래서 그 큰 뜻이 뭔데? 어떤 의로운 일에 목숨을 걸었는데? 그래서 얼마나 많은 사람을 돕고 사는데? 가증스럽기는! 그래서? 옳은 일에 걸 목숨 따로 몇 개 더 보존이라도 하고 있다던? 남 퍼줄 돈주머니 따로 마련이라도 하고 있대? 부정하게 취한 힘은 폭력이고 동의 없이 취한 부는 도적질이야.

이서진　어머님이 이러시는 건 그동안 살아오신 인생을 부정하시겠다는 거예요. 완전히 뒤집어엎으시는 거라고요.

최영숙 뒤집어엎을 방법이라도 있으면 좋겠구나.

김주희 과거를 무슨 수로 지우겠어요.

이서진 이제 와서 이러시는 어머님의 모습을 더 가증스레 여길 걸
요,

김주희 형님.

최영숙 그러니 이 일을 어쩐다!

이서진 지금까지 그래 오셨던 것처럼 그냥 모른 체하세요. 아버님
뜻에 순종하세요.

최영숙 그 결과가 지금 이 꼴 아니냐?

이서진 이 꼴이 뭐가 어때서요?

최영숙 이서진, 정신 차려! 김주희, 정신 차리라고! 정씨 집안 며느
님들, 이건 아니에요. 이렇게 하면 안 되는 거라고요.

김주희 어머님.

최영숙 그래. 네 시아버지 참 멋있었지. 멋있었다. 나 그 사람 많이
사랑했었다. 아니지 사랑이란 말로 부족하지. 나 그 사람 존
경했었다. 존경이 사랑을 불렀지. 사랑하는 사람을 존경할 수
있는 거만큼 좋은 게 없지. 나 세상 누구보다 행복했었다. 자
랑스러웠다. 남부러울 거 하나 없었지. 어깨 꽤나 으쓱이며
다녔다. 사랑하고 존경하는 남편을 가진 여자였으니까. 내가
무엇을 그렇게 존경했는지 아니?

김주희 검사셨잖아요. 모두가 부러워하는.

최영숙 그렇지. 선망의 대상이었지.

김주희 박식하시고 당당하시고.

이서진 그 풍모는 또 어쩌시고요. 모든 여검사들의 남자였다면서
요.

최영숙 아니. 공분. 공분이 있었어. 공분할 줄 아는 사람이었어. 불

의를 보고는 참지 못하는 사람이었지. 억울하고 안타까워서 잠 못 이루는 밤이 매일이었어. 낸들 잠을 이룰 수 있었겠니. 그러면서도 얼마나 행복한지. 얼마나 멋진지. 심정적으론 나도 검사였다. 마치 나도 검사인 냥 불의에 분노하고 살을 떨었다. 생각해봐라. 얼마나 자랑스러웠겠니. 정말 존경스러웠지. 집안의 자랑이었고 내 자존심이기도 했다. 결혼을 하려면 이런 남자 정도는 만나야지 하는 자부심 있잖니. 세상을 다 가진 느낌이었다.

이서진   곧 현실이 될 거예요.

최영숙   이 나라 풍토가 그래서 그랬나. 잠깐이더라. 공분은 간데없고 그저 직장인이라고나 할까. 그 사이 첫째 태어나고, 가족 먹여 살리느라 저렇게 고생하는구나, 고맙고 미안하고 측은했지. 그나마 처음 그 존경하던 마음에 기대 버틸 만했다. 평검사 시절, 어느 날은 수사지휘 해야 할 시간에 법원으로 향하지 않고 접대 골프를 치러 가더라. 그날. 왠지 기분 나쁜 표정을 하고 일찍 들어왔어. 다음날 뉴스를 보니까. 판결이 어이가 없더구나. 내가 얼마나 놀라고 부끄러웠는지! 실망, 아니 절망이었지.

김주희   그런 일 흔해요. 검사도 사람인 걸요.

최영숙   정의를 수호해야 할 법복이 고작 부끄러운 자기 몸뚱이 하나 가리는 천 쪼가리로 전락한 거지.

김주희   크게 부끄러워할 만한 행보를 보이신 적도 없잖아요. 그 흔한 고문치사, 간첩조작, 전관예우 등 각종 비리로부터 아버님만큼 깨끗하고 당당한 인물 없어요.

최영숙   난 늘 부끄러웠다. 그 어떤 사건에도 깊이 연루되지 않고 그 어느 세력으로부터도 배척당하지 않으면서 때에 따라 동물적 감각으로 실세를 감별하고 충성맹세를 남발하면서 자기 자리를 보전하는 생존력에 또 다른 의미의 존경심마저 생길 정도였지. 그 존경심의 진짜 표정이 뭔 줄 아니. 부끄러움이다. 역겨움이다. 그래, 너희들 말대로 상처를 입힐 만한 일을 한 적도 없고 공격받을 만한 실수도 안 했다 치자. 그걸 총리 자격이라고 같다 붙이니? 그런 사람을 두고 대권 운운해?

이서진 지금 국민이 원하는 인물이 아버님같이 과거의 흠 없고 정치적 정적 없는 후덕한 인물이에요.

최영숙 아무 것도 안 하는 거 그거 큰 잘못이다. 무능보다 못한 것이 태만이요 회피다. 저만 살자는 놈 그 놈 나쁜 놈이다. 그런 놈에게 어떻게 나라를 맡기니. 분단장도 그보단 더 헌신적으로 일한다. 동네 이장도 그런 정신으로 일하진 않는다. 강단 있게 소신 펼치고 상처 입고 쓰러져도 불굴의 의지로 다시 일어나 굽힘없이 뜻을 펼치는 사람, 그런 사람이 지도자가 되어야 한다. 그런 분을 모셔야 한다.

김주희 아버님이야 말로 그런 지도자가 되실 분이에요. 아버님 능력 세상이 다 인정하고 있어요. 아버님 인품 세상이 다 존경하고 있다고요. 아버님만큼 국민들에게 무한 신뢰 받는 분 없다니까요.

최영숙 개나 물어가라 그래라. 오로지 자기 출세, 권력욕 외엔 다른 생각이라곤 눈 씻고 찾아보려야 찾아볼 수도 없는 인간이 그 인간이다. 그래, 순간순간 기대도 많이 했었지. 이번엔 자기 목소리 내겠지. 이번엔 억울한 사람 만들지 않겠지. 이번엔 주어도 목적어도 불분명한 엉뚱한 논리로 국민을 우롱하지는 않겠지. 그 사람, 자기 출세를 위해 딸의 애인에게 칼을 겨누는 사람이다. 가족의 행복 따윈 안중에도 없는 사람이다. 인간의 존엄성에 대한 예의는 국 끓여 먹은 사람이다.

김주희 그게 다 가족 책임지느라 그러시는 거죠.

최영숙 그런 개소리가 어디 있어. 사회는 망해도 나만 잘 살면 된다는 정신으로 우리 가정을 책임져 왔다는 거다. 직장도 이웃도 국가도 다 저 하나 잘 되기 위한 수단이요 방편일뿐이라는 거다. 가족의 이름으로 우리 모두가 짊어져야 할 죄가 막중하구나.

김주희 세상 다 그래요. 그런 야망 없이 정치 못해요.

최영숙 가족 하나 지키지 못하는 사람에게 나라 맡기는 법 아니다. 작은 일에 불충한 사람에게 큰일 맡기는 법 아니다. 한 생명 귀하게 여길 줄 모르는 사람이 어떻게 국민의 안위를 책임지겠니. 악이 피운 꽃의 열매가 선하다던?

이서진 어머님이 언제부터 그렇게 정의로우셨다고.

최영숙 법조인 안 사람이 그런 고민 하나 없이 살았을까? 검찰총장 사모까지 지낸 여자 머릿속에 똥만 들었을까? 여자로, 아내로 어떻게 살아야 할까. 뭘 어떻게 해야 하는 거지. 늘 졌지. 눈앞의 현실에 늘 무릎 꿇고 말았지. 내가 뭘, 여자가 뭘. 능력 있는 남편 그늘에서 그 덕이나 누리며 살면 되는 거지. 오히려 고마워해야지. 그래. 후회막급이다. 내 부덕이다.

김주희 돌이키기엔 너무 멀리 왔어요.

최영숙 너희들 말마따나 사돈들 지원사격 없었더라면 총장자리 어림도 없었을 위인이다. 의원 꿈도 못 꿨을 위인이야. 환경이야 조성하고 자리야 차지할 수 있다 치자. 거기 무자격자를 앉혀서 뭘 어쩌자고. 오라! 너희들 집안에선 만세소리 나겠구나. 허수아비 하나 제대로 앉혀놓는 거니까.

이서진 어머님!

김주희 (이서진과 동시에) 어머님!

최영숙 부끄러움 없는 인물로는 안 된다. 자랑스러워 할 수 있는 사람이어야 돼. 개인, 집단이기에 눈먼 사람 말고. 의로운 사람, 공정한 사람, 헌신적인 사람. 따뜻한 사람.

이서진 그런 사람 정치 못해요.

최영숙 맡기고 싶지 않은 거겠지.

김주희 대낮에 등불을 켜들고 찾아다녀 보세요. 그런 사람 어디 하나나 있나.

최영숙 왜 없겠니. 다 우리 집 같겠니. 없다면 만들어야지. 키워내야지.

이서진 열심히 죽 쒀서 개주시게요?

최영숙 우리 집 개보다 낫다면야 못 줄 것도 없지.

이서진 어머님!

김주희 (이서진과 동시에) 어머님!

최영숙 네 시아버지 미쳤다. 정상 아니다. 정치적 다중인격자야. 제정신을 갖고서야 어떻게 그런 미친놈에게 나라를 맡기겠냐.

김주희 어머님 이제 막 가자시는 거군요.

최영숙 막 가던 길 이젠 좀 살피며 가자는 거다. 신호등 좀 지키며 가자는 거다.

김주희 어머닌 총리 안자리 안 좋으세요? 영부인 자리 미련 없으세요?

최영숙 어찌 안 좋겠냐만, 주인 될 여자야 따로 있지 않겠냐.

김주희 어머님. 우리가 원하면 우리 거 돼요. 우리 그만한 힘 있어요. 기반 잘 다져왔고요.

최영숙 아무리 돈과 권력이면 다 되는 세상이라지만, 이웃 생각도 좀 하자. 국민 생각도 좀 하자. 나라 생각도 좀 하자.

이서진 갑자기 의인 나셨네.

최영숙 그래. 의인 좀 돼보자. 나 의인 되련다. 부끄러운 역사의 방향 좀 돌려보련다. 네 시아버지는 안 된다. 총리 자리에 절대 못 앉힌다.

이서진   되돌리기엔 너무 늦었어요.

김주희   능력되시면 한 번 막아 보시던가요.

이서진   대세에 저항하려 하지 마세요. 그거 바보 같은 삶이에요.

최영숙   하하하. 하하하.

번개 친다. 이어 천둥소리 이어진다. 빗줄기 굵어진다. 이서진과 김주희, 술을 따라 마신다. 빗줄기 가늘어진다.

최영숙   그래, 너희 시아버지는 빙산의 일각이로구나.

김주희   네, 맞아요. 빙산의 일각. 수면 아래 얼마나 큰 얼음덩어리
         가 떠받치고 있는지는 아시죠? 밖으로 드러난 모습만 보고
         우습게보았다가는 큰일 당해요.

이서진   어머님도 어쩔 수 없이 그 덩어리의 일부세요. 우린 떼려야
         뗄 수 없는 공동운명체라고요. 이제 상황이 좀 정리되세요?
         혼자서 어떻게 해볼 수 있는 상황이 아니라고요. 기차는 이
         미 떠났다고요.

최영숙   나 살자니 문제지, 나 죽자 생각하면 못할 것도 없지. 빙산
         의 일각이야 빙산의 일부란 뜻 아니겠니.

이서진   빙산을 건드려보시겠다고요? 끝내 해보시게요?

최영숙   버선 속 뒤집듯 다 까뒤집어 보련다. 우리 집안.

김주희   어머님 혼자 상대해보시겠다고요? 일단 아버님부터 겪어보
         시죠. 어머님 논리로는 어림도 없을 걸요. 자존심만 상하실
         걸요. 마음의 상처만 입으실 걸요.

최영숙   자동차 사고는?

이서진   어머니 정말 순진하시다. 그거 아버님이 지시했다는 증거
         있어요? 그리고 누가 믿겠어요. 어머님만 우스워지는 거지.
         어머님만 정신 나간 여자 돼요. 공연히 집안 망신살이나 뻗

치고요.

최영숙 너희들 시아버지는 완벽하시다? 철옹성이다? 그럼 목표물을
좀 수정해볼까.

김주희 자식들까지 걸고넘어지시게요? 아들들이요? 아니면 며느리
들이요?

최영숙 이왕 시작한 싸움, 쑤셔볼 덴 다 쑤셔봐야지.

이서진 훌륭한 어머님 작품들에 무슨 큰 흠집이라도 났을까 봐요?

김주희 쥐고 있는 패 있으면 까보시든가요.

최영숙 네 남편의 여자. 네 남자.

김주희 어머!

이서진 어머니가 그걸 어떻게?

김주희 형님.

이서진 아니야. 난 아니야.

최영숙 난 맨날 장바구니 끼고 춤이나 추러 다녔겠니. 나도 너희들
집안하고 격 좀 맞춘다고 하기 싫은 일도 하곤 한단다. 그
정도도 안 하면 정말 직무 태만이지.

이서진 이미 정리된 일인 걸요. 흔적 이미 다 지웠어요.

최영숙 며느리들 간에 우애 있어 좋구나.

김주희 그이 옛날부터 여자 많았던 거 아시잖아요. 따져도 제가 어
머니에게 따져야 되는 거 아닌가요.

최영숙 미안하다. 씨가 그런 걸 어쩌겠냐. 제 아버지 판박인 걸.

이서진 아버님이요? 설마!

최영숙 사람은 항상 설마에 덜미를 잡히는 법이다. 명심해 둬라.

김주희 어머님은 어떻게 대처하셨는데요?

최영숙 침대 위 테크닉도 전수하고, 원하는 서비스 다 해주고, 가
슴도 키우고.

김주희 어머님이요?

이서진 말도 안 돼.

최영숙 까 보여주랴.

김주희 어머님.

최영숙 가슴은 네 시아버지 제안, 아니 명령이었다.

김주희 아버님이요?

최영숙 아내 때문에 다른 사람들 앞에서 기죽고 싶지 않았던 거지. 가슴 봉긋한 여자 거느리는 남자의 자부심 같은 거 있다. 당당해지는 거. 남들 부러워하는 시선 훔쳐보며 속으로 쾌재를 부르는 게 남자들이란다. 난 뭐 네 시아버지 출세가도를 팔짱 끼고 지켜보고만 있었는 줄 아니. 너희들이야 워낙 든든한 배경 가져서 오히려 섬김을 받았겠지만 우리야 처음에 어디 처지가 그랬니. 간 쓸개 다 내놓고 아랫것 노릇 안 하고서야 어떻게 이 자리까지 왔겠니. 그 봉긋한 가슴 슬쩍 흘리며 상사들에게 술은 안 따라 봤겠니.

김주희 어머. 어머! 아버님은요?

최영숙 네 시아버지 연출작이지. 그만한 시나리오가 이 둔한 머릿속에서 나왔겠니.

김주희 와, 아버님! 정말 대단하시다.

최영숙 그 아버지의 자식들이 너희들 남편이다. 자랑스럽지?

이서진 정말 의외네요. 어머니도 참 고생 많으셨네요.

최영숙 자랑하자는 거 아니다. 한풀이 하려는 것도 아니고. 진상을 파악하라는 거지.

김주희 그러니 더 악착같이 기회 잡으셔야죠. 이젠 보상받으셔야죠.

최영숙 나 같은 사람 줄줄이 양산해서 행여나 좋겠다.

김주희 어머님 같은 분이 그런 풍토 근절시키면 좋잖아요.

최영숙 지금 총리 청문 중이다.

김주희   네. 당사자도 없어요.

최영숙   빙산 전체를 더듬고 있지 않니.

김주희   뭐가 더 있다고요?

최영숙   첫째 너.

이서진   저는 왜요? 제가 뭐요?

김주희   형님이요? 형님은 뭐가 있는데요?

이서진   있긴 뭐가 있어. 어머님, 괜한 트집 잡지 마세요. 저희도 큰 그림 그리며 철저하게 신변관리하고 있단 말이에요.

최영숙   이름을 대랴? 사진을 내어놓으랴?

이서진   어머님이 어떻게? 어디까지 알고 계신데요?

김주희   어머님, 뭐예요? 형님, 뭐예요?

최영숙   왜, 네가 덮어주게? 은혜 갚으려고? 의리 지키려고?

김주희   형님!

이서진   그런 거 아냐!

최영숙   첫째는 사업 좀 한답시고 아주 엉망이더라.

이서진   제가 잘 단속하고 있어요.

최영숙   너희들 아직 남자 알려면 멀었다.

이서진   어머님 그동안 어떻게 다 숨기고 지내셨어요?

최영숙   너희들 친정 문제까지 읊어볼까?

김주희   그만 하세요, 어머님.

최영숙   그걸로 뭘 어떻게 해보려는 게 아니다. 큰 문제 삼을 거 아니란 것도 결코 모르는 바 아니다. 너희들 말대로 남들은 우리보다 더하면 더했지 덜하진 않을 테니까. 하지만 이번 일은 아니다. 국회 청문회를 백번 통과한다 한들 난 인정 못한다.

이서진   우리 친정은요?

김주희   우리 친정은 또 어떻고요.

이서진 그보다 우리 그이는요?

김주희 우리 그이도요. 자식들 미래도 좀 생각해주세요.

최영숙 독립해라. 능력들 되지 않니. 아버지로부터 독립시켜라. 그 게 바른 길이다. 그게 옳은 길이다. 그게 멀리갈 수 있는 길 이야.

이서진 정치명가를 일궈오던 우리 노력은요?

최영숙 양심도 없니? 부끄럽지도 않아? 이번엔 너희들이 나와 힘을 합쳐줘야겠다. 시어미로서 부탁 한 번만 하자. 청문 결과는 불가다.

이서진 아버님 입장도 살펴보고요.

김주희 미국에 전화 좀 해보고요. 친정에도 들러 의견청취 해봐야 죠.

최영숙 이건 우리 여자들의 문제다. 안 사람으로서 결정해야 할 문 제라고. 가족 지키는 법 바꾸자. 가족 사랑하는 법 바꾸자. 우리도 집 바깥 좀 신경 쓰자. 책임의식 갖자.

이서진 어머님이 한 번 눈감아 주시면 안 돼요.

최영숙 우리도 사람으로 살자. 우리도 주인으로 살자. 우리가 져야 할 책임은 우리가 지자. 여자 책임 여자가 지자. 남자 좀 단 속하며 살자.

김주희 다시 한 번 생각해 주세요.

최영숙 오늘 내 모습이 미래의 너희들 모습과 다를 것 같니. 다시 시작하자.

김주희 저희야 출발점이 어머님과는 다르죠.

이서진 저희는 어머님과는 태생부터 달라요.

최영숙 하하하. 하긴. 그래. 그건 다행이다 만, 너희들은 왠지 시아 버지나 남편보다 더할 수도 있겠구나 싶어 섬뜩하구나!

이서진 어머님. 지금부터 정씨 가문의 정치사 화려하게 수놓아 질

테니 눈 살짝 감으시고 즐거이 지켜봐주세요. 한 번 누려보세요. 진짜는 지금부터라고요.

최영숙 구경꾼이나 되라고? 공범, 아니 주범이 되라고?

김주희 아, 어머님.

이서진 전 이만 집에 가볼게요. 다시 들릴게요.

김주희 어머님, 저도 친정에 좀. 곧 다시 올게요.

최영숙 난 이 지경을 감상이나 하고 앉아있으라고? 아, 이미 구축된 아성이 너무 견고하구나!

이서진과 김주희, 급히 소지품 챙겨 나간다. 멀리서 천둥소리 들려온다. 그 천둥소리의 꼬리를 물고 거실 전화벨이 울린다. 최영숙, 지켜볼 뿐 받지 않는다. 몇 번의 벨이 울리고 나서야 수화기를 든다.

최영숙 민자씨? 그래, 인주로구나… 다행이다… 그래 다행이야. 인주야 미안해… 엄마가 미안해… 잘 될 거야. 엄마 믿어… 엄마한테 마지막 카드 있어… 이번엔 아빠도 어쩌시지 못할 거야… 그래. 지석이 안전하게 지켜줄게… 이모는?… 그래. 이모에게 잘 하고.

최영숙, 수화기 내려놓는다. 가까이서 벼락 친다. 이내 빗줄기 굵어지고 빗소리 높아진다. 저택을 쓸어갈 듯한 폭우소리와 함께 서서히 막이 내린다.

3막

막이 오르면, 전막과 같은 장소다. 전막으로부터 3주 후. 국무총리
로서 첫 출근하는 날, 이른 아침이다. 창밖은 어스름해서 햇빛인지
조광인지를 구분하기 어렵다. 거실엔 총리 취임 축하 화분들이 여
러 개 자리하고 있다.
이서진과 김주희는 분주하다. 이서진은 양복을 살피고 있고, 김주
희는 넥타이를 고르는 중이다. 손수건, 양말, 허리띠 등도 준비되어
있다.

김주희   형님. 이 색깔은 어때요?

이서진   좀 가볍다.

김주희   그럼. 이거 한 번 봐주세요. 무늬, 색상 다 괜찮죠?

이서진   칙칙하다. 총리로서 첫 걸음하시는 날인데. 좀 화사하고 고
         상한 거 없어? 열정도 보이면서 신뢰감도 느껴지는 그런 거
         찾아봐.

김주희   왜 없겠어요. 그런데 어머님이 좀 서운해 하시겠다. 이거
         어머님 권리이자 행복인데.

이서진   어머님, 이런 센스 별로 없으신 분이잖아. 그렇게 반대하셨
         는데 기분 내기도 눈치 보이실 거고. 이 정도 즐거움은 일등
         공신들이 좀 누려도 돼.

김주희   하긴. 이번에 형님네서 힘 많이 쓰셨네요.

이서진   동서 네가 더 중요한 역할 했지.

김주희   예비 사돈네까지. 삼박자가 완벽 했어요. 환상의 콤비라는
         게 바로 이런 거겠죠?

이서진   이제 겨우 연습게임 치룬 거야. 지금부터는 메인이벤트 준

비해야지. 완벽하게.

김주희   청문회 분위기, 언론 반응 보셨잖아요. 분위기 서서히 무르
　　　　익어 가고 있어요. 이제 흘러야 할 것은 시간뿐이네요.

이서진   대권은 또 달라. 예상치 못한 바람이 불어올 수 있어. 돌풍
　　　　에 대비해야 된다고.

김주희   돌풍 정도야 눌러 앉혀야죠.

이서진   그래야지. 그래도 긴장 늦추지 마, 동서.

김주희   그래도 오늘 같은 날 기쁨도 좀 누려 봐요, 형님!

이서진   그럴까? 호호호.

김주희   호호호. 호호호.

　　　　최영숙, 정의원의 서재에서 나온다. 검은 옷을 차려 입었다.

최영숙   이른 시간이다. 늦게까지 준비하시다 막 잠드셨다. 조용히
　　　　들 해라.

이서진   어머님, 벌써 일어나셨어요. 저희가 준비한다니까. 좋은 꿈
　　　　은 꾸셨어요?

김주희   어머님은 벌써 준비 다하셨네요.

최영숙   특별한 날이다. 몸과 마음 단정히 해라!

이서진   네. 저희들도 올라가서 얼른 준비할게요.

김주희   아버님 출근 준비는 저희가 다 해놨어요. 죄송합니다, 어머
　　　　님. 호호호.

이서진   호호호.

　　　　이서진과 김주희, 2층으로 올라간다. 최영숙, 준비된 출근의상을
　　　　잠시 응시한다. 서민자, 현관문을 열고 들어온다. 서민자도 검은 옷
　　　　을 입었다. 손에는 검은 장갑을 꼈다. 최영숙, 장갑 벗는 서민자를

바라보다가 다가가 덥석 껴안는다. 두 사람 그렇게 한참 부둥켜안고 있다. 보면, 두 사람 깊은 슬픔을 얇은 울음으로 견뎌내고 있다.

최영숙 내가 이래도 되는 건지 모르겠다. 이렇게 염치없어도 되는 건가 모르겠어. 미안해. 용서해 줘.

서민자 사고라잖아요.

최영숙 민자야!

서민자 사고래요. 사고예요.

최영숙 민자야!

서민자 총리님. 사모님만큼이나 저도 잘 알잖아요. 일찍 결단했어야 되는 건데. 제 잘못이 커요. 지석이 그렇게 만든 거, 저와 무관하다곤 할 수 없죠. 세상 어떤 줄 잘 알면서.

최영숙 너도 어쩌면 이러냐. 나 때문에 그래? 인주 불쌍해서 그래? 제 자식 억울하게 잃고 어쩌면 이러니! 민자씨, 무섭다!

서민자 사모님 부탁만 없었어도 제가 뭐라도 했을 거예요. 마음으로야 벌써 의원님께 여러 차례 칼부림했네요. 가당키나 해요. 저라도 살아보자고 이러죠. 그렇게 정리하지 않고는 결코 견뎌낼 수 없으니까. 비록 한 집에 산다 해도 사모님 인생과 제 인생이 다르잖아요. 제가 그 사실을 간과했던 거죠. 차이를 인정할 수밖에요. 신분의 차이, 계급의 차이, 권리의 차이. 부끄럽지만 이게 하인이, 가정부가 생존하는 방식이네요. 죄송해요, 이 정도밖에 못 돼서.

최영숙 그렇구나! 그랬구나! 맞아. 난 위선자였어. 우리 집안, 세상 무엇 하나 바꿔놓지 못하고 나 혼자 아닌 척, 다정한 척, 사랑하는 척, 의로운 척 고상을 떨었네. 정말 부끄럽다. 정말 미안하다.

서민자 조금만 더 일찍 알았더라면. 난 내 자식을 아들처럼 대해주

시는구나, 그렇게만 생각했어요. 사모님이 그런 뜻을 품고 계
신 줄 몰랐어요.

최영숙 내 딸이 사랑하는 남자니까. 내 아들이었으면 욕심내던 남
자니까.

서민자 아들놈이라는 게. 제 어미한테는 한 마디 말도 없이.

최영숙 내가 부탁했지. 민자씨 어떻게 나올지 예상되니까. 놓치기
싫었으니까. 그렇게 끝까지 약속 지킬 줄 아는 애, 그게 당신
아들, 지석이다.

서민자 제 애인과의 약속을 저버린 형편없는 남자죠.

최영숙 잘 보내줬어? 내가 끝까지 자리를 지켰어야 되는 건데. 사
람들 눈이 많아서.

서민자 총각귀신이나 안 되면 다행이죠.

최영숙 인주. 그 와중에 인주까지 배려해줘서 고맙다. 눈치 채기
전에 당분간 외국에라도 보내놓으려고. 그러면 충격이라도
좀 줄어들까 싶어서.

서민자 사모님 생각이 옳으셨어요. 당연히 그랬어야죠. 산 사람은
살려야죠.

최영숙 면목 없다. 이 와중에 내 딸이나 챙기고 있다.

　　최영숙, 2층으로 올라간다. 서민자, 천천히 거실을 둘러본다. 어느
　　새 날은 좀 밝아져 있다. 정인주는 작은 가방을, 최영숙은 커다란
　　여행용 가방을 들고 계단을 내려온다. 정인주, 서민자를 보고 달려
　　가 안는다.

정인주 이모! 고마워요. 죄송하고요.

서민자 준비는 잘 하셨어요, 아가씨?

정인주 진짜 소중한 보물은 아주 먼 곳에 잘 숨겨뒀답니다. 아빠

생각 바뀌시면 저희들 금의환향할게요. 보고 싶더라도 잠시 참기. 아셨죠?

서민자   내 아들 잘 부탁드려요. 귀신보다 더 무서운 게 시어머닌 거 잘 아시죠?

정인주   네. 어머님. 저도 만만치 않은 며느릴 테니까, 나중에 한 판 붙는 걸로.

최영숙   시어머님 잘 모셔야 한다!

정인주   엄마처럼만 사랑하면 되는 거죠?

최영숙   그렇게 버릇없이 굴면 흉잡히고.

서민자   전 그게 더 좋답니다.

정인주   그렇죠, 어머님?

서민자   네, 따님!

최영숙   그래. 엄마처럼! 비행기 놓칠라. 어서 나서라.

정인주   아빠에게는 죄송하다는 말 대신 전해주세요. 출근 첫 날인데. 축하드린다는 말씀도요. 그리고 이 딸은 진심으로 아빠를 존경하고 사랑한다고!

최영숙   늦을라. 어서 출발해라.

정인주   엄마. 고마워!

정인주, 최영숙을 꼭 껴안는다. 긴 포옹 후, 서민자와 포옹한다.

정인주   곧 뵈어요, 어머님!

서민자, 정인주의 등을 한참 쓰다듬는다. 정인주, 작은 가방은 메고, 큰 여행용 가방은 끌고 현관문을 열고 나간다.

최영숙   미안해. 어려운 일 부탁해서. 고맙다.

서민자 총리님과 부딪치기 전에 저도 이만 가볼게요.

　　　서민자, 현관문 쪽으로 사라지려 할 때.

최영숙 민자씨. 우리 인주 좀 잘 부탁해.
서민자 무슨 말씀이세요?
최영숙 지석이가 사랑스런 내 아들이었던 것처럼, 인주도 민자씨의
　　　　사랑스런 딸이었으면 좋겠어.
서민자 그게 무슨 뜻이냐고요?
최영숙 부탁해!
서민자 사모님! 사모님!

　　　최영숙, 안방으로 들어간다. 서민자, 따라간다. 안방문 안에서 잠긴
　　　듯, 서민자가 문을 열어보려 하지만 열리지 않는다. 방문을 두들겨
　　　도 답이 없다.

서민자 사모님! 사모님! 언니! 언니!

　　　김주희, 화사한 차림새를 하고, 2층에서 내려온다.

김주희 무슨 소리에요? 왜 이렇게 소란스러워요? 아줌마!

　　　서민자, 문고리에 매달려 슬픔을 참아내고 있다. 이서진이 계단을
　　　내려온다. 한껏 멋을 냈다.

이서진 왜? 무슨 일인데? 아줌마, 어머님은요?
김주희 아버님은 아직도 안 일어나셨어요?

인터폰 울린다. 김주희, 인터폰을 확인하러 가고, 이서진은 서재로 향한다.

김주희 와, 엄청나게 모였네. 카메라 기자들이에요. 아버님 준비 서
　　　　두르셔야겠다.
이서진 으악!

서재 안에서 이서진의 비명소리 흘러나오더니, 이내 문을 박차고 튀어나온다.

이서진 우엑! 우엑!
서민자 아, 사모님!

이서진, 헛구역질을 한다. 서민자, 무너져내린다. 김주희, 서재로 달려간다.

김주희 으악! 으악! 으악!

김주희, 튀어나온다.

이서진 어머님! 어머님은요?
김주희 아, 어머님! 어머님이? 어머님이!

인터폰 울린다. 그러나 아무도 받지 않는다. 첫 출근을 재촉하는 듯 인터폰 계속 울린다. 서민자, 인터폰에 대답한다.

서민자 네. 총리님과 사모님 곧 나가십니다.

이서진 아, 아버님!
김주희 아, 어머님!

　　서민자, 옷매무새를 추스르고 이서진과 김주희를 향해 목례를 한
　　다.

서민자 망극한 일을 당하셔서 어떻게 말씀드려야 좋을지 모르겠습
　　　　니다!
이서진 이게 뭐지? 이거 뭐야?
김주희 아! 아!

　　망연자실해 있는 세 사람 위로 서서히 막이 내린다.

- 막 -

나는 인간이다

전쟁의 반대말은 평화가 아니다.
전쟁의 반대말은 인간이다.

<등장인물>

청년, 후에 병사
병사의 어머니
병사의 아버지
병사의 애인
병사의 여동생
교관
북치는 병사
아기 잃은 아버지
의장대원들
적병
신부神父
작가
철학자
정치가
병사의 친구
전쟁미망인
색안경 쓴 사내 1, 2
주검을 찾아 헤매는 부부
전장에서 몸 파는 처자 1, 2
악대
어느 가정의 아버지
어느 가정의 어머니
어느 가정의 딸
어느 가정의 아들

<시간과 장소>

전장戰場.
어느 한 구석에서라도 전쟁이 벌어지고 있는 한, 세계 전체는 전장이다.

1. 전경前景 - 총성

텅 빈 무대. 멀리서 오카리나 연주 소리 아련하게 흘러들어온다. 평화롭고 한적하다. 갑자기 귀를 찢는 총성 한 발. 오카리나 연주, 화음을 깨는 여음을 끝으로 멈춘다.

2. 북치는 병사

연주음 사라진 공간을 채우려는 듯 행진곡 풍의 작은북 소리 멀리서부터 점점 가까워진다. 이내 북치는 병사, 북을 울리며 등장한다. 그의 목에는 병사들의 군번줄 묶음이 전리품인 양 걸려있다. 스틱 놀림이 자유롭고 표정이 밝게 살아있는, 어릿광대처럼 장난기 넘쳐 보이는 북치는 병사, 무대 가운데 자리한다.

북치는 병사 어이, 오늘은 또 얼마나 많은 적군을 죽였나? 조금만 더 분발하게! 사냥할 적군들이 많이 투입되었다네.

북치는 병사, 북치며 사라진다.

3. 아름다운 풍경

젊은 아버지, 아기 어르며 등장한다. 얼마나 귀엽고 사랑스러우면 저렇게 좋을까 싶을 정도로 행복이 넘치는 풍경이다. 아니다, 아버지가 아이를 너무 심하게 다룬다. 어린 아기를 저렇게 험하게 다뤄서야, 살아있는 생명을 저렇게 함부로 다뤄서야. 그렇다, 저 아버지 제정신 아니다. 그렇다, 저 아이 살아있는 생명이 아니다. 맞다. 저 행복, 병든 행복이다. 저 행복, 불행이다. 아버지, 아기와 '행복한'한 때를 보낸 후 아기 던져버리고 '신나게' 돌아간다.

4. 반전선언

어느새 부터인가 그 광경을 지켜보던 청년, 아버지의 뒤를 이어 죽은 아기를 일으켜 세우더니 아버지가 그랬듯이 장난을 친다. 장난을 끝낸 청년, 쪼그려 앉아 버려진 아기를 한참을 응시한다. 순간 정신이 돌아온 듯 외친다.

청년 인간아, 인간아. 살생을 일삼는 우리가 어찌 인간이리오. 전쟁을 놀이 삼는 우리가 어찌 인간이리오. 보아라, 너의 행실을. 보아라, 너의 잔인무도함을. 전쟁하는 인간에게 저주 있을진저. 나는 선언한다. 살생하지 않을 권리, 싸움을 거부할 자유, 인간의 존엄성을 지켜야 할 의무가 내게 있음을 나는 엄숙히 선언한다.

5. 전쟁의 추억

반전선언을 하는 청년을 초라하게 만들려는 듯 검은 색안경을 낀 사내 둘, 청년에게 달려들어 옷을 벗기기 시작한다. 청년 뒤쪽으로 정치가, 등장한다.

정치가 그러니까, 국가와 국민의 평화와 안녕을 책임지기 위한 최선의 선택, 즉 전쟁을 막는 최선의 방법은 전쟁뿐이다. 그러니 모든 전쟁은 전쟁을 방지하기 위한 수단이다. 전쟁을 종식시키기 위한 최선의 수단인 것이다. 그러므로 전쟁을 예방코자 벌이는 전쟁은 정당하다. 왜 의로운 전쟁에 나서길 주저하는가. 왜 망설이는가.

청년 일어나지 않은 전쟁을 예방하기 위해 전쟁을 벌인다?

정치가   허허, 못 알아듣기는. 부정한 전쟁이 될 소지를 사전 예방
        하자는 거지. 그래서 의롭다는 거지. 미친놈이 아니고서야 불
        의한 전쟁을 왜 벌이려 하겠나.
청년   큰일 예방을 빌미로 더 큰일을 벌인다?
정치가   허허, 답답하기는. 앞의 큰일은 악이고 뒤에 큰일은 선이라
        니까. 그러니까, 악을 예방하는 선이란 말이다. 악을 물리치
        는 선이란 말이야. 악과 선 중에 어느 편에 설 건가?

        다른 한쪽에 철학자 자리하고 있다.

철학자   말하자면, 지금 이 평화가, 평화처럼 보이는 이 안정이 부
        정하다는 거야. 말하자면, 부정하게 유지되는 평화라는 거지.
        깨져야 할 평화라는 얘기라고.
청년   깨져야 할 평화도 있더란 말이냐?
철학자   말하자면, 정의로운 평화를 위해 부정한 평화를 깨기 위한
        정의로운 전쟁이 필요하단 말이지. 말하자면, 이 전쟁은 의로
        운 전쟁이야. 부정한 평화를 물리치기 위한 정의로운 전쟁이
        라고. 알아듣겠나?
청년   의로운 전쟁보다야 부정한 평화가 백번 낫다.
철학자   부정한 평화는 부정하기 때문에. 부정하다는 것은 언젠가는
        그 싹을 드러내기 때문에. 언젠가는 부정한 전쟁을 초래할
        가능성을 내포하고 있기 때문에.
청년   가능성?
철학자   그래, 가능성. 그 가능성을 차단하고 뿌리 뽑기 위해서. 말
        하자면 부정한 전쟁을 예방하는 차원에서 의로운 전쟁이 필
        요하단 얘기야.
청년   평화 시에는 살고, 전쟁 시에는 죽어.

철학자 죽고 사는 문제가 뭐 그렇게 중요한가. 말하자면, 어떻게 살아야 하는가가 본질적인 문제의 핵심이란 말일세. 왜? 죽는 게 겁나는가? 두려운가?

청년 그렇다. 겁나 미칠 지경이다. 죽을까 두려워 환장할 지경이다. 그러는 너는 그렇게 죽고 싶으냐? 못 죽어 환장하겠느냐?

다른 자리에 작가가 자리하고 있다.

작가 조국 없는 민족은 패망한 민족이외다. 조국은 어머니보다도 아버지보다도 그 밖의 모든 조상들보다도 더욱 귀하고 더욱 숭고하고 더욱 신성한 것이외다. 우리는 조국을 중히 여기고 국가의 부름에 순종해야 할 것이외다. 민족수호라는 신성한 임무를 위해 조국이 청년여러분을 불렀소이다. 국가를 위해 피 흘리는 일만큼 영광스럽고 보람된 일이 또 어디 있단 말이외까. 제군들은 행운아요. 조국이 여러분의 이름을 영원히 기억할 것이외다. 그 충성심을 길이 기릴 것이외다. 젊은 영혼들이여 어서 총을 들고 전선에 나서시오.

청년 국가와 조국, 민족을 내세워 전쟁을 독촉하는 자들의 계산은 다른 데 있지. 피해야할 것을 종용하는 자들의 속셈은 엉뚱한데 있지. 조국과 민족을 팔아 배를 채우려는 속셈이지. 주머니를 불리려는 계산이지. 싸움이 없다면 조국을 위해 몸 바칠 일도 없잖아. 왜 전쟁을 벌여. 왜 충성을 강요해. 왜 죽음을 미화해. 모든 죽음은 비극이야. 모든 전쟁은 재앙이야.

또 한 곳에 신부님 자리한다. 청년의 머리에 손을 얹는다.

신부   이 병사의 눈에 악이 선명하게 정체를 드러내게 하소서. 선과 악을 분명하게 분별케 하소서. 악에 밀리지 않게 하소서. 강건케 하소서. 담대케 하소서. 의의 군병으로 굳게 서서 악을 증오로 대할 수 있도록 중무장시켜 주옵소서. 백전백승하게 하소서.

청년   두려워요.

신부   용기를 구해.

청년   용기 말고 평화를 구하면 안 돼요? 증오 말고 관용을 구하면 안 돼요?

신부   악을 잊어서는 안 돼. 악을 우습게봐서는 안 돼.

청년   내가 전쟁터에서 만나는 적은 선이라는 이름의 악 뿐이에요. 무슨 말인지 아시겠어요? 전쟁터에서의 최고의 악마는 바로 신神, 하느님이란 말입니다.

청년을 군복으로 다 갈아입힌 사내들 인식표 던져주고 사라진다. 사내들 떠난 자리에 교관 자리한다.

교관   아직도 사색하는 병사가 있었더란 말이렷다. 생각할 틈을 주어서는 안 되지. 사색하는 자는 절대 군인이 될 수 없지. 군대는 철학자를 키우는 곳이 아니란 말씀이야. 전쟁은 적과의 싸움이기에 앞서 자신과의 싸움, 즉 사색과의 싸움이다. 생각하면 약해진다. 생각하면 져. 도대체 전쟁터에서 사색이 다 뭐야. 생각하는 자는 죽는다. 전쟁터에서 사색은 제1의 적이다. 네 목에 비수를 들이대고 있는 적이란 말이다. 그러므로 사색의 여유는 박탈이다. 사색의 여력은 차압이다.

병사   차라리 차압이라도 당했으면. 내 영혼이라도 들어냈으면.

6. 호루라기

"삐----"교관, 호루라기 분다. 호루라기는 인간을 '군인'으로 변조시키는 도구이다. 호루라기가 어떻게 인간을 학대하는가, 인간의 영혼을 어떻게 황폐시키는지 지켜보라. 인간이 어떻게 군인이 되는가 보라.

인간들은 '삐---' 호루라기 소리에
잠을 깨고, 호루라기 소리에
정신을 모으고, 호루라기 소리에
열을 맞추고, 호루라기 소리에
발을 맞춘다. 호루라기 소리에
발을 바꾸고, 호루라기 소리에
좌향 앞으로, 호루라기 소리에
우향 앞으로, 호루라기 소리에
좌로 굴러, 호루라기 소리에
우로 굴러, 호루라기 소리에
포복 앞으로, 호루라기 소리에
선착순, 호루라기 소리에
엎드리고, 호루라기 소리에
일어서고, 호루라기 소리에
숟가락 들고, 호루라기 소리에
배변한다. 호루라기 소리에
영혼을 빼앗기고, 호루라기 소리에
짐승으로 또는 기계로 전락한다.
호루라기 하나로 인간이 군인이 된다.
살인기계가 된다.

호루라기에 익숙해진 인간은
새의 지저귐을 호루라기 소리로 듣는다.
새의 지저귐에
좌로 구르고, 새의 지저귐에
우로 구르고, 새의 지저귐에
포복 앞으로, 새의 지저귐에
미쳐 날뛰다가, 새의 지저귐에
새를 죽인다.
군인이 된다.
완벽한 병사는 새소리와 호루라기 소리를 구분하지 못한다.
새소리와 호루라기 소리를 구분하지 않는다, 훌륭한 병사는.

7. 의장대 - 오, 얼마나 아름다운 전쟁인가

병사, 새소리에 놀라 발버둥 칠 때, 화려한 시범의 의장대가 들어서
의장 시범을 펼친다. 예술에 가까운 의장대의 시범은 전쟁이 예술로
승화되는 환상을 불러일으킨다. '저 총검이 저렇게 아름답게 보이다
니, 저 살인도구가 이렇게 친근하게 느껴지다니!' 전쟁의 주최자들은
전쟁이 예술로 승화되어야 함을 잘 알고 있다. 전쟁이 아름답게 느껴
지는 이유는 저들의 농간 때문이다.
의장대 시범 끝날 즈음 병사는 의장시범을 방해라도 하려는 듯 의장
대를 향해 달려든다. 이때 의장시범의 끝을 알리는 공포탄 발사된다.
그 소리에 놀라 머리를 처박고 공포에 떠는 병사. 퇴장하는 의장대를
향해 외친다.

병사   아냐, 아냐, 아냐! 전쟁은 아름답지 않아! 전쟁엔 감동이 없
         어! 전쟁은 황홀하지 않아!

8. 나비와의 한때

지쳐 쓰러진 병사, 정신이 몽롱하다. 꿈인지 환상인지 구분하지 못할 의식 상태인 병사의 눈에 한 가닥 빛이 찾아든다. 그 빛을 좇아 흰나비 한 마리 날아든다. 병사, 나비를 좇는다. 나비처럼 춤춘다. 나비가 된다. 그 나비가, 병사를 남겨둔 채 날아간다. 순간 정신이 드는 병사.

9. 적! 적?

그의 턱밑에 적병의 총구가 겨눠져 있다. 병사의 총구 역시 적병의 턱밑에 꽂혀있다. 팽팽한 긴장감. 적을 공격하려는 의지보다는 자신을 방어하려는 심리가 역력하다. 두 병사, 공포와 놀람을 감추지 못하고 서로에게 간절한 시선을 던지고 있을 뿐이다. 살려달라는, 제발 쏘지 말라는.

병사 움직이지 마.
적병 총 내려놔.
병사 움직이지 말라했다.
적병 꼼짝이라도 했단 봐라. 골통을 날려버릴 테다.
병사 누구 골통이 먼저 날아갈지는 당겨봐야 할 걸.

한참을 대거리한 두 병사, 힘에 부쳐 팔이 떨린다.

병사 누구?
적병 그러는 너는 누구?
병사 너 여기서 뭐해?
적병 그러는 너는 여기까지 왜 왔어?

병사　그걸 질문이라고.

적병　그 질문 네가 먼저 했다.

병사　싸우려고. 죽이려고.

적병　말하면 입만 아플 소리.

병사　날 죽일 심사냐?

적병　너에게 묻고 싶은 말이다.

병사　죽고 싶냐?

적병　그걸 질문이라고 하냐?　미친놈아.

병사　너 죽이고 싶지 않아. 아니, 나 살고 싶어.

적병　잔머리 굴리지 마.

병사　못 믿겠다면 어쩔 수 없지. 같이 죽는 수밖에.

적병　진심이야?

병사　뭐가?

적병　날 죽이고 싶지 않다는 말. 살고 싶다는 말.

병사　넌?

적병　진심이냐고?

병사　넌?

적병　나도 죽이고 싶지 않아. 죽고 싶지 않아.

병사　그럼.

적병　그럼.

병사　우리 총 내려놓자.

적병　정말?

병사　응.

적병　좋아. 하나, 둘.

병사　몇에?

적병　아!

병사　미안.

적병 몇으로 할까?

병사 너흰 몇을 세는데?

적병 백.

병사 백? 정말?

적병 왜? 너무 많아? 너흰?

병사 우리? 좋아. 백. 아니, 천도 좋고 만도 좋아. 천천히.

적병 천천히?

병사 하나.

적병 ….

병사 나 혼자 세라고?

적병 아! 놀래라! 천천히 세자며.

병사 하나.

적병 둘.

병사 셋.

적병 넷.

병사 다섯.

적병 여섯.

적병, 넘어져 총을 놓친다. 병사, 적병의 머리에 총구를 겨눈다. 그러
나 쏘지 못한다. 마치 약속이라도 한 듯 그들은 천천히 총을 내려놓
는다.

병사 일곱.

적병 여덟.

병사 아홉.

적병 열.

병사 열하, 나, 동생이 하나 있는데.

적병   어, 나도 있는데.
병사   참 예쁜데.
적병   참 착한데.
병사   눈이 참 맑아.
적병   살결이 참 곱지.
병사   정이 얼마나 많은데.
적병   얘길 잘 들어주는데.

    병사와 적병, 서로 지고 싶지 않은 눈치다. 겨우겨우 찾아가는 사정
으로 보아 사실이 그러하기보다는 지어내는 쪽에 가까워 보인다.

병사   애교가 넘치지.
적병   알뜰해.
병사   머리카락이 길어.
적병   목이 길어.
병사   웃으면 보조개가 잡혀.
적병   코가 오뚝하지.
병사   손이 참 예쁜데.
적병   허리가 무척 가는데.
병사   노래를 잘 해.
적병   풍금을 잘 치지.
병사   글을 잘 써.
적병   그림을 잘 그려.
병사   참 열심히 사는데.
적병   참 애쓰며 사는데.
병사   그런데.
적병   그런데?

병사 아직 사랑하는 사람이 없는 눈치야.

적병 바람들 나이도 한참 지났는데 말이야.

함께 소개시켜 줘?

함께 (사이) 안 돼.

함께 (사이) 왜?

적병 나….

병사 히힛….

적병 너도?

병사 응.

적병 보고 싶다.

병사 잘 지내고 있을까?

　　　무장해제한 채로 누워 행복한 회상에 잠기는 두 병사.

10. 내 사랑을 전해주오

　　　갑자기 두 병사를 덮치는 처자 둘. 두 병사에게 들러붙어 끈끈한 몸놀림으로 애원한다.

처자1 내 사랑을 전해주세요.

처자2 내 사랑을 전해주세요.

처자1 행여 내 님을 만나시거든.

처자2 내 사랑을 전해주세요.

처자1 이 뜨거운 사랑을.

처자2 이 불타는 애정을.

처자1 내 님에게 전해주세요.

처자2 내 님에게 전해주세요.

처자1 당신이 느낀 만큼.

처자2 당신이 즐긴 만큼.

처자1 그 황홀, 그 기쁨 그대로.

처자2 내 님에게 전해주세요.

처자1 내 님에게 전해주세요.

처자2 행여 내 님을 만나시거든.

처자1 사랑한다고, 영원히 사랑한다고.

처자2 꼭 전해주세요.

처자1 꼭 전해주세요.

처자2 이 뜨거운 사랑을.

처자1 이 불타는 애정을.

11. 모든 병사는 강간당한다

두 처자는 두 병사에게 몸을 던진다. 가슴 깊이 파고든다. 두 병사, 처자들을 받아들인다. 눈물로 받아들이려 한다. 적병은 처자를 다독인다. 그녀의 상처를 감싸려한다. 그러나 병사는 받아들일 수 없다. 결코 받아들여지지 않는다. 처자는 점점 더 처절하게 파고들고, 그럴수록 병사의 고통은 더 심해져 간다. 처자의 애정공세는 병사에게 기어이 희롱의 느낌으로 다가온다. 친동생을 범하는 심정이랄까. 병사는 강간당하는 자신의 처지를 견디지 못하고 투신하듯 덤벼드는 처자의 공격 앞에 비명을 올리고 만다.

병사 싫어. 싫어. 그만. 그만해. 제발 그만하란 말이야.

처자1 이 사랑을 전해줘야 돼요. 더 뜨겁게 사랑해야 돼요.

병사 싫어. 싫단 말이야. 그만. 그만.

처자1 부족해요. 아직 부족해요. 더 뜨겁게, 더 정열적으로. 정성을

드려요. 내 사랑은 이 보다 더 크단 말이에요. 내 사랑은 이
보다 더 깊단 말이에요.

병사   정신 차려. 제발 정신 차려. 네 오빠야. 네 오빠라고.

처자1   오빠?

병사   그래. 잘 봐. 네 오빠야.

처자1   그렇구나. 오빠구나. 오빠, 내 부탁 좀 들어줘. 내 사랑 좀
전해줘.

처자2   더 해요. 더. 이것으로 너무 부족해요. 내 사랑은 더 애절하
단 말이에요. 내 사랑은 더 간절하단 말이에요.

처자1   내 영혼은 오직 당신에게만 바치겠다고.

처자2   내 영혼은 아직 강간당하지 않았다고, 점령당하지 않았다고.

처자1   꼭 전해주세요.

처자2   꼭 전해주세요.

병사   떨어져. 저리가. 저리가, 제발. 아~!

연인에게 보낼 사랑을 대리자에게 전한 처자들은 웅크리고 돌아앉은
병사들을 포옹하고, 어깨를 다독이고, 옷을 추슬러 주고, 입 맞추고
안녕을 고한다. 적병은 처자2와 함께 자리를 뜬다. 병사의 시선은 처
자1의 꼬리를 문다. 병사의 눈앞에 어느덧 사랑하는 애인과 여동생의
얼굴이 차례로 환하게 떠오른다. 애인과 동생은 보름달처럼 환하게
웃는다. 웃다가 점점 고통으로 물든다. 일그러진다.

병사   이 망할 놈의, 이 저주받을 놈의 전쟁! 아, 이 지옥에서 날
구해줘!

12. 북치는 병사

행진곡 풍으로 작은북 치며 나타나는 북치는 병사.

북치는 병사 어이, 오늘은 얼마나 많이 죽였나? 젊은 처자들은 좀 살려두게! 굶주린 병사들이 아주 많다네!

북치는 병사, 북치며 사라진다.

13. 딸꾹질

교관 등장하여 병사에게 집총을 명령한다. 교관의 명령에 밀려 총을 들어보는 병사. 명령에 밀려 조준을 하는 병사. 그러나 이내 "딸꾹, 딸꾹" 딸꾹질이 시작된다. 자연적인지, 인위적인지 알 수 없다. 딸꾹질은 점점 심해져서 병사의 총구는 조준점을 상실한 채 이리저리 춤을 춘다. 교관은 자신에게 겨눠지는 총구를 피해 이리저리 몸을 던지느라 정신이 없다. 두 사람, 차라리 춤을 춘다고 하자. 결국 교관은 병사의 목덜미를 쳐 총을 내려놓게 만든다.

14. 수류탄 투척

성난 교관은 병사에게 수류탄을 쥐어주고 투척을 명령한다. 병사는 수류탄을 던지지 않는다. 아니, 던지지 못한다. 교관은 훈련용 수류탄을 **빼앗고** 실제 수류탄을 병사의 손에 쥐어주고는 안전핀을 **뽑**는다. 다시 투척명령. 그러나 병사는 수류탄을 던지지 못한다. 교관은 누가 이기나 보자는 듯 지켜본다.

교관 살고 싶으면 던져.

병사 공포감에 휩싸여 수류탄을 던지려 한다. 아니, 손에서 떨어내려 한다. 그러나 수류탄, 손바닥에 찰싹 들러붙은 듯 떨어지지 않는다. 병사 수류탄을 교관에게 떠넘기려 손을 내민다. 놀란 교관은 병사의 손을 감아쥔 채 다시 안전핀을 꽂는다.

15. 지뢰밭에서 춤을

교관, 병사를 지뢰밭으로 끌고 간다. 기필코 살인무기로 변화시켜 놓고 말겠다는 듯. 아니면 차라리 죽어버리라는 듯.

교관 어디 지뢰밭에서도 그렇게 고상을 떨 수 있는지 보자.

발 놓을 틈도 없이 번쩍이는 지뢰들. 지뢰를 피해 발 내딛는 병사의 모습, 춤추는 듯하다. 아니, 춤추지 않으면 죽는다. '그 춤 참 아름답다!'

16. 연애편지

그 음악에 맞춰 춤추며 병사의 애인 등장한다. 그녀는 군인 풍으로 치장했다. 그녀는 편지글을 읊는다.

애인 전선에서 쏟는 당신의 땀방울이 내 가슴을 타고 흘러내리며 나를 흥분시켜요. 당신의 땀 냄새가 내겐 최고의 향수에요. 검게 탄 당신의 피부, 이글거리는 눈빛은 상상만으로도 날 매혹시켜요. 적을 향해 곧추세운 총부리는 당신 아랫도리의 물건처럼 내 가랑이 사이를 파고들어 날 황홀케 만들어요.
병사 야, 이 골빈 년아. 너 흥분시키자고 내가 전장에서 땀 흘리고 있는 줄 알아. 누가 그러든 전쟁이 그렇게 낭만적이라고. 너한테 잘 보이자고, 너 흥분시키자고 총탄에 내 몸 내맡기고 있는 줄 알아. 사람 죽이는 남자가, 잔인하게 총검 휘두르는 사내가 그렇게도 멋있어? 정신 차려 이년아. 여기선 네 애인이 죽던가, 다른 여자의 애인이 죽던가, 아니면 둘 다 죽던가, 재수 좋아 병신이 되던가. 그 어느 경우 중 하나야. 내 부모 형제가 죽든지, 아니면 딴 사람의 부모형제가 죽든지, 그도 아니면 몰살하던지. 그 어느 경우 중 하나란 말이다. 정신 나간 년아. 그렇게 좋아 보이냐. 그렇게 흥분 되냐. 정신 차려, 얼빠진 년아. 야, 이 단순한 년아. 너 흥분시키자고 나 죽을까. 너 즐겁자고 나 죽일래.

17. 아, 어머니

어머니 사랑하는 아들아. 네가 군대 가고 소포로 붙여 온 네 옷을 받아들고는 밤새 울었다. 난리 통에 몸은 안전한지, 밥은 제대로 먹는지, 잠은 제대로 자는지, 살아는 있는지, 마음 놓을 수가 없구나. 하지만 나는 우리 아들 믿는다. 늠름하고 용감하게 모든 역경 다 이겨내는 훌륭한 군인이 되리라 믿는다. 자랑스런 내 아들아, 용맹을 떨쳐라. 우리 조국의 미래가 네 두 어깨에 달렸구나. 항상 기도하마.

병사 전선에서 어머님께 올립니다. 빗발치는 포화 속에서도 어머니의 기도로 저는 무사합니다. 두려움도 사라졌고 이젠 무척 담대해졌어요. 어떤 역경도 이겨낼 수 있을 만큼 강해졌답니다. 너무 염려하지 않으셔도 좋을 듯싶네요. 아니요. 천만에요. 어머니 절대 그렇지 않아요. 전쟁터는 절대 안전하지 않아요. 전쟁터는 인간이 있을 곳이 못 돼요. 전쟁은 인간이 해서는 안 될 짓이에요. 전쟁터에는 낭만이 없어요. 전쟁터에는 이유 없는 증오와 그 증오의 부산물인 광기와 신음, 고통과 피 밖엔 아무것도 없어요. 전쟁터에는 인간이 없어요. 살인기계들 뿐이에요. 짐승들뿐이에요. 저도 그 짐승들 중 한 마리일 뿐이에요. 다르다면 초라한, 아주 유약한 짐승이라는 것뿐이죠. 어머니, 전쟁을 그만두라 말하세요. 전쟁을 그치게 해 달라 기도하세요. 어머니의 기도가 얼마나 웃기는, 말도 안 되는 기도인지 깨닫기 바래요. 저도 기도해요. 제 기도가 뭔지 아세요. '우리 어머니의 기도를 들어주지 마세요' 비는 기도라고요. 엉터리 기도하는 사람들 기도를 들어주지 마십사 기도해야 하다니. 젠장, 이건 또 웬 기도전쟁. 아시겠어요, 어머니. 전쟁터에는 죽음이 있을 뿐이에요. 어머니의 아들이 아니면 다른 어머니의 자식이 죽어요. 우리 가정 아니면 다른 가정이 파괴돼요. 우리 집이냐 남의 집이냐 일 뿐이라고요. 그러니 어머니 이젠 전쟁을 그만두라 하세요. 말리세요. 어머니가 나서서 말리세요. 이웃집 어머니들과 손잡고 말리세요. 제발목숨 걸고 말리세요. 그렇지 않으면 어머니 자식 죽어요. 집에 못 돌아가요. 어머니. 저 살고 싶어요. 죽기 싫어 죽겠어요. 어머니. 아들을 전쟁터에 내 보낸 어머니는 살인자 아닌가요. 어머니는 살인자에요. 아들에게 총을 쥐어주고는 돌아서서 평화를 구하는 음흉한 살인자. 그래서 전쟁이라는 모든 대리살인 행위가 미덕이 될 수 있는 거군요. 모두 공범자여서. 모두 한 통속이어서.

18. 오, 아버지

아버지 약해 빠진 놈. 네 애비를 봐라. 이 다리를 봐. 네가 내 명예를 더럽히려느냐. 못난 놈. 이 애비가 몸 바치고 목숨 바쳐 이룬 평화다. 그것 하나 못 지키겠느냐. 그렇게 겁이 나느냐. 비겁한 놈. 네가 아직 세상을 몰라서 그래. 산다는 것이 그리 쉬운 일인 줄 알았더냐. 네가 살려면 죽여야 해. 적자생존의 세계에서 다른 선택은 없다. 냉혹하지만 어쩔 수 없는 현실 이야. 피할 수 없는 숙명이란 말이다. 죽는 게 그렇게 겁나 든. 사나이 태어나 한 번 죽지 두 번 죽겠느냐.

병사   아버지의 꿈, 전쟁의 상처로 박살난 아버지 인생. 절망. 술과 폭력으로 망가진 우리 가정. 그 전쟁의 희생물이 되어 찌그 러진 당신의 아내, 아들, 딸. 우리들의 인생. 아직도 그 싸움 은 끝나지 않아서 여전히 싸워라, 싸워라. 싸워서 물리쳐라. 아버지와 맞싸워 상처받고 똑같이 박살난 저쪽에서도 판에 박은 듯 이빨을 갈아라, 칼을 갈아라. 싸워라, 싸움뿐이다. 그 래서 남은 게 뭐죠. 앞으로 우리가 기대할게 뭐죠. 아버지, 전 싫어요. 그만 두겠어요. 겁쟁이래도 좋아요. 내가 맞아 죽 어 더 이상 싸울 일이 없다면, 영원히 싸움이 사라진다면 차 라리 그쪽을 택하겠어요. 하지만 아버지, 죽기보단 살고 싶어 요. 인간답게 살고 싶어요. 내 인생 이렇게 망치고 싶지 않아 요. 죽고 싶지 않아요. 싸우지 않을 방법을 강구해 보세요. 죽어야 하는 이유, 죽여야 하는 이유를 전 찾지 못하겠어요.

아버지   에이, 약해빠진 놈. 에이, 못난 놈.

19. 사랑하는 누이야

병사의 여동생, 거울 앞에 앉아 화장하고 있다.

여동생   오라버니, 나 오늘 선봐요. 오라버니와의 약속대로 꼭 오라버니 앞에서 선보고 싶었는데. 남자는 남자가 봐야 안다고 오라버니가 늘 노래했었잖아. 아버지가 됐다하셔. 아버지도 남자라고. 어머니는 놓치기 아까운 혼처라고 무조건 나가래. 예쁘게 보이라고 새 화장품까지 사주셨어. 그런데 왜 오늘따라 이렇게 오라버니가 보고 싶지. 오라버니 안녕하지? 나 선 봐도 괜찮지?

병사 누이야. 넌 화장하려고 거울 앞에 앉을 때, 거울에 속지 말거라. 거울 앞에 앉아서는 거울 앞에 앉았다는 사실을 꼭 명심해야 한다. 오른쪽 왼쪽이 바뀐다는 것을 잊지 말아야 한다. 이렇게 보렴. 이건 네 오른손? 아니면 왼손? 자 나와 마주보고 이것은 오른손. 아니지 왼손. 이것은 오른손. 알겠지. 마주보고 상대의 손을 잡으려면 오른손과 왼손, 왼손과 오른손이 만나야해. 상대의 오른손은 내 왼손을, 왼손은 내 오른손을 잡아야 한다는 사실을 잊어서는 안 돼. 마주보고 편안히 손잡으려면 상대의 오른손에 네 왼손을 올려놓으렴. 그의 오른손에 너의 왼손으로 화답하렴. 그도 너의 오른손에 왼손으로 화답할 거야. 같으면서 다름을, 다르면서 같음을 이해하고 실천하렴. 그러니 누이야 거울보고 착각하지 말렴. 거울 앞에 설 때는 꼭 정신 차리렴. 거울 앞에 섰다는 사실을. 사람을 마주할 때는 꼭 명심하렴. 거울 앞이 아니라 사람 앞임을. 그럼 사랑하는 누이야, 화장 잘 하렴. 예쁘게.

20. 친구에게

병사의 친구, 자리한다.

친구 친구. 난 요즘 자네와 자주 토론을 벌이곤 했던 대학교정을 자주 찾고 있네. 고민이 있어서. 심사숙고해서 결정해야 할 문제가 생겼네. 옛날 자네와 치열하게 논쟁을 벌였던 그 문제. 폭력의 정당성 문제 말일세. 자넨 찬성하는 쪽이었지. 나는 그 반대편에 섰었고. 그런데 말일세, 내가 틀렸다 싶네. 찬성이 옳은 듯싶어. 자네가 맞았던 거지. 그래서 지금 자네 생각은 어떤가 싶어서. 여전할 테지. 동기생들 모두 자네의 선택에 대한 부러움과 존경을 표하고 있네. 물론 가치를 달리하는 친구도 있지만, 적어도 자신의 신념에 기초해서 행동하는 자네의 삶의 모습에 대해서는 모두 진심으로 인정하는 눈치라네. 몇몇 친구들은 곧 자원입대할 예정이라네. 그런데 나는 아직… 이 전쟁에 동참해야 할지 아니면 거부해야 할지, 아직 판단이 서지 않아서. 폭력의 정당성, 참전의 당위성, 아직 혼란스러워서. 그래서.

병사   내가 틀렸네. 자네가 옳았어. 나는 그 어떤 이유로든 폭력은 정당화 되어서는 안 된다고 믿네. 참전, 다시 한 번 생각해보시게.

친구.

전쟁을 부추기는 것이 돈이라면 그 돈으로 밑이나 닦으시게.

전쟁을 부추기는 것이 권력이라면 권력자를 멀리하시게.

전쟁을 부추기는 것이 민족이라면 어서 빨리 민족 간에 피를 섞도록 하시게.

전쟁을 부추기는 것이 국가라면 무정부주의를 선언하시게.

전쟁을 부추기는 것이 애국심이라면 차라리 조국을 버리시게.

친구.

전쟁을 부추기는 것이 자존심이라면 그 자존심 어서 개에게나 던져주시게.

전쟁을 부추기는 것이 사랑이라면 차라리 증오를 택하시게.
전쟁을 부추기는 것이 정의라면 차라리 불의를 좇으시게.
전쟁을 부추기는 것이 선이라면 차라리 악의 편에 서시게.
전쟁을 부추기는 것이 종교라면 무신주의를 선언하시게.
전쟁을 부추기는 것이 신이라면 어서 그 신을 죽여 장사지
내버리시게.
친구.
전쟁을 부추기는 것이 우월성이라면 어서 착각과 아집을 떨
쳐버리시게.
전쟁을 부추기는 것이 문명이라면 어서 자연으로 돌아가시
게.
전쟁을 부추기는 것이 무료함이라면 차라리 자위행위를 즐
기시게.
전쟁을 부추기는 것이 무지라면 어서 역사책을 펼치시게.
아시겠나, 친구.
명심하시게, 친구.

21. 북치는 병사

행진곡 풍으로 작은 북치며 나타나는 북치는 병사.

북치는 병사 어이, 오늘은 또 얼마나 많은 아이를 죽였나? 분발하
게. 요즘 새로 태어나는 아이들이 아주 많다네. 씨를 말리라
는 명령이네.

북치는 병사, 북치며 사라진다.

22. 전쟁미망인의 증언

미망인   공습이 시작되었을 때 저는 가족들 먹을 것을 챙겨두고자
막 시장을 다녀오는 길이었어요. 검은 연기가 치솟는 곳을
보고는 우리 동네다 직감했지요. 정신없이 달렸지만 늦었어
요. 이미 마을 회관은 폭삭 주저앉은 상태였어요. 마을 회관
은 아이들의 놀이터였어요. 아이들의 무덤이 되고 말았죠. 우
리 동네 스물일곱 명의 아이들 중 열아홉 명이 그곳에 묻혔
어요. 어느새 자식을 찾는 부모들로 아수라장이 되었지요. 들
리죠? 저라고 정신이 있었겠어요. 아가, 아가, 아가. 손톱을
곡괭이 삼아 아이들을 찾았어요. 첫째 아이는 딸아이였는데
요, 일곱 살 배기였죠. 머리 여기서부터 여기까지, 이마 위
43mm 지점에서부터 오른쪽 눈썹 위를 지나 쭉-- 172mm
찢어졌어요. 얼굴에 굳어 엉겨 붙은 피를 씻어내면서도 내
딸이 아니었으면 했어요. 그 때 아이는 제 아빠가 생일 선물
로 사준 하얀 원피스를 입고 있었는데, 그 하얀 옷에 빨간색
그림이 그려져 있었어요. 꽃 같기도 하고 나비 같기도 한 제
어린 손바닥 두 배만한 그림이 눈부시게 그려져 있었어요.
발에는 할머니가 떠주신 무지개무늬 양말을 신고 있었는데
오른쪽 양말은 어디로 갔는지 보이지 않고, 아니 오른 쪽 신
발도 보이지 않고, 그러니까 오른쪽 다리는 아예 보이지 않
고 왼쪽 양말만 무지개처럼 환하게 빛을 발하고 있었어요.
보이죠? 그 무지개 밑에는 오른쪽 눈알이 튀어나온, 요기, 요
코 끝, 옆 광대뼈까지 눈알이 내려와 대롱대롱 걸려 있는 얼
굴이 깔려 있었어요. 보이죠? 둘째요. 아들이요. 세 살배기인
데 두 돌 막 지났어요. 12.3kg 쯤 나갔는데. 홀라당 발가벗
은 상태로요. 요만 했어요. 정확히 요만 했지요. 내가 매일

안아 봐서 알아요. 12.3kg 맞아요. 누나 따라다니기를 그렇게 좋아했어요. 어리긴 누나도 마찬가지지만 윗사람 노릇하느라 잘 데리고 놀았지요. 그래서 같은 자리에 있었을 거예요. 누나가 데리고 있었겠죠. 보니까, 왼쪽 팔은 여기, 여기가 잘려나가 없고요. 배는 터졌어요. 제 주먹만 한 구멍이 뻥 뚫려 있었어요. 오른쪽 다리는 가슴 쪽으로 접혀 턱에 붙어있고, 왼쪽 다리는 등 쪽으로 꺾여 어깨에 걸쳐 있었어요. 흉내도 못 내겠네. 그런데 이상하게 피가 별로 안 났더라고요. 너무 어려서 그런가요. 잘려나간 팔 밑에 피가 흥건했던 걸 빼면 다른 데서는 전혀 피가 안 흘렀더라고요. 보이죠? 참 기이했죠. 참 이상했어요. 이게 내 아들의 모습이로구나. 인간이 이런 모습을 가질 수도 있구나. 신기했어요. 놀라웠지요. 애들 할머니는 집을 지키고 계셨어요. 집에도 폭탄이 날아들었죠. 어머니는 부엌에서 변을 당하셨어요. 벽이 넘어지며 어머니를 깔았더라고요. 얼굴은 비교적 멀쩡하셨어요. 이마에 작은 상처가 났더라고요. 피가 흐르지는 않고 맺히기만 할 정도였어요. 두 다리 다 부러지고, 가슴이 내려앉았어요. 갈비뼈가 다 으스러졌던 거예요. 어머니 손에 프라이팬이 들려 있었어요. 계란을 익히고 계셨던 거예요. 보니까, 다 익었더라고요. 아이들 주려고 준비하셨던 거죠. 흠, 아, 냄새 좋죠? 어머니 살아가시는 낙중에 하나거든요. 옛날 얘기해 주시는 것과 계란 부쳐주시는 것. 그리고 등 주무르고 긁어달라고 돌아앉으시는 것. 할머니는 눈을 뜨고 계셨어요. 그 눈을 자세히 들여다보니 우리 아이들이 들어 있었어요. 사진처럼 선명하게 박혀 있더라고요. 보이죠? 그런데 아이들 표정이 이상하더라고요. 웃는 듯 우는 표정이었어요. 들리죠? 애들이 우는 통에 어머니가 눈을 감으실 수 없으셨던 것 같아요. 남편은 한길에서 폭탄을 맞았어요. 파편을 맞았죠. 들에서 일을 하다가 마을 회관에 폭탄이 박히는 것을 보고 뛰어오던 길이었던 것 같아요. 맨발로 달려왔더라고요. 폭탄이 바로 앞에 떨어졌던가, 벌집을 보는 듯 했어요. 보이죠? 앞이 캄캄해지데요. 그런데 참 야속하게도 눈물이 나지 않더라고요. 울어야 할 것 같은데, 울어야 살 것 같은데, 눈물이 나지 않더라고요 글쎄. 그렇게 이번 폭격으로 졸지에 맏딸, 하나뿐인 아들, 남편, 어머니를 잃고 제 등에 업힌 이 돌도 안 지난 피붙이 막내딸과 저, 둘만 살아남았네요. 아이가 불쌍해 살아볼까도 했는데, 포기하려고요. 그래서 이렇게 다음 폭격을 기다리고 있어요. 우리 동네는 이미 완전히 폐허가 돼서 추가 폭격은 없을 듯싶고요. 그래서 아직 공격받지 않은 이 동네에 와 있는 거예요. 폭격 맞을 준비를 하고 있는 거예요. 와, 온다. 들리죠? 폭격기가 와요. 여기요. 여기. 여기. 반가워요. 여기요. 우리요.

23. 북치는 병사

행진곡 풍으로 북치며 나타나는 북치는 병사.

북치는 병사　어이, 오늘은 또 얼마나 많이 쏟아 부었나. 서두르게. 새로 지어지는 참호들이 아주 많다네.

북치는 병사, 북치며 사라진다.

24. 유언

병사   혹시 우리 집에 들를 일이 있거든, 우리 집 주소는 대한민국 경기도 시흥군 소래면 매화리 238-4번지인데요, 혹시 들를 일이 있거든, 문간방 책상 맨 아래 서랍을 열어보세요. 거기 사진을 담아둔 운동화 상자가 있을 거예요. 그 사진들 속에 저금통장 하나 끼어 있을 건데요. 공부하려고, 공부하고 싶어서, 꼭 공부하고 싶어서 10원, 100원 저축하던 통장인데요. 아직 한 학기 등록금 조금 못되는 액수일 거예요. 원예학을 공부하고 싶었는데. 꽃이 좋아서요. 특히 야생화요. 아주 작은 꽃들 무리로 피어 더 아름다운 꽃무더기들이 참 좋았어요. 혹시 우리 집에 들를 일이 있거든, 우리 집 주소는 대한민국 경기도 시흥군 소래면 매화리 238-4번지인데요, 혹시 들를 일이 있거든, 문간방 책장 맨 위 칸 오른쪽 끝에 꽂혀 있는 누런색 표지의 두꺼운 노트를 찾아보세요. 언젠가는 소박한 자서전이 되리라 한 줄 한 줄 적어가던 일기장이에요. 아직 자서전이라 하기엔 제 인생 무척 초라하지만 제가 지금까지 계획하고 키워왔던 꿈들이 고스란히 담겨있거든요. 제 꿈과 미래가 커가고 있는 노트인데. 꼭 좀 찾아보세요. 혹시 우리 집에 들를 일이 있거든, 우리 집 주소는 대한민국 경기도 시흥군 소래면 매화리 238-4번지인데요, 혹시 들를 일이 있거든 뒤란, 안방 미닫이문 옆쪽 화단에 들러주세요. 거기 봄이면 골담초가 작은 나비 떼처럼 활짝 피어나는데요. 제가 결혼하면 새 집에 꼭 분양하려던 꽃이거든요. 적황의 다채로운 색깔이 참 예쁘고, 떨어지는 꽃 받아 시루떡을 해먹어도 맛있거든요. 제가 무척 아끼고 좋아하던 꽃이라서요. 혹시 우리 집에 들를 일이 있거든, 우리 집 주소는 대한민국 경기도 시흥군 소래면 매화리 238-4번지인데요, 혹시 들를 일이 있거든 통장은 어렵게 공부하는 학생에게 주세요. 꼭 소망 이루라고요. 노트는 태워서 없애주세요. 완성시키지 못한, 망쳐버린 작품이래서요. 지금 상태로는 누가 볼까 부끄러워서요. 그리고 번거롭겠지만 골담초 한 뿌리 캐어다 제 무덤 앞 오른쪽에 심어 주셨으면 해요. 거기가 제가 묵을 새 집이니까요.

병사 총을 들어 노리개 후퇴전진 시킨 후 총구를 입속에 쳐 넣는다. 그러나 죽는 일이 그리 쉽다더냐. 결국 방아쇠를 당기지 못하고 총구를 빼낸다. 절규.

병사 아ㅡ!

25. 주검 찾는 부부

병사는 탈진한 듯 누워있다. 아들을 찾아 헤매는 부부, 지게 지고, 삽과 괭이 들고 나타난다.

여자 저기, 저기 또 하나 있네.
남자 이번엔 우리 아들이려나.
여자 가 봅시다.
남자 너무 기대 마요.
여자 아니래도 실망 안 해요. 모두 내 자식인 걸요.
남자 보자.
여자 여기가 좋겠네요.
남자 자 즐겁게 시작해 봅시다.

병사 저기.

남자 깜짝이야.

여자 안 죽었네.

남자 멀쩡한데.

병사 누구세요?

여자 안 죽었어?

병사 네? 네, 아직 살아있네요.

남자 언제쯤 죽을 거 같아?

여자 이 이는.

남자 아니. 우리가 묻어주려고 그러지.

여자 우리, 자식 묻으려 다녀.

병사 자식이요?

남자 우리 아들.

병사 어쩌다 부모가 자식을 묻어요?

여자 그러게. 아들이 아버지 묻고, 딸이 엄마 묻어야 되는 건데.

병사 그럼요. 어쩌다가 아버지가 아들을 묻고, 어머니가 딸을 묻어
요.

남자 어쩌긴. 전쟁 때문이지. 질서도 도리도 내팽개치는 게 전쟁
아닌가.

병사 아드님은 만나셨어요?

여자 아직. 이렇게 찾고 있잖아.

남자 자네도 전쟁 중이지?

여자 염려 말아. 젊은이도 우리가 묻어 줄 테니까.

병사 아닙니다.

여자 늙은이라고 대충할까봐? 염려 마. 시체 처리라면 이골이 났으
니까.

남자 전쟁이란 참 불공평하단 말이야. 늙은이들은 다 제쳐놓고 젊

은이들만 불러다 쓰니 말이야.

여자 왜요. 그래도 노인들에게도 심심치 않은 일거리를 주잖아요.

남자 우리가 할 게 뭐 있다고.

여자 이 일이요. 자식 묻는 일이요.

남자 하긴. 그나마 이 일이라도 있어 다행이지. 무료하지는 않지.

여자 그러니 걱정 마. 죄송해 할 것도 없어.

병사 전 아직.

남자 다들 아직 이라지. 전장에서 잠시 후에 닥칠 일을 누군들 장담할 수 있겠어. 죽이는 쪽이나 죽는 쪽이나 그저 순서만 다를 뿐이지. 결국 다 죽는 거야. 차례 되면 가야지 별 수 있나.

병사 제 차례는 언제쯤일까요?

여자 그리 오래 기다리지 않아도 될 거야. 완전히 미쳤거든. 걱정하지 않아도 돼. 곧 차례 와.

남자 언제까지 버티려고?

병사 네?

여자 에이, 영감.

남자 흠. 그러고 보니 걱정되는 거 하나 있네.

여자 당신이 걱정할 게 뭐 있어요?

남자 우린 누가 묻어주나. 우리 묻어줄 자식들 우리가 다 묻어버리면 우린 누가 묻어줘?

병사 제가 해드릴게요.

여자 엥, 우리가 자넬 묻는다니까. 그게 전쟁이라니까. 아직도 모르네. 아직도 몰라. 이런, 쯧쯧.

병사 그렇군요.

남자 그럼, 당연히 그렇지. 그게 전쟁의 이치지. 우린 자식 찾아보고 다시 돌아오겠네. 걱정 붙들어 매. 돌아와 꼭 묻어줄 테니까. 약속. 약속.

병사 약속.

여자 또 가봅시다. "이 풍진 세상을 만났으니 너의 희망이 무엇이
     냐."

남자 얼씨구.

여자 "부귀와 영화를 누렸으니 희망이 족할까…"

병사 감사합니다. 감사합니다. 감사…

26. 평화 콘서트

아들 주검 찾는 부부 떠나고, 병사는 바닥에서 주인 잃은 조그마한
오카리나 하나를 주워든다. 어느 병사인가 적적할 때면 불다가 놓
아버렸을 오카리나. 불어본다. 옛날 뒷동산 어귀에서 읊조리던 노
래 기억난다. 그 노래 연주해 본다. 병사의 발목에는 M16 소총 멜
빵이 묶여있다. 병사는 총의 정체를 잊은 듯 끌고 다니며 오카리나
를 연주한다.

병사 싸우지만 않으면 어떻게든 살아보겠는데
     전쟁만 아니면 어떻게든 멋지게 꾸며보겠는데
     조금은 어렵고 조금은 배고프더라도
     가끔은 다투고 가끔은 섭섭하더라도
     죽지만 않으면 살아보겠는데
     웃으면서 견뎌보겠는데
     자꾸만 싸우라네, 자꾸만 죽이라네, 어서어서 죽으라네
     싸움을 싫어하는 나는
     전쟁을 감당할 길 없는 나는
     정말 몸 둘 곳 없는 세상이네

정말 정 못 붙일 세상이네

새 노래 연주한다. 새 노래 연주할 때 꿈속인 냥 병사의 옛 지인들
다양한 악기를 가지고 합세하여 악대를 이룬다.

27. 지옥탈출

"탕!", 기다렸다는 듯 평화롭고 아름다운 정경을 파괴하며 비집고 드
는 총성 한 발. 그 여운 참 길다. 총성에 놀란 꿈속의 악대들 쫓겨
사라진다. 그 총성의 여운을 물고 병사, 행복한 미소 지으며 쓰러진
다. 손에서 빠져나가는 오카리나.

28. 북치는 병사

행진곡 풍으로 작은 북치며 나타나는 북치는 병사. 북치는 병사는 쓰
러진 병사의 목에서 인식표를 잡아뗀다. 북치는 병사는 어깨에서 허
리로, 대각선으로 늘어뜨린 줄을 벗는다. 수많은 인식표가 풀줄기에
메뚜기 꿰듯 꿰어져 있다. 거기에 병사의 인식표 하나 존재감 없이
더해진다. 북치는 병사, 다시 인식표다발을 몸에 두르고, 만국기로
조각조각 이어붙인 커다란 천을 꺼내 병사를 덮는다. 다시 북채를 들
고 드르르르르, 북을 친다.

　북치는 병사　어이! 오늘은 또 몇 명의 적군을 사살했나? 분발하게.
　　　아군 희생자가 헤아릴 수 없이 많다네.

29. 붉은 비

북치는 병사, 표정 환해지며 다시 북칠 때, 번개 때리더니 천둥 이

어지고 이내 비가 쏟아진다. 붉은 비가 내린다. '아, 황홀하다!' 이 붉은 비로 숭고한 병사의 희생 더욱 빛난다.

30. 주검 찾는 부부

그 비를 뚫고 주검 찾는 부부 다가온다.

여자 들었죠?
남자 나도 들었어요.
여자 분명 총소리가 났는데.
남자 이쪽이 분명해요.
여자 이번엔 우리 아들일까요.
남자 누구면 어때요. 모두 내 자식들인 걸.
여자 오늘은 무척 바쁘네요.
남자 심심치 않아 다행이지.
여자 그렇지요. 이 일마저 없으면 무슨 재미로 살겠어요.

31. 북치는 병사

붉은 비를 맞으며, 북치는 병사 신나게 북을 친다.

북치는 병사 어이! 어이!

북치는 병사, 영혼을 달래려는 듯 춤추며 북칠 때, 서서히 암전.

32. 후경後景 - 엿 먹지 맙시다

보통 가정의 일상적인 저녁식사 시간. 저녁상에 둘러앉은 가족들 각자 머리를 조아려 식사기도를 올린다. 먼저 아버지가 수저를 들면 본격적인 식사가 시작된다. 서로에게 반찬을 얹어주고, 먹여주는 광경으로 보아 참 화목하고 평안한 가족임에 틀림없다. 식사가 진행되는 동안 이상한 현상이 눈에 띄는데, 가족들의 입에 끈끈한 피가 묻어난다는 점이다. '어디서 묻어나는 것일까?' 식사가 진행되면 될수록 얼굴은 피범벅이 되어 가는데, 더욱 이상한 점은 아무도 그 현상에 대해 이상하게 받아들이는 사람이 없다는 사실이다. 아무 일도 없다는 듯이, 전혀 이상할 것 없다는 듯이 식사는 일상적인 분위기로 이어진다. '그렇다면 그들은 피를 눈치 채지 못한다는 말인데.'

딸	자, 오늘도 뜨끈뜨끈한 반찬을 곁들이시면서 만찬을 즐기시겠습니다.
아들	시시껄렁한 얘긴 독 된다.
아버지	애가 언제 약 될 만한 얘기 한 적 있냐.
딸	일종의 수수께낀데.
어머니	밥 먹는데 또 개구리 얘기 하려고.
딸	이번엔 개구리보다 크네요.
아들	참새 시리즈.
딸	참새보다 훨씬 큽니다.
아버지	최불암 시리즈.
딸	최불암은 명함도 못 내밀어요.
아들	정말 새 거지?
딸	기린을 냉장고에 넣는 방법.
아들	쳇. 냉장고를 여세요.

어머니 기린 들어갑니다.

아버지 닫아라.

딸   오늘 들은 건데. 너무 쉬운가. 그럼, 코끼리를 냉장고에 넣는
      방법.

어머니 냉장고를 열고.

아버지 코끼리를 넣으려니, 이런 빈 자리가 없네. 야, 기린, 너 이
      리 나와.

아들   코끼리, 너 들어가.

아버지 닫아라.

딸   이건 정말 못 맞출 거다. 동물의 왕 사자가 동물회의를 열었
      어. 모든 동물이 다 참석했다 싶었는데 한 동물이 참석하지
      않은 거야. 무엇일까요?

어머니 참, 애 어서 냉장고 문 열어줘라.

아들   코끼리 동태나 안 됐는지 모르겠네.

딸   뭐야. 뜨끈뜨끈한 거라고 하더니.

아버지 이번엔 다 식은 거 어떠냐.

어머니 또, 그 재미없고 뻔한 얘기. 지겹지도 않나. 레파토리 바닥
      날 때도 됐구만.

아버지 어허.

아들   네, 네. 먹어도 먹어도 질리지 않는 엿 바꿔 먹기 시리즈.
      오늘은 또 무엇으로 바꿔 먹을까요?

아버지 고무신을 엿 바꿔 먹는 방법.

딸   고무신을 산다.

어머니 멀쩡한 고무신을 면도칼로 쫙쫙 긋는다.

아들   가져다 엿 바꿔 먹는다.

아버지 괭이를 엿 바꿔 먹는 방법.

딸   먼저 괭이를 산다.

어머니   멀쩡한 괭이로 딴딴한 돌을 골라 마구 찍는다.

아들   가져다 엿 바꿔 먹는다.

아버지   총알을 엿 바꿔 먹는 방법.

딸   총알을 산다.

어머니   어디서?

아들   안 파는데. 못 사.

어머니   그럼 어떻게 쏴?

아들   전쟁을 벌이면 되겠네.

딸   맞다. 그럼 먼저 전쟁을 벌인다.

어머니   총을 쏜다.

아들   껍데기 주어다 엿 바꿔 먹는다.

아버지   포탄을 엿 바꿔 먹는 방법.

딸   포탄이 뭐야?

아들   대포 알.

딸   대포 알. 그럼, 우선 대포를 만들어야겠네.

아들   포탄을 만든다.

딸   대포를 쏜다.

어머니   누가? 어디다?

딸   먼저 전쟁을 벌인다.

어머니   대포를 쏜다.

아들   껍데기 주어다 엿 바꿔 먹는다.

아버지   그럼, 이번엔.

어머니   그만해요. 뻔한 질문. 코흘리개들도 맞추겠다.

아버지   폭탄을 엿 바꿔 먹는 방법.

딸   폭탄은 뭐야?

아들   폭발탄.

딸   포탄하고 폭탄하고 뭐가 달라?

아들   둘 다 폭탄이야. 금속 용기에 폭약을 채워 던지거나 쏘거나 투하해서 사람을 죽이거나 집이나 다리, 길 같은 기물을 부수는 군사무기. 그 중 대포로 쏘는 걸 포탄이라고 하는 거야.

어머니   공부를 그렇게 하시지.

딸   그럼, 미사일은?

아들   미사일? 포탄인가? 폭탄인가?

어머니   그럼 그렇지.

아들   에이, 아무 거면 어때. 엿만 바꿔 주면 그만이지.

딸   그럼, 먼저 전쟁을 일으킨다.

어머니   폭탄을 투하하거나, 미사일을 쏜다.

아들   껍데기 주어다 엿 바꿔 먹는다.

아버지   그러고 보면 모든 무기는 엿 바꿔 먹자고 만든 건데. 모든 전쟁은 엿 바꿔 먹자고 벌이는 거란 말씀이야.

어머니   또 억지 추론.

딸   우리 아버지의 개똥철학.

어머니   밥 먹는 데 또 똥 얘기. 이럴 땐 빨리 끝내는 게 상수다. 자, 오늘의 주제.

딸   전쟁을 자주 벌여야 엿 바꿔 먹을 고물이 많이 생긴다.

아들   엿 먹으려면 전쟁을 벌여라.

어머니   전쟁은 엿 먹기 위한 놀음이다.

딸   아빠 얘기는 항상 결론이 이상해.

아들   달리 개똥철학이니.

어머니   또 똥.

아버지   심오한 철학을 두고 똥 취급하지 마시게.

아들   귀 있는 자는 들을 지어다.

딸   깨어 있는 영혼은 들을 지어다.

어머니   잠에서 깨어난 귀 있는 개들은 들을지어다.

아버지　어허.
함께　　하하하.

　　피로 얼룩진 얼굴들, 환하게 웃을 때, 서서히 막 내린다.

- 막 -

황금 깃털의 비밀

<등장인물>

마리
버들
갈매기들
소녀
뱃사람들
동네사람들
관광객들

태풍이다.

광풍이 몰아친다.

갈매기조차 그 바람을 타지 못하고 떠밀려 간다.

돛대가 위태롭다.

돛대를 지키기 위해 사투를 벌이는 뱃사람들.

뱃사람 1 힘을 내. 조그만 더 버텨.

뱃사람 2 더 이상 못 버티겠어.

뱃사람 3 조금만 더 힘을 내. 돛대 꺾이면 여기서 끝이야. 살아 돌
아갈 방법 없다고.

뱃사람 4 젠장. 이렇게 큰 파도는 난생 처음이야.

뱃사람 1 아무리 큰 태풍이래도 끝은 있겠지. 끝까지 싸워보자고.

뱃사람 2 저기. 저기… 정말 크다!

뱃사람들 허!

사람들 버티던 손 놓고 아연실색할 뿐이다.

돛대와 함께 파도에 휩쓸리는 뱃사람들.

아, 인간 문명은 자연의 힘 앞에 얼마나 초라한가!

돛대, 꺾인다.

1막

1. 마리와 새끼 갈매기

"끼~. 끼~. 끼~. 끼~."
새끼 갈매기 울음소리 들린다.

마리　와, 알을 깨고 나왔어! 신기하다!
소녀　자갈 틈에 굴러다니더니. 돌이 아니라 정말 살아있는 알이었
　　　네.
마리　얘 무슨 새끼일까?
소녀　시커먼 게… 까마귀 새낀가!
마리　히히. 털이 부숭부숭한 게 꼭 버들강아지 같다.
소녀　귀엽다!
마리　언젠 삶아 먹자며?
소녀　그땐 배고파 눈 뒤집혔었으니까 그랬지.
마리　너 배고프다고 나 몰래 얘 잡아먹기 없다.
소녀　배고파 환장하면 뭔들 못 잡아먹을까.
마리　야!
소녀　헤헤. 배고픈가보다. 젖 줘라.
마리　에잇. 우리 아가 뭘 먹이지. 사람들 먹을 것도 모자라는데.
소녀　야 까맹이, 넌 뭘 먹어야 사니? 난 밥 먹고 산다.
마리　갈 거야?
소녀　지금 안 가면 그나마 꽁보리밥 한 숟가락도 없어.
마리　잘 가.
소녀　나만 먹어서 미안.

마리　… 나도 먹을 거… 있어. 준비해 놨어.

소녀　… 그래. 맛있게… 먹어.

　　소녀, 달려간다.

마리　우리 버들강아지! 예쁜 버들이는 뭘 줘야 맛있게 먹을까? 새
　　　들도 굶어죽는 시절이라는데! 우린 뭘 먹고 살까. 버들! 히히
　　　히. 염려 마. 널 굶겨 죽이진 않을 테니까. 건강하게 키울 거
　　　야. 네 가족 만날 수 있을 때까지. 버들! 고맙다. 내 가족이
　　　되어 줘서. 반갑다, 버들! 환영한다, 버들!

　　마리, 달려간다.
　　배고픔을 잊기 위해 달린다.
　　허기진 배를 샘물로 달래고, 다시 달린다.
　　먹이를 찾아 달린다.

마리　버들, 기다려! 조금만 참아! 곧 맛있는 거 많이 구해 갈게!

　　마리, 달린다.
　　먼 길을 가깝게 달려간다.
　　어려운 세월 달리며 버틴다.
　　달리는 힘으로 버틴다.

　　구렁이, 새끼 갈매기를 잡아먹으려 미끄러져 들어온다.
　　마리, 구렁이 입 벌린 찰나, 나무 꼬챙이를 세워 입에 꽂는다.
　　입을 다물 수 없는 구렁이, 몸부림치며 달아난다.

마리　미안해, 버들. 많이 놀랐지. 이젠 괜찮아. 짜자잔! 맛있겠지.

널 위해 준비했어. 아! 와, 잘 먹네. 체하겠다. 천천히 먹어.

버들   끼끼. 끼끼.

마리   벌써 다 먹었네. 버들. 내가 맛있는 거 또 구해올게. 울지 말
       고 기다려.

버들   끼끼. 끼끼.

마리, 다시 달린다.
버들 먹일 양식을 찾아 달린다.

족제비, 새끼 갈매기 냄새를 맡고 기어든다.
마리, 달려와 족제비 입 벌린 찰나 발로 세차게 걷어차 날려 보낸
다.

마리   우리 버들 큰일 날 뻔했다. 많이 놀랐어? 괜찮아. 내가 있잖
       아. 히히히. 나 잘했지? 멋있지?

버들   끼끼. 끼끼.

버들   이거. 우리 버들이 많이 먹고 쑥쑥 커야 돼. 그래야 족제비한
       테 잡혀 먹히지 않지. 맛있어? 조금만 기다려 맛있는 거 또
       구해다 줄게.

버들   끼끼. 끼끼.

마리, 다시 달린다.
버들 먹일 양식을 찾아 힘차게 달린다.
낮밤 따로 없이 달린다.

저기
마리, 달려온다.
그러나 둥지에 있어야 할 새끼 버들이 없다.

마리 　어, 어디 간 거지. 버들. 버들! 구렁이 먹이 됐어. 족제비 밥이
　　　됐어.

　　　저기
　　　어느새 성장한 버들, 날아온다.

마리 　버들. 어디 갔었어? 놀랬잖아. 배고프지? 자, 어서 먹어.

　　　마리, 갯지렁이 내민다.
　　　버들, 물고기 물고 있다.

마리 　그새 다 컸구나, 버들. 이젠 날 수 있어!

　　　버들, 난다.
　　　마리, 뒤를 좇는다.
　　　달리기 하듯, 술래잡기 하듯 논다.
　　　친구의 정이 짙어간다.
　　　가족의 정이 깊어간다.

2. 마리와 버들

　　　어둠이 내린 밤
　　　어둠을 뚫고 달리던 마리, 천천히 '옥구봉'에 오른다.
　　　정상에 앉아 파도소리에 마음을 빼앗기는 마리.
　　　어느새 다가와 곁에 앉은 소년.
　　　눈치 채지 못하는 마리.
　　　기척을 느꼈으니 깜짝 놀랄 수밖에.

마리　엄마야!

버들　놀랐어? 미안.

마리　누구니, 넌?

버들　마리 친구.

마리　내 친구?

버들　응, 네 친구. 제일 친한 친구.

마리　무례하다, 너. 저리가. 한발, 두발 더. 난 너 몰라. 처음 봐.

버들　정말?

마리　정말.

버들　다시 봐.

마리　가까이 오지 말래도.

버들　잘 봐.

마리　그 눈. 너… 너….

버들　그래. 나야. 버들.

마리　갈매기 버들?

버들　응. 갈매기 버들.

마리　날개 어디 갔어? 어떻게 사람이 됐어!

버들　나 갈매기야. 네 친구 버들.

마리　지금 나하고 말하고 있잖아. 나에게 말하고 있잖아.

버들　그래. 내 마음 전하고 있어. 말하고 있어.

마리　이거 꿈이야, 생시야?

버들　꿈 아냐.

마리　그럼 생시란 말이야?

버들　생시도 아냐.

마리　그럼?

버들　꿈이며 생시. 꿈과 생시가 하나 된 순간.

마리　그럴 수 있어?

버들 여기, 지금 그렇잖아. 너와 나 이렇게 얘기하고 있잖아.

마리 나 좋아해도 되지? 나 기뻐해도 되지?

버들 고마워 마리.

마리 버들!

버들 마리!

　　마리와 버들, 한참을 포옹한다.

마리 버들!

버들 마리!

마리 버들!

버들 마리!

마리 호호호.

버들 하하하.

마리 버들! 버들! 버들!

버들 마리! 마리! 마리!

마리 호호호.

버들 하하하.

　　깊이 소통할 수 있다는 게 저렇게 행복한 거구나!

　　"까~륵. 까~륵. 까~륵. 까~륵."

　　갑자기 갈매기 떼 몰려온다.

　　버들, 바람처럼 사라진다.

마리 버들! 버들! 버들!

마리 주변을 맴돌던 갈매기 떼, 사라진다.
버들이 앉았던 빈자리에 깃털 하나 떨어져 있다.
마리, 주워든다.
순간 하얀 깃털, 황금빛으로 변한다.

마리 꿈인가? 부우! 꿈이라면 어서 깨야지.

마리, 달린다.
꿈을 깨려고 달린다.
꿈에서 **빠**져나오려고 달린다.

3. 황금 깃털의 비극

사람들, 달린다.
경쟁하듯 달린다.
미친 듯 달린다.
눈에 불을 켜고 달린다.

동네사람 1 마리야!
동네사람 2 마리야!
동네사람 3 마리!
동네사람 4 마리!
동네사람 5 마리!
동네사람 6 마리!
동네사람 1 너 어디서 쌀이 생겼니?
동네사람 2 너 어디서 새 옷이 생겼니?
동네사람 5 마리!

동네사람 6 마리!

동네사람 3 일가친척 하나 없는 어린 애가 갑자기 어디서 돈이 생
겼을까?

동네사람 1 마리!

동네사람 2 마리!

동네사람 4 남의 밥 구걸하던 애가 이웃에게 쌀을 퍼주니, 이게 어
찌된 영문일까?

동네사람 1 마리!

동네사람 2 마리!

동네사람 5 혹시 나쁜 일 하는 건 아니지? 나쁜 데 빠진 건 아니
지?

동네사람 6 어린 너에게 무슨 변이라도 생길까봐 매일 잠을 설친단
다.

동네사람 3 마리!

동네사람 4 마리!

동네사람 1 숨기지 말고 사실을 말하렴. 우리가 도울게.

동네사람 2 어린 것이 얼마나 힘들까. 우리가 도울게.

동네사람들 어른들이 도울게.

동네사람 3 마리!

동네사람 4 마리!

동네사람 5 마리!

동네사람 6 마리!

동네사람 1 마리!

동네사람 2 마리!

동네사람들 마~리~!

　　사람들, 달린다.

마리 찾아 달린다.
욕망을 좇아 달린다.

4. 황금 깃털의 비밀

마리, 어둠을 뚫고 달린다.
달려서 옥구봉에 오른다.

마리 버들! 버들!

버들 여기!

마리 밥은 먹었어? 배는 안 고파?

버들 배고파. 하루 종일 물 한 모금 못 마셨어.

마리 왜? 어쩌다가? 안 되겠다. 기다려. 내가 가져올게.

버들 아냐. 거짓말이야.

마리 다행이다.

버들 넌 밥은 먹고 다녀?

마리 그럼. 나 부자잖아.

버들 남들 챙겨주는데 더 신났더라. 그래서 언제 부자 될래?

마리 그동안 나를 먹여주고 입혀주고 재워주던 이웃들이야. 모두
　　　배고프지 않고 행복했으면 좋겠어. 난 그거면 충분해.

버들 네 마음 참 예쁘다.

마리 마음만? 얼굴은?

버들 별로!

마리 치. 거울 가져다줄까? 네 얼굴 보면 그런 말 할 수 없을 걸.

버들 네 마음이 날 살렸지 네 얼굴이 날 살렸나. 그 얼굴은 네 마
　　　음에 비하면 아주 아주 별로!

마리 가족 보고 싶지 않아? 고향 가고 싶지 않아?

버들 궁금해. 가야지.

마리 언제?

버들 왜? 귀찮아? 빨리 사라져줬으면 좋겠어?

마리 어떤 분들일까, 버들 엄마 아빠는?

버들 갈매기.

마리 버들을 찾고 계시진 않을까?

버들 나 곧 끌려서라도 가게 될 거야.

마리 무슨 말이야? 누구한테?

버들 날 데리러 오는 친구들 있잖아. 날마다.

마리 그 갈매기들 너 데려가려고 오는 거야? 그런데 왜 피해?

버들 아직은 못가.

마리 왜?

버들 지켜줘야 할 사람이 있어서.

마리 누구?

버들 있어. 누구.

마리 너지? 네가 주는 거지?

버들 뭘?

마리 황금 깃털.

버들 내 깃털이 황금이었어? 왜, 마구 뽑아다 팔아먹지 그래?

마리 어떻게 된 거야?

버들 내가 한 거 아냐. 네가 한 거지.

마리 내가?

버들 너 말고도 많은 사람들이 만졌어, 내 깃털. 그런데 네 손을
      탄 깃털만 황금이 된 거야.

마리 왜?

버들 몰라. 나도 궁금해. 내 깃털에 네 손길이 닿는 순간 황금 깃
      털로 변했다는 그 사실이 나도 놀랍고 신기할 뿐이야.

황금 깃털의 비밀 155

마리　말도 안 돼. 그걸 어떻게 설명해? 누가 믿어?

버들　아무도 안 믿을 거야. 그러니까 말하지 마. 아무에게도.

마리　비밀이네. 아무도 풀지 못하는 수수께끼.

버들　그래. 황금 깃털의 비밀. 그 비밀의 열쇠를 네가 가지고 있는
　　　거야.

마리　내가?

버들　응.

마리　그게 뭘까?

버들　그러게. 그게 뭘까!

마리　이제 그만해도 돼.

버들　네가 나를 살렸듯이 나도 너 책임질 거야. 너 편안하게 사는
　　　모습 보기 전엔 못 떠나. 안 떠나.

마리　그러다 깃털 다 빠져 알몸 되면? 너 못 날아. 가족에게 못가.

버들　염려 마. 아무털이나 막 내어주는 건 아니니까.

마리　다행이다.

버들　불행이지.

마리　왜?

버들　난 한꺼번에 다 뽑아서 한 아름 안겨주고 싶거든. 얼른 부자
　　　되라고.

마리　그럼 우리 동네 다 부자 될 수 있겠다.

버들　또 이웃 생각.

마리　당연하지. 그게 어때서?

버들　네 욕심 다 채우려다가는 내 털 다 뽑아줘도 부족하겠다.

마리　걱정되지?

버들　당연하지. 걱정 안 될까.

마리　그러게 그만하라잖아.

버들　그러게 마리 너부터 챙기라잖아.

"까~륵. 까~륵. 까~륵. 까~륵."
갈매기 떼, 나타난다.
버들, 피하려다가 포위된다.
"까~륵. 까~륵. 까~륵. 까~륵."
갈매기들 울어댄다.

버들 가서 전해줘. 나 잘 있다고. 곧 찾아뵙는다고. 비켜!

"까~륵. 까~륵. 까~륵. 까~륵."
갈매기들 애원하듯 울어댄다.

버들 가라고 했다. 명령이야. 비켜! 돌아가! 돌아가!

갈매기들, 불평하듯 까륵거리며 하나둘 자리를 뜬다.

마리 버들. 너 누구니? 너 뭐니?
버들 갈매기.

버들, 사라진다.
버들 떠난 자리에 하얀 깃털 하나 떨어져 있다.
마리가 집어 드는 순간, 하얀 깃털 황금빛으로 변한다.

마리 황금 깃털 갈매기! 버들! 명령? 넌 뭐야? 넌 누구야? 꿈 아닐
까! 아냐. 꿈이라기엔 너무 생생해. 생시라기엔 너무 꿈같고.

마리, 황금 깃털 움켜쥐고 달려 내려온다.
달리고 달려 어둠 속으로 사라진다.

5. 악몽의 씨앗

　　사람들, 달린다.
　　총을 한 자루씩 쥐고 달린다.
　　총구를 겨누며 달린다.

동네사람 1　마리야!

동네사람 2　마리야!

동네사람 3　마리!

동네사람 4　마리!

동네사람 5　마리!

동네사람 6　마리!

동네사람 1　마음 착한 소녀, 마리. 우리 동네가 부자 된 비밀은 왜
　　　　　　안 알려주는 거니?

동네사람 2　어른들이 그 비밀을 알면 더 부자가 될 수 있단다.

동네사람 5　마리!

동네사람 6　마리!

동네사람 3　우리도 대궐 같은 집 좀 지어보자!

동네사람 4　우리도 떵떵거리고 한 번 살아보자!

동네사람 1　마리!

동네사람 2　마리!

동네사람 5　네가 황금 날개를 가져다 판다는 소문 벌써 세상에 다
　　　　　　퍼졌단다.

동네사람 6　네가 키웠다는 새는 어디 감췄니? 버들이는 어디 숨었
　　　　　　니?

동네사람들　버들이는 어디 숨겼니?

동네사람 3　마리!

동네사람 4   마리!

동네사람 1   네가 다칠까봐 이러는 거란다.

동네사람 2   누가 너를 해칠까봐 이러는 거란다.

동네사람 5   마리!

동네사람 6   마리!

동네사람 3   어른 말씀 안 듣는 아이는 나쁜 아이란다.

동네사람 4   어른 말씀 안 듣다간 큰 일 당한단다.

동네사람 1   마리!

동네사람 2   마리!

동네사람 5   착한 소녀 마리야, 어른 말씀 들으렴.

동네사람 6   예쁜 소녀 마리야, 어서 갈매기를 내 놓으렴.

동네사람 1   마리!

동네사람 2   마리!

동네사람 3   마리!

동네사람 4   마리!

동네사람 5   마리!

동네사람 6   마리!

동네사람들   마~리~!

사람들, 갈매기 찾기에 혈안이 되어 뛰어다닌다.
종횡무진 달린다.
미친개처럼 달린다.

6. 환각

어둠 내려앉은 옥구봉이다.
마리와 버들, 춤추고 있다.

아니, 날고 있다.

버들 하하하. 날아보겠다고?
마리 너 따라가려고.
버들 날개도 없이?
마리 황금 깃털 팔아 날개라도 살 걸 그랬나?
버들 제 날개 팔 새들이 어디 있겠어.
마리 언제 떠날 거야?
버들 친구들 오면.
마리 이별이네.
버들 가지 말까?
마리 아냐. 가.
버들 꿈이었다, 생각해.
마리 다시 만날 수 있을까?
버들 엄마 아빠께 부탁드려 볼게. 가능할지도 몰라.
마리 버들, 넌 누구니? 넌 뭐니?
버들 버들. 마리 친구. 마리 가족. 그리고… 갈매기.
마리 그래. 봐 줄게. 더 묻지 않을게.
버들 고마워. 미안하고.
마리 내 꿈속에라도 찾아와. 자주.
버들 너도.
마리 날고 싶다. 나도 날 수 있으면 좋겠다.
버들 날아볼래? 이렇게 해봐.
마리 이렇게?
버들 아니, 이렇게. 어깨에 힘 빼고.
마리 이렇게?
버들 그렇지. 어, 뜨겠는데. 조금 더 힘차게. 그렇지. 하하하, 뜬다.

마리 난다.
마리　마리 난다. 마리 난다. 호호호. 호호호.

　"탕!"
　귀를 찢는 총성에 이어 검은 인간 그림자들 나타난다.

동네사람 3　잡았어!

　그림자들, 달린다.
　옥구봉을 향해 뛰어오른다.

버들　마리.
마리　널 잡겠다고 온 거야. 네 깃털을 다 뽑겠다고 온 거야. 어서
　　　피해. 도망가.
버들　인간 모습을 한 나를 볼 수 있는 사람은 오직 너뿐이야.
마리　나 밖에 못 봐? 아, 다행이다.
버들　마리.
마리　안 아픈데.
버들　마리.
마리　정말 안 아픈데. 피는 나네.
버들　마리.
마리　안녕. 버들. 벌써 이별이네.
버들　미안해. 널 지켜주지 못해서.
마리　널 만나 즐거웠어. 널 만나 행복했어.
버들　안녕, 착한 마리. 안녕, 예쁜 마리.
마리　나 예쁘지?
버들　응. 예뻐.

마리　내가 그랬잖아. 나 예쁘다고.
버들　잘 가. 이젠 꿈속에서도 영영 못 만날 친구. 안녕.

　　마리, 숨을 거둔다.
　　버들, 마리를 끌어안는다.
　　사람들, 다가선다.

동네사람 1　뭐야. 사람이잖아. 갈매기가 아니었어.
동네사람 5　이런, 재수!
동네사람 3　가만. 이거… 마리 아냐?
동네사람 5　마리?
동네사람 1　맞네. 어쩌지?
동네사람 5　수습할 일가친척 하나 없는 애, 파도가 쓸어가게 바다
　　　　　에나 던져 넣자고.
동네사람 3　그게 좋겠네.
동네사람 1　말 안 듣다간 다친다, 다친다, 경고했구먼.
동네사람 3　버들이만 내놓았으면 아무 탈 없었을 것을.
동네사람 5　지체하지 말고 어서 치우자고.
동네사람 3　허허. 에이, 재수.
동네사람 1　에잇, 퉤.

　　사람들, 마리 주검을 들쳐 없고 내려간다.
　　그 모습 한참을 내려다보다 사라지는 버들.

7. 하얀 깃털

　　날 밝은 옥구봉에 갈매기 버들, 앉아 있다.

한참을 그렇게 자리를 지키고 있을 때
"까~륵. 까~륵. 까~륵. 까~륵."
갈매기 떼, 날아든다.
버들을 이끌고 날아가려는가 싶은데
버들의 마음은 날갯짓보다 무겁다.

"탕! 탕! 타당! 탕!"
하늘을 찢는 총소리에 갈매기들 혼비백산이다.
버들을 챙겨 날아가려 하지만
버들은 멈춰 선 채 분노를 키운다.
"탕!"
총알이 버들의 가슴을 뚫는다.
갈매기들, 총성에 밀려 사라지고
총상 입은 버들만 석상처럼 굳어 있다.

총소리 그치고
총을 든 사람들 욕망을 향해 달린다.
봉우리로 뛰어오른다.
갈매기 버들의 깃털을 살핀다.
하얀 깃털뿐, 황금 깃털은 없다.
실망한 기색이 역력하다.

"까~륵. 까~륵. 까~륵. 까~륵."
버들을 잃은 갈매기들, 주위를 맴돌며 운다.

사람들, 갈매기 소리 들려오는 곳을 향해 방아쇠를 마구 당긴다.
사람들, 버들을 내팽겨 둔 채
총알이라도 따라잡을 기세로 갈매기 소리를 좇아 달린다.
날이 어둡도록 달린다.

총소리 축포처럼 퍼진다.
다시 보면
버들, 인간과 갈매기 중간의 모습을 하고 있다.

2막

1. 악몽, 혹은

동네사람 1 나 어젯밤 꿈을 꿨어.
동네사람 2 나 어젯밤 참 이상한 꿈을 꿨어.
동네사람 3 캄캄한 밤이었어.
동네사람 4 칠흑 같은 어둠이었어.
동네사람 5 갈매기 한 마리 날고 있었어.
동네사람 6 환하게 빛났어.
동네사람 1 눈부시게 빛났어.
동네사람 2 자세히 보니 갈매기가 아니었어.
동네사람 3 자세히 보니 갈매기가 아니라 마리였어. 내 이웃 마리.
동네사람들 그래. 분명히 마리였어. 어여쁘고 착한 소녀, 마리.
동네사람 4 마리가 새가 되어 밤하늘을 날고 있었어.
동네사람 5 마리가 갈매기 되어 어둠 속을 헤매고 있었어.
동네사람 6 마리가 무언가 찾고 있었어.
동네사람 1 마리가 울고 있었어.
동네사람 2 까~륵. 까~륵.
동네사람들 까~륵. 까~륵.
동네사람 3 갈매기가 내게 눈짓하는 것 같았어.
동네사람 4 마리가 나를 부르고 있는 것 같았어.
동네사람 5 이리와! 여기야!
동네사람들 이리와! 우리야!
동네사람 6 마리가 내 얘길 알아듣지 못하는 것 같았어.
동네사람 1 마리가 날 알아보지 못하는 것 같았어.

동네사람 2   이리와! 여기야!
동네사람들   이리와! 우리야!

그들은 꿈이 아니라, 현실로 직시하고 있다.
그러니까, 현실 속에서 접하는 집단적 환상이다.

동네사람 3   어, 마리의 날갯짓이 약해지네.
동네사람 4   저, 마리의 눈에 눈물이 맺히네.
동네사람 5   나야! 여기야!
동네사람들   우리야! 여기야!
동네사람 6   까~륵. 까~륵.
동네사람들   까~륵. 까~륵.
동네사람 1   힘겨운 가봐. 멀어지네.
동네사람 2   지쳤나 봐. 떨어지네.
동네사람 3   추락하면 안 돼!
동네사람 4   힘내, 마리야!
동네사람들   힘을 내, 마리야!
동네사람 5   까~륵. 까~륵.
동네사람들   까~륵. 까~륵.

한참을 군무하다가 이내 환상에서 깬 듯.

동네사람 1   나 이 꿈 그제도 꿨어.
동네사람 2   난 이 꿈 그끄제도 꿨어.
동네사람 3   난 이 꿈 매일 꿔.
동네사람들   나도 이 꿈 매일 꿔.
동네사람 4   무슨 징조지?

동네사람 5 무슨 뜻일까?

동네사람 6 마리가 우리를 찾아 온 게 아닌 건 분명하네.

동네사람 1 그럼?

동네사람들 그럼?

동네사람 2 하, 버들이네. 버들이가 그리워 왔네.

동네사람 3 버들이를 못 잊어 왔네.

동네사람들 아, 그렇네. 버들이를 찾아왔네.

동네사람 4 허허, 죽어서도 못 끊을 우정이네.

동네사람 5 쯧쯧, 죽어서도 못 잊을 사랑이네.

동네사람 6 어쩐다. 버들이 자취 감춘 지 오랜데.

동네사람 1 일러줘야지.

동네사람 2 어떻게?

동네사람 3 어려울 거 뭐 있나. 매일 꾸는 꿈속에서 일러주면 되지.

동네사람 4 그렇다면 어서 잠에 들자고. 빨리 돌려보내자고.

동네사람 5 그러세. 잠이다.

동네사람들 아, 잠이다!

사이

동네사람 6 허, 여지없이 꿈이다!

동네사람 1 아, 어둡다.

동네사람 2 정말 칠흑 같다.

동네사람 3 꿈이지만 생시처럼 정신 차려야 돼.

동네사람 4 꿈속이지만 꿈에 휘둘리면 안 돼.

동네사람 5 이 꿈은 내가 꾸는 꿈이다.

동네사람 6 내가 찾아 나선 꿈이다.

동네사람 1 이 꿈은 내가 조종한다.

동네사람 2 이 꿈의 내용은 우리가 꾸민다.
동네사람 3 우선, 횃불부터 들자.
동네사람들 횃불로 꿈을 밝히자.

　　　횃불을 하나씩 들어 불을 밝혀간다.

동네사람 4 마리야!
동네사람들 마리야!
동네사람 5 저기. 저기.
동네사람들 어디? 어디?
동네사람 5 저기. 저기.
동네사람 6 갈매기다.
동네사람들 마리다.
동네사람 1 까~륵. 까~륵.
동네사람들 까~륵. 까~륵.
동네사람 2 여기! 여기!
동네사람들 여기야! 우리야!
동네사람 3 허, 못 알아보네.
동네사람 4 저, 못 알아듣네.
동네사람 5 까~륵. 까~륵.
동네사람들 까~륵. 까~륵.
동네사람 6 허, 또 그 자리서 맴도네.
동네사람 1 저, 또 눈물바가지네.
동네사람 2 어, 떠나가네.
동네사람들 허, 사라졌다.
동네사람 3 우리도 꿈에서 빠져나가세.
동네사람들 횃불을 끄자고.

모두 햇불을 끈다.

동네사람 4   허, 꿈이 똑 같네.

동네사람들   하, 어제와 아주 똑 같네.

동네사람 5   허, 내 맘대로 안 되네.

동네사람들   하, 우리 맘대로 안 바뀌네.

동네사람 6   만날 똑 같은 꿈이면 그건 악몽인데.

동네사람들   하, 악몽!

동네사람 1   매일 밤 눈물이면 그건 불행인데.

동네사람들   오, 불행!

동네사람 2   영영 이별이면 그건 비극인데.

동네사람들   아, 비극!

동네사람 3   이대론 못 산다. 이대론 못 살아.

동네사람들   이대론 안 산다. 이대론 안 살아.

동네사람 4   무슨 좋은 방도라도?

동네사람 5   꿈을 깨부수자. 꿈을 깨버려.

동네사람 6   그거 좋네. 까짓 꿈 따위 무시하면 그만.

동네사람 1   갈매기가 나와도 개 취급하면 개꿈.

동네사람 2   마리가 등장해도 별고 없으면 개꿈.

동네사람 3   개꿈. 그렇지, 새가 등장해도 멍멍, 개꿈.

동네사람들   개꿈. 멍멍, 멍멍. 하하하.

동네사람 4   어, 해가 사라졌네. 어느새 밤인가?

동네사람 5   그럼, 달은 어디 갔을까? 낮인가?

동네사람 6   해도 없고 달도 없다?

동네사람 1   이건 꿈인데.

동네사람 2   이건 생시야.

동네사람 3   이게 바로 생시 같은 꿈이렷다?

동네사람 4   이게 바로 꿈같은 생시렸다?

동네사람 5   이건 꿈도 아니고 생시도 아니야.

동네사람 6   그럴 수는 없지. 꿈이든지 생시든지.

동네사람 1   꿈같은 생시든지 생시 같은 꿈이든지. 아무 것도 아닐
　　　　　　수는 없지.

동네사람 2   꿈이 왜 생시에 끼어들어?

동네사람 3   껴 들 만한 사연이 있나보지.

동네사람들   그럴만한 사연?

동네사람 4   생시를 파괴하는 꿈이라면 비상사태다.

동네사람들   비상사태.

동네사람 5   비상대책은?

동네사람들   비상대책은…?

　　　　사이

동네사람 6   칠흑 같은 어둠에 광명을 드리운다.

동네사람 1   밤을 낮처럼 밝힌다.

동네사람 2   사태가 해결될 때까지 꿈을 생시로 받아들인다.

동네사람 3   생시 같은 꿈이 될 때까지 모든 꿈은 생시다.

동네사람 4   생시 같은 꿈을 위해 횃불보다 큰 횃불을 밝힌다.

동네사람들   횃불보다 큰 횃불을 밝힌다.

동네사람 5   꺼지지 않는 횃불을 밝힌다.

동네사람들   꺼지지 않는 횃불을 밝힌다.

동네사람 6   등대다. 등대를 세우자.

동네사람들   등대다. 등대를 쌓아올리자.

2. 하양등대

사람들, 하얀 등대를 쌓아올린다.
그 안에 큰 횃불을 밝힌다.

동네사람 2 어둠아 물렀거라.
동네사람 4 악몽아 꺼져라.
동네사람 1 빨리빨리 좀 해. 이러다가 곧 달 뜨겠어.
동네사람 3 자꾸 보채기는.

등대 쌓기 마무리 한다.

동네사람 1 수고들 했네.
동네사람 3 고생들 했어.
동네사람 5 이제 마리는 등대에 맡기고 그동안 못 이룬 단잠이나
　　　　　청해보세.
동네사람들 단잠이다.
동네사람 6 오늘은 꿈같은 꿈 좀 꿔보자.
동네사람 1 오늘은 꿈다운 꿈 좀 꿔보자.
동네사람 2 난 용꿈이래도 싫다. 꿈 없는 잠 좀 청해보련다.
동네사람 3 그래 꿈 없는 잠이 최고다. 꿈 없는 밤이 최고다.
동네사람들 꿈 없는 생시가 최고다.
동네사람 5 드르렁! 드르렁!
동네사람 6 드르렁 쿨! 드르렁 쿨!
동네사람들 드르렁! 드르렁! 드르렁 쿨! 드르렁 쿨!

사이

동네사람 1   까~륵. 까~륵.

동네사람들   까~륵. 까~륵. 까~륵. 까~륵.

동네사람 2   마리다. 마리가 왔다.

동네사람 3   왔네. 가까이 왔네.

동네사람 5   어, 왜 울어?

동네사람 6   왜 아직도 울어?

동네사람 1   뭘 찾아?

동네사람 2   버들이 찾아?

동네사람 3   버들이는 멀리 떠났어.

동네사람 4   버들이도 너 떠나고 바로 떠났어. 고향 갔어.

동네사람 5   아니. 아니야.

동네사람들   거짓말이야.

동네사람 6   사실은.

동네사람들   사실은.

동네사람 3   까~륵. 까~륵.

동네사람들   까~륵. 까~륵. 까~륵. 까~륵. 까~륵. 까~륵. 까~륵.
　　　　　까~륵.

　　　사이

동네사람 4   허, 재 가네. 마리 돌아가네.

동네사람 5   저, 눈물 흘리며 가네.

동네사람 6   아, 펑펑 울며 가네.

동네사람 1   울지 마. 울려면 가지 마. 가려면 울지 마.

동네사람들   울지 마. 가지 마.

동네사람 2   무슨 꿈이 이래.

동네사람 3   무슨 생시가 이래.

동네사람 4   이거 꿈이야 생시야?

동네사람 5   꿈이면 어떻고 생시면 어때. 죽겠기는 마찬가진데.

동네사람 6   꿈이나 생시나 불행하긴 마찬가지다.

동네사람들   꿈이나 생시나 비극이긴 마찬가지다.

동네사람 1   갈매기가 사람 잡는다.

동네사람 2   마리가 동네사람 다 잡는다.

동네사람 3   죽은 사람이 산 사람 잡는다.

동네사람 4   산 사람이라도 잘 살려면 죽은 사람 다시 살려야 하나?

동네사람 5   죽은 생명을 어떻게 살리나. 죽은 사람을 어떻게 살려.

동네사람 6   산 사람이라도 잘 살려면 죽은 사람 제대로 죽여야지.

동네사람들   뭐라고?

동네사람 1   그렇지. 죽은 사람 제대로 죽고 산 사람 바르게 사는
　　　　　　 게 바른 세상이지.

동네사람 2   그럼. 죽고 사는 게 분명한 게 제대로 된 역사지.

동네사람 3   아, 역사가 바로서야 편한 잠도 자겠구나.

동네사람 4   그릇된 역사가 잠도둑이렷다.

동네사람들   왜곡된 역사가 곧 악몽이로다.

동네사람 5   사람 죽고 사는 게 잠에 달렸구나.

동네사람들   꿈에 달렸구나.

동네사람 6   내 잠 내가 망쳤구나.

동네사람 1   내 악몽의 창작자 바로 나로구나.

동네사람 2   다 내 탓이로다. 내 탓이로다.

동네사람들   다 못난 우리 탓이로다.

동네사람 3   까~륵. 까~륵.

동네사람들   왜?

동네사람 3   불러야 오지. 와야 잡지. 잡아야 죽이지.

동네사람들   확. 너 먼저 죽을래.

동네사람 3 농이야.

동네사람 4 농?

동네사람 5 꿈결에도 농이 나오나? 아, 생시다!

동네사람 6 꿈속엔 갈매기가 주인공이니 생시엔 사람이 주인공 하
　　　　　　자.

동네사람들 생시니 사람이 할 일 하자.

동네사람 1 죽은 갈매기 살리자. 황금 갈매기 살리자.

동네사람 2 그래. 살려서 제대로 죽이자.

동네사람 3 마리도 죽이고 버들이도 죽이자.

동네사람들 마리도 살리고 버들이도 살리자.

동네사람 4 황금 갈매기가 죽은 곳으로 가자.

동네사람 5 버들이를 죽인 곳으로 가자.

동네사람 6 우리가 실수한 현장으로 가자.

동네사람 1 부끄러운 우리 역사의 현장으로 가자.

동네사람 2 가서 참회하자.

동네사람 3 가서 역사 바로 잡자.

동네사람들 가자. 옥구봉으로!

　　사람들, 달린다.

3. 석상

　　옥구봉이다.

　　사람들, 예복을 차려입고 황금 갈매기, 버들상을 메고 정상에 오른
다.

　　석상을 세운 후, 비문을 새긴다.

동네사람 4 인간의 우매함에서 비롯된 사욕과 탐욕으로 무고한 생
        명을 빼앗긴 황금 갈매기 버들의 넋을 위로하고자 여기, 우
        리의 참회하는 마음을 담아, 황금갈매기 상을 세우노라.
동네사람들 참회하오! 참회하오!
동네사람 5 참회하고, 참회하고, 참회하는 심정으로 다시는 똑 같
        은 만행과 불행을 되풀이 하지 않고자 오늘 우리의 다짐을
        이 비문에 깊이 새겨 넣노라.
동네사람들 참회하오! 참회하오! 참회하오!
동네사람 6 칠흑 같은 어둠을 헤쳐 나가려느냐. 역사의 등불을 높
        이 들어라!
동네사람들 역사의 등불을 높이 들어라!

    사람들, 예를 갖춘 뒤 하산한다.

동네사람 1 아, 피로가 밀려온다.
동네사람 2 아, 집까지 기어 갈 여력도 없다.
동네사람 3 아, 잠이 밀려온다.
동네사람들 잠이 쏟아진다.
동네사람 4 난 여기서 한 숨 자련다.
동네사람들 난 여기 편히 누우련다.
동네사람 5 오늘은 꿈이 없기를.
동네사람 6 오늘은 악몽이 없기를.
동네사람들 더 이상 악몽이 없기를.

    사람들, 쓰러지듯 잠에 빠져든다.
    이내 칠흑 같은 어둠이 내린다.

4. 재회

등대가 빛을 발한다.
멀리서 "까~륵. 까~륵" 갈매기 울음소리 다가온다.
마리가 등대로 날아든다.
"까~륵. 까~륵" 마리가 울며 버들이를 찾는다.
버들상이 깨어난다.
버들이가 등대를 향해 날아든다.
마리와 버들이 재회한다.

아, 슬프도록 아름답도다. 아름답도록 슬프도다.

서서히 동이 터온다.

버들   헤어져야 할 시간이야.
마리   싫어.
버들   곧 동이 틀 거야.
마리   무슨 상관이야. 못 헤어져. 안 헤어져.
버들   바보. 다시 만나면 되잖아.
마리   언제 다시 만나? 어떻게 다시 만나?
버들   새 밤이 오면. 다시 어둠이 내리면. 그러면 우리 다시 만날
       수 있어. 저 불빛을 찾아오면 돼.
마리   낮에는 안 돼? 낮에는 못 만나?
버들   낮은 인간들 세상이야. 인간들이 잠자는 시간이라야 우리가
       만날 수 있어.
마리   인간들의 꿈속에서?
버들   아니. 인간들의 꿈 밖에서.

마리 꿈 밖에서?

버들 인간들에게 잠을 선물해야지. 단잠을 방해하진 말아야지. 이렇게 우리가 다시 만날 수 있게 해 줬잖아. 너와 나를 위해 등대를 밝혀놨잖아.

마리 불이 꺼지면? 불이 꺼지면 어떻게 찾아와? 어떻게 만나?

버들 불은 꺼지지 않을 거야. 불이 꺼지면 인간들도 잠을 청할 수 없을 테니까.

마리 우리를 잊고 불을 꺼트리면?

버들 염려 마. 저 불은 인간의 단잠을 지키는 불이야. 저 불이 꺼지는 순간, 인간의 악몽은 다시 시작 될 거야. 그 사실을 잊지 않는 한 불을 꺼트리진 않을 거야.

마리 이렇게 마주하고 있어도 그리운데 하루를 어떻게 기다리지.

버들 기다림이 있어 그리움도 있는 거야.

마리 치. 헤어짐이 있어 만남도 있다고 말하려는 거지?

버들 응. 우리 매일 그리워하자.

마리 그래. 우리 매일 만나.

버들 한낮 내내 안녕.

마리 태양이 밉다. 태양아, 제발 빨리 달려줘. 나 없는 사이 나처럼 휘휘 날아봐. 너도 네 안식처를 찾아 빨리 귀가하렴. 일찍 잠자리에 들어 눈 꼭 감고 단잠을 청해 봐. 우리 만남에 방해꾼 되면 정말 미워할 거야.

버들 안녕, 마리!

마리 안녕, 버들!

버들 안녕!

마리 안녕!

　　잠시잠깐의 헤어짐이련만 이별이 쉽지 않도다.

미련의 꼬리, 참으로 길도다.
그러나 어쩌랴. 얼굴 내미는 먼동에 쫓겨 등 돌릴 수밖에.

5. 빨강등대

사람들, 아침 찬 공기에 한기를 느끼며 몸을 일으킨다.
눈을 비비고 기지개를 켠다.

동네사람 1   어느새 새 날인가!
동네사람 2   이런, 한뎃잠을 잤네!
동네사람 3   한뎃잠이래도 참으로 오랜만에 숙면일세.
동네사람 4   아, 개운하다.
동네사람 5   아, 상쾌하다.
동네사람 6   꿈, 꿈이 없었네!
동네사람 1   꿈, 꿈을 안 꿨다고?
동네사람 2   어, 그러네. 꿈을 안 꿨네.
동네사람들   허허, 꿈을 안 꿨다! 꿈을 안 꿨어!
동네사람 3   에잇. 꿈이네. 이게 꿈이네.
동네사람 4   그러네. 꿈속이라 꿈이 없는 거네.
동네사람 5   그렇지. 꿈속에서야 꿈이 쉽지 않지.
동네사람 6   아무렴 어때. 이렇게 가뿐하기만 하다면야 꿈속 잠이래
       도 아무 상관없네.
동네사람들   아무 불만 없네. 하하하. 호호호.
동네사람 1   아야, 왜 꼬집어?
동네사람 4   생신가!
동네사람 2   아야. 네 살 꼬집어!
동네사람 5   생시네!

동네사람 6   아야!

동네사람 3   아야!

동네사람 4   아야! 아파!

동네사람 5   아~야~!

동네사람들   생-시-다! 살-았-다! 살았다!

동네사람 1   아냐. 꿈이야!

동네사람들   꿈? 아픈데!

동네사람 1   저기. 저거.

동네사람 2   어, 등대가 왜? 붉지?

동네사람 3   왜 빨갛지?

동네사람들   왜 빨갈까?

동네사람 4   꿈이니까. 아야! 생신데!

동네사람 5   이거.

동네사람들   그거.

동네사람 5   핀데!

동네사람들   피?

동네사람 6   웬 피?

동네사람 1   누구 피?

동네사람 2   내 피는 아니고.

동네사람 3   내 피도 아니고.

동네사람 4   꿈이라니까 그러네. 아야! 생신데! 내 피도 아니라면?

동네사람 5   누구 피면 어때. 그깟 피가 대수야. 다시 칠해.

동네사람들   그래. 그러면 되겠네.

　　사람들, 칠한다.

　　등대, 다시 하얗다.

동네사람 6 　오늘부터는 정말 잠 좀 제대로 자겠구나.
동네사람 1 　그새 해 떨어진다. 밤새 모두 안녕!
동네사람들 　밤새 안녕! 잘 자!

　　　어둠이 내리자 등대 불이 밝아진다.
　　　"까~륵. 까~륵" 마리, 날아든다.
　　　"까~륵. 까~륵"" 버들도 날아든다.

버들 　여기. 여기. 여기.

　　　저리도 반가울까. 저리도 좋을까. 정겹도다. 아니다. 눈꼴셔 못 봐
　　　주겠노라.
　　　저리도 행복한 만남이라면 쓰라린 이별도 나쁘지만은 않겠구나.

　　　마리와 버들, 먼동에 쫓겨 다시 이별이다.

마리 　게으름뱅이. 굼벵이.
버들 　누가? 내가?
마리 　해님 말이야.
버들 　그렇게 보고 싶었어?
마리 　미워 죽겠어.
버들 　누가? 내가?
마리 　해님. 매일 우리를 갈라놓잖아.
버들 　해님이 우릴 만나게 해주는 거야.
마리 　또 떼어놓는 게 만나게 해주는 거라고 말하려는 거지.
버들 　응.
마리 　치.

버들 우리 헤어지자.
마리 좋아. 다시 만나기 위해.
버들 밝은 대낮 내내 안녕!
마리 환한 한낮 내내 안녕!

　　　매일 헤어지건만 매일 힘겹도다, 저들의 이별은.

　　　다시 동이 트고
　　　마리와 버들이 떠난 등대는 다시 빨갛다.

동네사람 2 아, 잘 잤다!
동네사람 3 어, 개운하다!
동네사람 4 어허, 여지없다. 빨갛다!
동네사람 5 이젠 꿈이 문제가 아니라, 생시가 문제로다.
동네사람들 생시가 문제로다.
동네사람 6 하얗게 칠해 놓으면 밤새 빨갛게 물들고.
동네사람들 다시 하얗게 칠해 놓으면 밤새 다시 빨갛게 물든다.
동네사람 1 피 흘린 사람도 없고.
동네사람 2 피 뿌린 사람도 없는데.
동네사람 3 대체 누구 짓이냐?
동네사람들 대체 무슨 조화냐?
동네사람 4 꿈이야 꿈이래서 요상하다지만 생시가 이렇게 요상해서
　　　　　　야 말이 되나.
동네사람 5 이건 말이 안 되지. 이건 이치에 안 맞지.
동네사람 6 왜 생시가 꿈같을까?
동네사람 1 꿈과 생시는 분명 경계가 있을 터.
동네사람 2 꿈인 듯, 생시인 듯.

동네사람들 꿈인 듯, 생시인 듯.
동네사람 3 생시인 듯, 꿈인 듯.
동네사람들 생시인 듯, 꿈인 듯.
동네사람 4 꿈과 생시의 경계가 모호하니 우리가 꿈꾸고 있는 것이
       냐, 깨어 있는 것이냐?
동네사람 5 난 깨어 있나?
동네사람 6 난 꿈꾸고 있나?
동네사람 1 난 깬 채로 꿈꾸고 있나?
동네사람 2 난 꿈속에서 깨어 있나?
동네사람들 뭐가 뭔지 통 모르겠다.

    사이

동네사람 3 되짚어 보자.
동네사람 4 우리는 꿈을 꾸었다.
동네사람 5 우리는 악몽에 시달렸다.
동네사람 6 꿈속에서 마리가 울었다.
동네사람 1 그래서 우리는 등대를 세웠다.
동네사람 2 그래도 마리는 울었다.
동네사람 3 그래서 우리는 버들상을 세웠다.
동네사람 4 그러자 드디어 악몽이 사라졌다.
동네사람 5 그런데. 등대가 빨개졌다.
동네사람 6 하얀 등대가 빨개졌다.
동네사람 1 하얗게 칠하면 밤새 빨갛게 변했다.
동네사람 2 인간이 한 짓은 아니다.
동네사람 3 우리가 한 짓은 절대 아니다.
동네사람 4 그럼 누구지?

동네사람들   대체 누굴까?

　　사이

동네사람 5   황금 갈매기? 총 맞아 죽은 버들?
동네사람들   버들?

6. 역사 앞에서

　　사람들, 달린다.
　　옥구봉에 뛰어 오른다.
　　버들상을 살핀다.

동네사람 4   여기.
동네사람들   아, 핏자국.
동네사람 5   석상에 웬 피?
동네사람 6   사물에 웬 생기?
동네사람 1   현실에 웬 초현실?
동네사람 2   아, 어렵다!
동네사람들   오, 무섭다!

　　사이

동네사람 3   그렇다. 끝난 게 아니란 뜻이로다!
동네사람 4   버들이가 매일 살아난다는 뜻이로다!
동네사람 5   버들이가 매일 피를 흘린다는 뜻이로다!
동네사람 6   상처는 영영 떠안고 가야한다는 뜻이로다!

동네사람 1 아픔은 영영 껴안고 살아가야 한다는 뜻이로다!
동네사람 2 우리가 비석에 아로새긴 다짐을 하루도 잊어서는 안 된
　　　　　다는 뜻이로다!
동네사람 3 아, 무서운 역사로다!
동네사람들 오, 이것이 역사의 준엄함이로다!
동네사람 4 내려가자!
동네사람 5 다시 보자!

　　사람들, 달린다.
　　등대를 향해 뛰어 내려온다.

동네사람 6 버들이의 한이었구나!
동네사람 1 인간의 만행이었구나!
동네사람 2 그래서 빨갛구나!
동네사람 3 지울 수 없겠구나!
동네사람 4 지워서는 안 되겠구나!
동네사람 6 하, 묘하다!
동네사람 1 인간이 만든 등대는 하얗고, 갈매기가 만든 등대는 빨
　　　　　갛다.
동네사람 2 이 등대는 누구를 위한 등대냐?
동네사람 3 갈매기를 위한 등대냐?
동네사람들 그렇다.
동네사람 4 인간을 위한 등대냐?
동네사람들 그 또한 그렇다.
동네사람 5 하, 묘하다!
동네사람들 거, 참 묘하다!
동네사람 6 갈매기를 위한 하양등대.

동네사람 1　인간을 위한 빨강등대.

동네사람 2　하양등대 곁에 빨강등대 있다.

동네사람들　빨강등대 속에 하양등대 있다.

동네사람 3　불을 꺼트려선 안 되겠구나.

동네사람 4　불을 꺼뜨리면 빨강등대 다시 하양등대 된다.

동네사람 5　하양등대 꺼지면 빨강등대도 꺼진다.

동네사람 6　역사등대 꺼진다.

동네사람 1　안 돼. 꺼지면 안 돼. 그럼 또 잠 못 자. 똑 악몽이야.

동네사람 2　여기, 빛이다!

동네사람들　여기, 등대다!

동네사람 3　까~륵. 까~륵.

동네사람들　까~륵. 까~륵. 까~륵. 까~륵.

동네사람 4　왔다!

동네사람 5　마리다.

　　사람들, 마리를 맞으러 달린다.
　　마리, 쉽게 다가와주지 않는다.

동네사람 6　마리야!

동네사람 1　여기야!

동네사람 2　저기다!

　　사람들, 달린다.

동네사람 3　마리야!

동네사람 4　여기야!

동네사람 5　저기!

사람들, 달린다.

동네사람 2　마리야!
동네사람 1　마리야!
동네사람 4　마리야!
동네사람 3　저기!

　　　사람들, 달린다.

동네사람 6　미안해!
동네사람들　마리야, 미안해!
동네사람 5　내가 잘못 했어!
동네사람들　우리가 잘못 했어!
동네사람 3　마리야, 용서해!
동네사람들　용서해, 마리야!

　　　갈매기 날갯짓 소리 크게 울린다.

　　　아, 마리가 그들을 용서했나!

　　　사람들, 손을 흔들어 마리를 배웅한다.
　　　순간 버들상, 생기를 얻어 후드득 날아간다.

　　　마리를 반기러 날아가는 것이겠지.

　　　사람들, 얼굴이 핀다.
　　　비로소 환한 미소가 살아난다.

저것이 해원이로구나. 저것이 역사적 사건이로구나. 저것이 환상이
로구나.

사람들, 악몽으로부터 깨어날 때
서서히 암전된다.

* 에필로그

"까~륵. 까~륵. 까~륵. 까~륵."
갈매기 소리 들린다.
빨강등대 서 있는 방파제 거리에 갈매기 깃털 날린다.
관광객들, 깃털 하나씩 주워든다.
혹, 하는 심정으로 깃털을 살핀다.
피식 웃는다.
어린 아이, 생각 없이 깃털 하나 줍는다.
그 깃털을 필기도구 삼아 땅바닥에 그림을 그린다.
그 깃털, 황금으로 변한다.
아이, 아랑곳하지 않고 그림을 그린다.
무엇을 그리는 걸까.

서서히 막 내린다.

- 막 -

창唱과 극劇의 어울림
한단고기 桓檀古技 1)

---

1) "환인桓因은 곧 우리민족 고유의 신칭神稱으로 하느님의 의미를 갖는다. 하늘을
   환이라 天曰桓 해석했던 전통적 의미를 좇아 환桓은 하늘이란 뜻이 담긴 '한'으로
   읽어야 한다"는 주장에 공감하여 환단고기桓檀古技를 '한단고기'로 읽었다.

<등장인물>

창자唱者
할머니
아버지
덕이
바우
암소
복이
소장수
노인
치우천왕蚩尤天王
농부
방자
아낙
접수인
이웃 아주머니
장사들
두 배 장사
미동들

공연장 정리되면 창자 등장하여 가벼운 담소와 단기短歌 한 가락으로 관중과의 통로를 튼다. 악사들 자리하고 조율 끝나면, 공연 시작하라는 연주 시작한다.

창자 (아니리) 지금으로부터 대략 오천년 전, 붉은 악마로 널리 알려진 치우천왕께서 오늘날의 중국대륙에 터 잡고 중원을 호령하던 시절. 영산이라 백두산 한 자락에 백두보다 더 밝고, 천지보다 더 맑게 살아가는 한 가족이 있었으니, 바로 바우네라. 누구네? 그렇지, 바우네. 바우네 가족 소개를 하잘 것 같으면 할머니, 아버지, 바우 누이 덕이, 그리고 바우 이렇게 모두 네 식구라. 거기에 가족 아닌 가족이 하나 더 있었으니 그게 누군고 하면, 음메! 바로 암소렸다. 예로부터 농사에는 그 소가 제일가는 일꾼이라, 사람 열이 소 하나를 당해내지 못하는 법이고 보니, 바우네라고 예외가 있을 소냐. 이 소란 짐승이 영물이라. 주인이 제 좋아하고 싫어하는 줄 다 알고, 저 역시 주인 좋고 싫음을 다 내색할 줄 아는 짐승이고 보니, 사람은 아니나 사람과 다를 바 전혀 없이 한집에서 자고 한집에서 먹고 한밭에서 일을 하니, 누가 본들 한 식구요 한 가족이요 한 살림이라.

바우 아버지와 암소 등장한다.

창자 그 일하는 다정한 모습 볼작시면, 이려!, 하면 앞으로 가고, 어뎌!, 하면 오른쪽으로.
아버지 서뎌!
암소 하면, 왼쪽으로.

아버지 워!

암소 하면, 멈춰서고.

아버지 어뎌서뎌!

암소 하면, 똑바로 가라.

아버지 어뎌어뎌어뎌!

암소 하면, 돌아라.

아버지 이려! 이려!

암소 하면, 다시 고, 앞으로.

아버지 워, 워, 워!

암소 스톱, 멈추라는 소리.

아버지 수고하셨네.

암소 고생하셨네.

아버지 되다.

암소 되지? 난 오죽하겠어. 혀 빠지겠네.

아버지 새 땅 일구려면 일손을 늘려야겠어.

암소 일손 늘리려면 자식밖에 더 있나. 자식 만들려면 새 마누라부
터 구해야지.

아버지 내 자식보다야 당신 자식이 낫지.

암소 내 자식? 임을 봐야 뽕을 따지.

아버지 뽕따러 가세.

암소 정말?

아버지 그래, 누구 눈 맞춰 둔 놈이라도 있어?

암소 있---지---만.

아버지 왜?

암소 애 만들려고 그 짓하는 거 어쩨 짐승 같다.

아버지 자네 짐승 맞아.

암소 그래, 잘났다 인간아.

창자　인간이든 짐승이든 이상한 짓거리 하려면 저기 어디 안 보이
　　　는데 가서 해.
아버지　여긴 방해꾼 있어 일 못하겠다. 저 아랫배미나 갈러 가세.

　　　둘은 창피한지 자리를 피해 퇴장한다.

창자　보셨다시피 저 둘, 사람이든지 소든지 같은 종으로 만났다면
　　　틀림없이 짝지었을 연분이라.

　　　송아지 복이, 관중 속을 돌아다닌다. 암소 따라 나온다.

암소　아가. 호랑이 조심. 늑대 조심. 알았냐?
창자　갠 누구야?
암소　내 딸.
창자　벌써?
암소　벌써는. 제 달 다 차서 나온 애야.
창자　벌써 다 됐다고?
암소　소가 몇 달 만에 나오는 줄이나 알아?
창자　여섯 달? 일곱 달?
암소　열 달. 사람은?
창자　사람이야 열 달이지.
암소　소하고 사람하고 뭐 다른 것 있어?
창자　… 너는 소, 나는 사람.
아버지　다른 거 없어.
암소　우리 애 이쁘지?
창자　엄마 닮았네.
암소　이쁘다는 얘기지?

창자 엄마 닮았다는 얘기지.

아버지 이쁘다는 얘기야.

암소 우리 애 이름은 뭐라 짓지.

창자 이름은 무슨. 그냥 누렁아 부르면 되지.

암소 왜 자꾸 시비야.

아버지 부러워서 저러는 거야.

암소 만수라고 지을까. 장수하라고. 아니다. 다복이, 복스럽게 살라
      고. 다복이보다 만복이가 낫겠다.

창자 다정이는 어때?

암소 다정이?

창자 강산이?

암소 딸이라니까.

창자 다산이. 새끼 많이 나으라고.

아버지 그 이름 좋다.

암소 말어. 애 잡을 일 있어.

창자 아니면, 좋은 거 다 끌어다 짓던지. 만수장수다복다정다산.

아버지 그냥 복이. 만수도 장수도 다정도 다산도 다 복이니까, 그
      냥 복이.

암소 복이? 복아!

복이 네.

창자 음메!

복이 음메!

암소 우리 복이, 건강하게 자라서 행복하게 살아야 한다.

복이 네.

창자 또 네란다.

복이 음메.

복이, 뒤뚱거리다 넘어진다. 일어서려다 다시 넘어진다.

엄마 우리 복이 걸음마부터 배워야겠다.

　　복이, 엄마를 좇아 흥겨운 음악에 맞춰 닮은꼴로 춤춘다.

복이 임마, 임맘마.
창자 떼끼. 어디 벌써부터 욕은 배워가지고.
암소 엄마? 엄마! 벌써 엄마래. 천재다. 우리 아기 천재야. 봤지?
　　　엄마 부르는 거, 들었지?
창자 엄마는. 아 임마래잖아. 자식교육 똑바로 시켜.
암소 우리 복이 커서 뭐가 될까.
창자 장군 만들게? 의사 시키게?
아버지 밭이나 잘 갈게 실하게나 키워 놔. 건강이 최고야. 건강해
　　　야 사랑 받아.

　　할머니와 신부 치장한 바우 누이, 덕이 등장한다.

할머니 곱구나. 고와. 아범아 덕이 좀 봐라.
아버지 우리 딸 선녀네.
암소 이쁘다. 새색시 참 이쁘다.
할머니 나도 이렇게 고울 때가 있었지.
아버지 어머니도 여전히 고우세요.
암소 나도 저렇게 예쁠 때가 있었는데.
덕이 할머니.
할머니 이쁘게 살아야 한다.
덕이 네.

암소 애 쑥쑥 많이 낳고 건강하게 살아.

덕이 네. 할머니, 나 할머니 보고 싶으면 어떻게 하지?

할머니 할머니 하고 부르면 되지. 내 꿈에라도 달려가마.

덕이 할머니.

암소 이쁘다. 우리 복이도 바람들 때쯤이면 저렇게 이쁘겠지.

아버지 많이 먹어.

암소 덕이 시집가는 날 우리 복이가 제일 신났네.

아버지 어서 먹어.

복이 배불러.

아버지 더 먹어.

복이 더 안 들어가. 배 터지려고 해.

암소 그만 먹여. 탈나.

아버지 뭐 더 줄까. 원 없이 먹어.

복이 배 터지면 꿰매줘요.

암소 그만해. 잔칫날 애 잡겠네.

　　　이때 소장수 들어선다.

소장수 허험. 안녕하세요.

아버지 허험.

소장수 이놈인가요. 허허 그놈 참 실하다.

암소 너무 염려마. 시집가서 잘 살 거야.

소장수 그럼 데려 갑니다. 가자.

암소 뭐야. 이런 거였어. 그런 속셈이었어. 못 데려간다. 내딸 못
　　　데려가.

　　　복이, 소장수에게 끌려가고, 복이 어멈이 막아선다. 아버지는 못 본

체 한다.

창자 　(진양조) 너무 하오 너무 하오. 해도 해도 너무 하오. 제 자식
　　　시집 보내자고 어찌 남의 자식 팔아버린단 말이오. 야속하오
　　　야속하오, 생이별이 웬일이오.

　　　결혼 축하 음악 흐르면 덕이, 할머니 아버지에게 절한다. 소장수
　　　에게 잡혀 목줄 매인 복이도 암소에게 절하고 소장수에게 끌려 퇴장
　　　한다. 아버지 퇴장했다가 다시 들어와 슬픔에 젖어있는 암소에게 다
　　　가간다.

아버지　미안해.
암소　됐어.
아버지　어쩔 수 없잖아.
암소　알았으니까 그만해.
아버지　당신이 이해해 줘.
암소　백 번 천 번 이해는 해도 섭섭한 마음은 어쩔 수 없을까 보
　　　네.
아버지　정말 이럴 거야.
암소　내가 뭘 어쨌게. 나더러 뭘 어쩌라고.
아버지　그만 진정하라고.
암소　우리가 짐승이라고 정도 눈물도 없다고 하실라오. 당신들 말
　　　동무해, 일동무해, 집안에 숨어드는 모든 액 눈 부릅뜨고 다
　　　내쫓아. 언제 한 번 아니다를 해, 싫다고를 해. 우리가 아무
　　　리 짐승이래도, 당신이 아무리 인간이래도 이래서는 안 되지.
　　　이건 도리가 아니지. 젖도 못 뗀 자식 그렇게 팔아 넘기지는
　　　못하지.

아버지 미안해. 다시는 안 그럴 게. 나도 많이 속상해. 그만 마음
      풀 자. 우리 일로 잊자. 땀흘리다보면 잊혀질 거야.
암소 혼자 있고 싶소.
아버지 먼저 나가 기다릴게.

      아버지, 퇴장한다.

암소 밭을 갈자고? 일을 하자고? 야속한 양반.
창자 (아니리) 식음 전폐. 두문불출, 침묵시위에 잠도 안 자고 낮밤
      으로 눈 물만 쏟더니만, 겨우 마음 정리가 되었나 보다.

      암소, 툴툴 털고 일어나 집을 나선다.

창자 잘 생각했어. 어쩌겠어. 마음정리하고 또 살아야지. 힘내.

      바우 아버지, 등장한다.

아버지 아직도 그러고 있어?
창자 못 봤어? 나갔는데. 들에 안 갔어? 그럼 어디 간 거야?
아버지 자식 팔아먹은 주인 그다지도 믿더냐. 그렇게도 야속 터냐.
      허허 이런. 허허 이런.

      바우 아버지, 뛰어나간다.

아버지 어머님 복이 어멈 못 보셨소? 바우야 복이 어멈 못 봤느냐?
창자 (진양조) 떠났구나 떠났구나, 자식 찾아 떠났구나. 섭섭했구
      나 섭섭했어, 인간처사 섭섭했어. 네 마음이야 알겠다만 나는

또 어쩌란 말이냐.

　　바우 아버지는 멍에를 메고, 바우는 쟁기를 잡고 들어선다.

창자　(아니리) 사람 힘이 좋다기로 어찌 소를 당할 수 있을 소냐.
　　　바우는 쟁기 잡고 바우 아범 멍에를 걸치고 복이 어멈 흉
　　　내를 내보나, 그 어디 가당키나 하겠느냐. 한 발커녕 반 발
　　　도 못 떼고 털썩, 털썩털썩, 넘어지고 쓰러지고 꼬꾸라지니.
아버지　아이고 나 죽네. 더는 못하네. 끝장이다, 끝장이야. 우리 농
　　　사 여기서 끝이다.
바우　아버지 제가 멜게요.
아버지　아서라, 아서. 이놈아.
바우　아버지, 제가 찾아올게요. 꼭 찾아올게요.
아버지　찾긴 어디서 찾아. 섭섭하다고 떠난 걸 무슨 염치로 찾아.
바우　다녀오겠습니다.
아버지　소용없대도. 소용없대도….

　　바우, 뛰쳐나간다.

창자　(중모리) 처량한 신세로다 딱한 신세야. 바우 아버지 복이 어
　　　멈 처지 되어 밥도 거르고 일도 거르고 날이면 날마다 먼 산
　　　만 바라보며 깊은 한숨으로 살아가더니만 이내 자리 틀고 누
　　　워 시름시름 앓는구나.
아버지　아이고 답답이야, 아이고 갑갑이야. 이러지도 저러지도 못
　　　하겠고, 살지도 죽지도 못하겠네. 아이고 나 미치네. 아이고
　　　나미쳐.
창자　한편, 복이 어멈을 찾아 나선 바우는, (자진모리) 이 고을에서

저 고을로, 이 집 둘러 저 집으로. 이리 기웃 저리 기웃, 이
　　　소를 봐도 우리 소 같고 저 소를 봐도 우리 소 같으니.

바우　저예요 저. 저 바우라고요.

창자　(자진모리) 급하긴 급했구나. 외양간 소, 말뚝에 매인 소, 쟁
　　　기질 하는 소, 풀 뜯는 소, 소란 소는 다 뚫어져라 이리 저리
　　　뜯어보니, 너 이놈 소도둑이로구나!

바우　아니에요.

창자　(자진모리) 걸음아 날 살려라, 삼십육계 줄행랑이다. 소도둑
　　　이야, 소도둑! 저놈 잡아라!

　　　쟁기를 얹은 복이 어멈, 한 농부에 이끌려 밭을 갈고 있다.

농부　이려 이려! 이 논 갈아 씨 뿌려서 우리 막내 시집보내고, 어
　　　려 어려! 저 밭 갈아 추수해서 새색시나 하나 더 얻을까. 이
　　　려 이려 이려! 아, 흙 맛 한 번 차지다.

바우　아니 저건. 저기, 저기. 복이 엄마다. 복이 엄마야! 찾았다. 찾
　　　았어.

　　　바우, 농부와 함께 쟁기질하고 있는 복이 어멈에게로 달려간다.

바우　이 소 우리 손데요.

농부　뭐야? 네 소?

바우　저예요, 바우. 얼마나 찾아 헤맨 줄 알아요? 아버진 않아 누
　　　우셨어요. 가요. 어서 가요.

농부　가긴 어딜 가. 데려가긴 어딜 데려가.

바우　우리 소예요. 우리 소란 말예요. 가요, 어서.

암소　내 다시는 안 갈란다. 무심하고 서러워서 내 다시는 안 갈란

다.

농부 봤지. 억지 부리지 말고 어서 가. 바쁜 농사철에 일 방해하
      지말고. 어뎌 어뎌. 이려.

     농부, 복이 엄마를 몰고 간다. 바우도 힘없이 발걸음을 옮긴다.

창자 (자진모리) 바우 아범 뛰어 나온다, 누웠던 환자 뛰어 나온다.
      어디 보자 어디 봐, 우리 보배를 얼른 보자.
아버지 어디 갔다 이제 와. 어디 갔다가 이제 와. 어디 있냐, 어디
      있어. 복이 어멈 어디 있어. 어서 보자, 어서 봐.
바우 못 찾았습니다, 아버지.
아버지 혼자 왔어? 그럴 테지.
바우 소문에 듣자하니 얼마 전 홍수 때 계곡 절벽으로 웬 소 한
      마리가 떨어지는 것을 본 사람들이 있대요. 아무래도 그 소
      가.
아버지 떼끼.
창자 (아니리) 이렇게 거짓을 고해 놓으니, 바우 아범 이불 쓰고
      드러누워 죽도 물도 다 되 물리는 것이 아마도 죽을 작정을
      했나보더라.

     방자, 등장한다.

방자 들으시오. 알림이오. 장사대회 있소. 달포 후 보름날 재 너머
      우물 옆 큰 마당이오. 황소 걸었소. 장정들 나서서 힘과 기술
      을 겨루시오.
바우 뭐라는 거예요?
창자 못 들었어? 이봐 방자. 애 못 들었대. 다시 한 번 고해봐.

방자　왜 못 들어? 내 목소리가 그렇게 형편없어? 들으시오. 알림이
　　　오. 장사대회 있소. 달포 후 보름날 재 너머 우물 옆 큰 마당
　　　이오. 황소 걸었소. 장정들 나서서 힘과 기술을 겨루시오. 콜
　　　록. 콜록.

바우　언제라고요? 어디라고요?

　　　방자, 도망치듯 사라진다. 밖에서 방을 알리는 소리 들려온다.

바우　모두 모두 물렀거라, 황소 임자 여기 있다. 우리 아버지 살
　　　릴 황소, 우리 집안 일으킬 황소. 너 참 반갑다, 너 참 반가
　　　워. 기다려라 기다려, 씨름대장 나가신다. 물렀거라 물러서,
　　　소년장사 나가신다.

창자　야, 야.

바우　네.

창자　뭘로 할 건데?

바우　네?

창자　씨름 해 봤어?

바우　아니요.

창자　어떻게 씨름선수 될 건데? 어떻게 소를 탈건데?

바우　어째야 돼요?

창자　연습해야지. 훈련해야지.

바우　그렇지. 이제부터 연습이다. 훈련이다.

창자　(중중모리) 훈련이다 훈련이야, 연습이다 연습이야. 낮도 없고
　　　밤도 없다, 시도 없고 때도 없다. 잠을 자도 황소 잠, 꿈을
　　　꿔도 황소 꿈, 밥을 먹어도 황소 밥, 걸음걸이도 황소 걸음,
　　　말을 해도 음메메.

황소 나타나 바우 눈앞에서 어른거린다. 바우, 황소 꽁무니만 졸졸
따라다닌다.

바우 음메, 음메, 음메---!
창자 (아니리) 야야, 그게 연습이야 몽유병이야? 그래가지고 황소
      커녕 닭 한 마리나 얻겠다.
바우 야단만 치지 말고 방법을 좀 일러줘요.
창자 스승을 모셔야 제대로 배우지.
바우 그렇지, 스승님을 모셔야지.

바우, 겨우 스승이라고 모셔온 게 다 늙어 서 있을 기력조차 없는
노인이다.

바우 이런 할아버지한테 뭘 배워서 황소를 타요.
노인 뭐라고? 황소를 잡았다고? 잡으려면 암소를 잡지. 황소는 질
      겨서. 이빨이 없어 씹을 수가 있어야지. 아니다, 푹 삶아. 그
      래가지고 얇게 찢어봐. 혹시 씹히려는지.
바우 고기가 아니고요. 황소 여러 마리 타셨다면서요.
노인 황소 달라고? 다 잡아먹었지.
바우 씨름 좀 가르쳐 달라고요.
노인 기름? 기름은 우리 할멈한테 가서 달래야지. 이거 비밀인데
      기름은 부엌 선반 맨 끝에 있는 단지에 숨겨놨어.
바우 씨름이요.
노인 씨름. 진작에 그렇게 얘기하지.
바우 왕년에 한 가락 하셨다면서요.
노인 왕년에? 내 젊은 날에? 암. 한가락 하고말고.
창자 (엇모리) 왕년에 젊은 날에, 멧돼지 때려잡고 호랑이 매쳐 잡

고 독수리 뛰어 잡고, 볏 가마로 오재미 바위로 구슬치기 호
박으로 공기놀이, 집은 들어 옮기고 배는 들어 나르고, 백 리
는 단숨에 천 리는 두 숨에.

노인 왕년에, 내 젊은 날에. 번개 같았지, 바람 같았지. 아이고 죽
겠다.

창자 (아니리) 터럭이라도 잡아보려는 심정으로 노망난 할아버지
밑으로 들어가, 팔 다리 어깨 허리 주무르고 한솥밥 먹어가
며 훈련을 해 나가는데, 날이면 날마다 끼니면 끼니마다 이
상한 음식을 던져주는구나.

바우 이게 뭐예요.

노인 쥐다. 포 떴어.

바우 (맛보면 인상 구겨지고) 이건 뭐예요.

노인 구렁이. 말렸지.

바우 (맛보고) 이건 또 뭐예요.

노인 개구리. 삶았다.

창자 그건 또 뭐예요.

노인 굼벵이. 튀겼어.

창자 (휘모리) 그건.

노인 미꾸라지.

창자 그건.

노인 땅강아지.

창자 그건.

노인 거미.

창자 그건.

노인 지렁이.

창자 그건.

노인 잠자리.

창자   그건.

노인   메뚜기.

창자   (자진모리) 비둘기 기러기 메추리 오리 잉어 붕어 뱀장어, 거
       기다가 냉이다 미나리다 파 마늘 달래 씀바귀 질경이 이하
       생략하고. 그만 먹으라고.

       열심히 받아먹던 바우, 먹기를 그친다.

창자   (아니리) 가난요법인지 특수요법인지 모르겠으나 어찌됐든 힘
       은 솟는 것 같아 좋다만 어찌된 심사인지 기술은 안 가르쳐
       주고 날이면 날마다 이상한 주문만 해대니 바우 마음 답답이
       라.

노인   세상을 들어 올려라.

바우   네?

노인   세상 들어 올리라고. 거꾸로 서라고, 이놈아. 들었으면 옮겨
       라.

바우   네?

노인   옮기라고. 옮겼으면 엉덩이 깔고 앉아라. 걸어라. 계속 걸으라
       고.

바우   이게 뭐예요.

노인   이놈아 똥구녕 힘이 힘의 원천인 게야.

바우   웬 똥구녕 타령이래요.

노인   이놈아 똥구녕 풀리면 인생 끝이야. 알기나 알아.

바우   알았어요.

노인   쪼그려 앉아. 뛰어올라 가위차고 착지. 연속해서 열 번. 이번
       엔 팔 굽혔다 뛰어올라 손바닥 두 번 치기. 연속해서 열 번.

바우   힘들어 죽겠어요.

노인 이까짓 훈련 힘들어 가지고 뭘 해. 저 나무 잡아라. 잡았으면.

　　노인, 말하기 귀찮다는 듯 손가락으로 지시한다. 창자가 통역한다.

창자 (자진모리) 좌로 돌아. 우로 돌아. 우로 돌다 좌로 돌아. 좌로
　　　돌다 우로 돌아. 빙빙 돌아. 거꾸로 돌아. 당겨. 밀어. 밀었다
　　　가 당겨. 당겼다가 밀어. 당기든지 밀든지 돌던지 멈추던지,
　　　네 맘대로 해. 네 맘대로 하래.
바우 동네 사람들. 바우 죽어요. 기술 좀 가르쳐 줘요. 기술.
노인 가르치고 있잖느냐 이놈아. 네가 하기 싫어 꾀가 나는구나.
　　　돌아가고 싶으냐?
바우 아닙니다, 사부님.
노인 업어라.
바우 네?
노인 업으라고.
바우 네.
노인 씨름이 무엇이더냐.
바우 ….
노인 추켜. 흔들어 봐. 아이구 좋다. 씨름을 통해 네가 얻으려는 게
　　　무엇이더냐.
바우 ….
노인 황소더냐. 아버지더냐. 가족이더냐. 어지럽다 이놈아. 어려울
　　　것 없다. 중심을 세워라. 씨름은 중심운동이다. 자기중심을
　　　잃지 않으면서 상대 중심을 무너뜨리는 것 그것이 씨름이다.
　　　기울이든 세우든, 높이든 낮추든 네 중심을 빼앗기지 마라.
　　　당기든 밀든, 들어 올리든 내려놓든 상대방 중심만 빼앗거라.
　　　네 중심은 네 몸이 세울 것이니 머리로만 익히지 말고 몸으

로 익혀야 한다. 네 몸과 의지가 하나 될 때 비로소 진정한
씨름꾼인 것이다. 알겠느냐?
바우 네.
노인 진정 알겠느냐?
바우 알 듯 모를 듯하네요.
노인 오르거라.
바우 네?
노인 저 나무에 오르라고.
바우 네.
노인 그럼, 나중 보자.
바우 네?

   쭈루르르---, 바우, 미끄러져 내린다.

노인 거기 붙어 있으라니까.
바우 네.

   바우, 다시 기어오른다.

노인 나중 보자.
바우 오르지도 말라니. 내리지도 말라니. 매미라야 붙어있고 나비
     라야 앉아 놀지.
창자 쭈르르륵!
바우 아버지.
창자 쭈르르륵!
바우 할머니.
창자 쭈륵 쭈륵 쭈르르륵!

바우 복아. 누나. 엄마.

창자 (아니리) 하늘에 계신 우리 어머니, 께서 기도를 들어주셨는
　　　지 처음에는 그렇게도 힘들어 죽을 것 같더니만, 하루 지나
　　　고 이틀 지나 삼일 사일이 되니 힘도 붙고 요령도 생겼겠다.
　　　이젠 매미가 안 부럽고 찰거머리도 안 부럽게 아무 데나 찰
　　　싹, 찰싹 찰싹. 붙는 것도 기술이라면 그 기술 하나는 확실
　　　히 익혔다만.

바우 내일 모레가 시합인데 뭔 기술로 붙어보지. 정말 기술 안 가
　　　르쳐 줄 거예요.

노인 앉아 있기도 힘들어 죽겠는데. 내 무슨 힘이 있어 네 맞상대
　　　를 해, 이놈아! 옛다.

　　　노인, 툭, 서책 한 권 던져주고는 누워버린다.

바우 이게 뭐야. 무슨 그림이야. 들어매치기 안다리 바깥다리 끌
　　　어치기 당겨치기. 오라, 이것이 씨름 교본이렷다. 어디 보자.
　　　엎어치기, 매치기. 자반뒤집기는 이렇게 해서 이렇게.

창자 그렇게 눈으로만 봐서 몸으로 익혀 지겠다. 빗자루라도 쥐고
　　　해봐야지.

바우 빗자루? 빗자루!

　　　바우, 관중들 속에서 빗자루(관객) 하나 고른다. 빗자루를 상대 삼
　　　아 기술을 연마한다.

바우 보자. 잡치기. 잡치기는 이렇게, 이렇게. 오금 당기기. 오금 당
　　　기기는 이렇게 해서 이렇게 해가지고 이렇게. 자세를 낮추고,
　　　중심을 잡은 상태에서, 균형을 유지하면서, 무릎은 살짝 구부

리고, 엉덩이는 빼라. 상대방 중심을 허물려면 기울여라. 밀
　　고, 당기고, 파고들어서 들어 올린 다음 팽개쳐라.

창자　신났다 신났어. 그만해. 빗자루 부러지겠다, 이놈아. 시합시간
　　다 되어 가.

바우　벌써? 아버지. 이제 그만 털고 일어나세요. 할머니 저 소 가
　　지러 가요.

창자　든든한 조반 대신 각오만 잔뜩 불어넣고 씨름 대회장을 찾아
　　나섰겠다.

　　　바우, 등록하고자 접수자 대열에 낀다.

접수인　애들은 가라. 애들은 가. 애들이 나설 자리가 아니래도. 가
　　서 엄마 젖이나 더 먹고 코 밑에 털 나거든 그때 다시 와.

바우　꼭 나가야 돼요.

접수인　어서 집에 가래도.

바우　자신 있어요. 훈련 많이 했어요.

접수인　야, 이 녀석아. 다치기라도 하면 어쩌려고 그래.

바우　상관없어요.

접수인　허허, 나 이거 참. 너 다쳐도 난 모른다.

바우　네.

접수인　정말 내 책임 아니다.

바우　네.

접수인　그래 해라, 해.

바우　감사합니다.

접수인　야, 너 이름이 뭐라고?

바우　바우요.

접수인　바우. 그래 준비해라. 그놈 고집하고는. 어린 것이 무슨 사

연 이래. 뼈나 으스러지지 말아야 할 텐데. 다음.

치우 네. 여기 있소.

접수인 못 보던 얼굴이네.

치우 첫 출전이요.

접수인 다음.

치우 얘야. 보아하니 아직 어린 나이 같은데 무슨 사연으로 그렇게
　　　악착같이 덤비니?

바우 황소 가져가려고요.

치우 그래, 자신 있냐?

바우 그럼요.

치우 우리 결승에서 한 판 붙자.

바우 네. 자신 있어요.

치우 잘해라.

바우 어르신도요.

"징---!" 울리고 음악 퍼지면 장사들의 시합이 시작된다.

접수자 이놈 그렇게 조르더니 어디 간 거야. 바우! 바우야 이놈아,
　　　네 차례다. 어디 갔어. 바우야, 씨름해라!

바우 네.

창자 차려! 경례! 준비! 시작! (중중모리) 바우 먼저 잡아챈다, 바우
　　　먼저 잡아채. 앞무릎을 쳐보고 옆 무릎을 쳐본다. 밭다리를
　　　걸어도 보고 밭다리를 후려도 본다. 안다리, 오금걸이, 호미
　　　걸이, 낚시걸이.

바우 또 뭐가 남았지. 뭐가 남았더라. 또 뭐 있어요?

창자 (아니리) 앞다리. 빗장걸기. 안 돼? 그럼 들배지기 차돌리기
　　　잡채기. 이것 저것 되는 대로 다 해봐.

바우 어어어어---!

　　더 이상 받아주기 민망했던지 상대 장사가 바우를 번쩍 들었다가
곱게 눕혀놓는다.

상대장사　씨름판에 애들은 내보내가지고.
바우　흑, 흑흑.
창자　우네. 운다. 운다. 애 울어요.
바우　으아, 으아앙.
창자　(진양조) 피땀 흘려 훈련했건만 힘 한 번 못 써보고 용트림
　　　한 번 못 해보고 이렇게 쓰러지다니. 서럽고도 서럽구나 이
　　　내 신세 서럽구나. 엉, 엉엉.
바우　엉엉엉. 죄송해요, 아버지. 미안해요, 할머니. 누나, 엉엉.
창자　야야, 다음 시합하게 저리 가 울어. 다음. 차렷. 경례. 준비.
　　　시작.

　　바우, 쫓겨 가고, 치우천왕 등장해 상대 장사와 겨룬다. 팽팽한 접
전 끝에 치우 패한다. 예하고 씨름판에서 사라진다.

치우　허허허, 허허허.
창자　져놓고 뭐가 저렇게 좋대?
바우　으앙--.
치우　허허허.
바우　으앙--.
창자　다 끝났어. 그만 울고 집에 가. 자꾸 울면 고추 떨어진다.
바우　으앙--.
창자　(중모리) 바우, 실망이 하도 깊어 아버지 누우신 자리 옆에

제 자리 따로 잡아 누워버렸으니, 이러다간 부자지간에 한날 한시 한 무덤에 묻히게 생겼구나. 이웃 아주머니 감자를 삶아 와도 죽을 쒀 와도 아버지나 아들이나 쌍으로 드러누워 명을 재촉하니, 못 볼 꼴 보는 바우 할머니라고 멀쩡할소냐. 이렇게 방이란 방에 사람이란 사람 다 누워버렸으니, 팔려간 송아지 한 마리가 온 집안 식구 다 죽이는 형국이 되었구나.

아낙 소다. 소야. 바우야, 소다. 소. 궁에서 소년장사씨름대회가 열린대. 소 준대. 황, 암소? 이번엔 왜 암소가 걸렸다지? 어쨌든 소란다, 소.

바우 할머니. 씨름 대회 열린대요. 우리 씨름해요. 아버지. 씨름대회 열린대요. 암소 준대요.

창자 (자진모리) 바우 다시 훈련한다, 바우 다시 훈련을 한다. 죽 얻어다 할머니 먹이고, 밥 빌어다 아버지 먹이고. 겨우 일어선 아버지, 허리 구부러진 할머니, 마구 들어 매다 꽂는다. 오금당기기 밧다리걸기 자반뒤집기. 일어서면 메다꽂고, 또 일어서면 집어던지고, 일어서면 넘어뜨리고, 일어서면 자빠뜨리고, 일어서면 꼬꾸라뜨리고, 일어서면 뒤집어 버리고, 일어서면 밀어 넘기고, 또 일어서면 당겨 처박는데, 그래도 좋단다, 그래도 좋아.

아버지 아이고, 잘 한다, 우리 아들. 참 잘 한다, 내 아들.

할머니 또 던져라. 자꾸 뒤집어라. 괜찮다. 괜찮아. 이 햄미 죽어도 괜찮아.

창자 (아니리) 괜찮기도 괜찮겠다. 사정없이 패대기를 쳐 놓으니, 마음 아파 드러누웠던 아버지 이번에는 삭신이 쑤셔 드러눕고, 허리 휘었던 할머니는 허리가 똑 부러져 쭉 펴졌으니, 할머니 아버지 살릴 묘약은 천하에 오직 소 하나뿐임을 잘 아는 바우, 괴나리봇짐을 꾸려 맸겠다.

바우 아버지 다녀오겠습니다. 할머니 다녀올게요.

창자 (중모리) 궁궐이라 오천리 길 멀고도 아득한 길 태산이 막은들 포기하리요, 황하가 막은들 돌아 가리요. 할머니 떠올리며 기어서 간다. 아버지 떠올리며 눈물로 간다. 효성 지극 한 바우, 불쌍한 바우, 가다가 죽겠구나. 붙어보지도 못하고 죽겠구나. 쯧쯧쯧. 힘내.

바우 여기에요?

창자 아직 멀었다. 더 가야 돼.

바우 다 왔어요?

창자 아니.

바우 여기에요?

창자 조금만 더.

바우 아, 더 이상 못 가요.

창자 더 안 가도 돼. 다 왔다.

　　바우, 지쳐 벌러덩 넘어간다.

창자 그리고 누워만 있을 거야?

바우 이렇게 한 나절만 자요. 더는 못 버텨요.

창자 잠 잘 데가 없어 여기까지 와서 자? 곧 경기 시작이야.

　　바우, 벌떡 일어선다.

바우 무슨 힘으로 한데.

창자 이왕지사 여기까지 왔으니 이기든 지든 원이나 없게 한 판 붙어는 봐야지.

바우 네.

창자 어서! 이렇게 궐문을 들어섰겠다.

음악 울리고, 미동들 그 음악에 맞춰 춤추며 패기와 기상을 뽐낸다. 춤 끝나면 미동들, 퇴장한다. 한 쪽에 노인, 등장한다.

노인 바우야. 씨름이 무엇이더냐. 중심을 세워라. 씨름은 중심운동이다. 자기중심을 잃지 않으면서 상대 중심을 무너뜨리는 것 그것이 씨름이다. 기울이든 세우든 높이든 낮추든 네 중심을 빼앗기지 마라. 당기든 밀든 들어올리든 내려놓든 상대방 중심만 빼앗거라. 네 중심은 네 몸이 세울 것이니 머리로만 익히지 말고 몸으로 익혀야 한다. 네 몸과 마음이 하나 될 때 비로소 진정한 씨름꾼인 것이다. 명심하거라.

노인, 퇴장하고 씨름판 열린다. 바우, 씨름판에 등장한다. 상대 소년 장사 등장한다.

창자 준비. 시작. 앞다리차기. 바우 승. 다음.

상대 선수, 쓰러진다. 다른 선수 상대한다.

창자 준비. 시작. 덧걸이. 바우 승. 다음.

상대 선수, 쓰러진다. 다른 선수 상대한다.

창자 준비. 시작. 뒤집기. 바우 승. 다음.

상대 선수, 쓰러진다. 다른 선수 상대한다.

창자　준비. 시작. 들배지기. 바우 승. 다음.

　　　상대 선수, 쓰러진다. 다른 선수 상대한다.

창자　준비. 시작. 오금당기기. 바우 승. 다음.

　　　상대 선수, 쓰러진다. 다른 선수 상대한다.

바우　으라차자!
창자　안뒤축.
바우　아라라차!
창자　들배지기.
바우　으라차차!
창자　돌림배지기.
바우　아라차차!
창자　발뒤축.
바우　아자!
창자　업어던지기. 바우 승.
바우　아버지.
창자　(아니리) 비지땀이 찔찔, 다리는 후들후들, 하늘은 노릇노릇,
　　　눈앞에는 별이 번쩍번쩍. 더 이상 서 있기조차 어려운 지경
　　　이 되었구나.

　　　바우, 쓰러진다.

창자　포기할 거야?
바우　몇 경기나 남았어요?

창자 마지막이다. 이제 결승이야. 힘내야지.

바우 조금만 쉬었다 하면 안 돼요? 결승인데.

창자 바로 출전하지 않으면 기권패다.

바우 나 죽어도 씨름판에서 죽을래요.

　　　바우, 일어서다 다시 쓰러지지만 또 다시 일어선다.

창자 다음.

　　　이 때, 두 배 장사 등장한다.

창자 (중모리) 팔도 두 배, 다리도 두 배, 얼굴도 두 배, 몸무게도
　　　두 배, 온통 두 배. (아니리) 바우야, 너 어쩌냐. 이제 죽었다.
　　　어이, 두 배 장사. 좀 봐줘가며 해. 자, 준비. 시작.

바우 아자!

창자 꿈쩍 않는다.

바우 아자!

창자 요지부동이다.

바우 아자자!

창자 (중모리) 꿈쩍 않는다, 꿈쩍 안 해. 고목에 매미 신세로다, 소
　　　등에 파리 신세로다. 무슨 수로 흔들고 무슨 수로 넘어뜨린
　　　단 말이냐.

바우 에라, 이젠 네 맘대로 해봐라.

창자 찰싹. 어, 이거 어디서 본 건데. 찰싹, 아주 찰싹. (중중모리)
　　　들어 올려도 찰싹, 기울여도 찰싹, 밀어내려도 찰싹. 찹쌀떡
　　　도 아닌 것이, 진드기도 아닌 것이, 거머리도 아닌 것이. 찰
　　　싹. 찰싹. 아주 찰싹.

두배장사 놔. 안 떨어져? 못 떨어져? 놔. 못 놔?

바우 못 놔. 못 떨어져.

두배장사 그래. 오냐, 너 어디 한 번 죽어봐라. 에라이.

　　　바우, 샅들어치기로 두 배 장사를 넘긴다. 잠시 정적이 흐른다. 징
　　　울리고 꽹과리 때리고 장구 다스리고 나발을 불어댄다.

창자 샅들어치기. 바우 승.

바우 소. 소다! 소! 소다! 음머! 음머!

할머니 바우야.

바우 할머니.

할머니 불쌍한 거. 불쌍한 거.

바우 보고 싶었어, 할머니.

아버지 고생했다.

바우 아버지.

아버지 미안하다.

바우 저 소 타요. 이젠 걱정 안 하셔도 돼요.

아버지 장하다. 내 아들.

바우 누나.

덕이 나 때문에. 미안해.

바우 누나 똥배 나왔네.

아버지 똥배가 아니고 이속에 네 조카가 들어 있어요.

바우 그럼 내가 삼촌? (사이) 그런데 모두 다 어쩐 일이세요? 여기
　　　까지.

치우 하하하, 허허허.

　　　치우천왕, 등장한다. 투구를 벗는다.

바우 어르신!

창자 치우천왕이셔.

　　　모두, 예한다.

치우 하하하. 이 나라 미동들 정말 아름답도다. 미덥도다. 너희들의
　　　기상이 이 나라의 힘이도다. 너희들의 꿈이 이 나라의 역사가
　　　되는 도다. 너희들이 있어 이 나라의 미래가 참으로 밝구나.
　　　무엇이 감히 이 나라의 앞길을 막겠느냐. 하하하. 하하하. 그
　　　래, 이제 상을 내려야겠구나. 소가 필요하다 했느냐?

바우 네.

치우 하하하, 기특한지고. 맹랑한지고. 하하하. 하하하.

덕이 저기, 저기.

아버지 저건, 복이 어멈.

할머니 맞다. 틀림없는 복이 어멈이다.

아버지 미안해. 미안해.

암소 보기 싫소.

덕이 용서해요. 저 때문이에요.

암소 섭섭하네. 너무 섭섭해.

치우 복이 어멈. 이제 그만 용서 하시게.

할머니 그래. 그만 풀어.

아버지 미안해.

　　　복이 어멈, 서러움에 눈물 짓고 바우네는 미안함에 눈물 짓는다.

바우 복이다. 복이야. 복아.

복이 엄마, 엄마.

암소　복아, 복아.

복이　엄마, 엄마.

암소　그동안 어디 있었어? 어떻게 지냈어? 밥은 굶지 않았어? 매
　　　는 맞지 않았어? 어디 보자. 아픈 데는 없어? 상한 데는 없
　　　어? 이렇게 어린 걸. 이렇게 귀한 걸.

치우　하하하. 바우는 내 곁에 남거라. 내 너에게 큰일을 맡겨야겠
　　　다.

　　　모두 놀라움에 치우천왕께 예한다. 할머니와 아버지, 덕이는 바우에
　　게 절한다. 바우, 맞절한다.

할머니 좋네요. 참 좋네요.

바우　할머니.

할머니 젖 먹고 싶을 때나 들러주세요.

　　　바우, 할머니에게 안긴다.

아버지 우리 아들, 믿는다.

바우　아버지.

　　　바우, 아버지와 포옹한다.

덕이　몸조심하세요.

바우　누나.

　　　바우, 덕이와 포옹한다.

바우　복이 건강하게 자라야 돼.

복이　네.

바우　아버지 좀 부탁드려요.

암소　네. 염려 말고 큰 일 하세요.

　　　복이와 복이 어멈, 바우에게 절한다. 바우, 맞절한다.

치우　하하하. 건강하도다. 아름답도다. 너희들의 건강이 나의 건강
　　　이다. 너희들의 행복이 나의 행복이며, 너희들의 기쁨 또한
　　　나의 기쁨이도다. 우리 이렇게 아름답게 살자꾸나. 우리 더
　　　열심히 살자꾸나. 좋구나. 아주 기쁘구나. 하하하하하하.

　　　치우천왕과 함께 바우, 퇴장한다. 모두, 예한다.

아버지　복이 어멈. 이제 다시는 헤어지지 말자. 너 죽고 나 죽기까
　　　지 우리 함께 살자. 죽어서도 함께 살자.

암소　그 맘 다시는 변치 마시오. 또 딴 소리 하는 날엔 확 받아 버
　　　릴 테니까.

복이　나도.

암소　봤지. 어유 이뻐라. 아휴 기특해라.

아버지　나도 훌륭한 아들 있네. 내 아들만 할까.

암소　남의 열 자식 하나 부러울 거 없네. 흥.

복이　흥.

할머니　재롱떨고 있다. 내 자식 네 자식 가를 거 뭐 있어. 소, 사람
　　　나눌 거 뭐 있어. 좋기만 하구나. 흥이 절로 나.

아버지　기쁘시죠, 어머니. 우리 바우 장하지요?

할머니　기쁘다마다. 장하다마다.

암소 우리 복이는요?

할머니 예쁘구나. 아주 예뻐. 좋구나, 좋아. 흥이 절로 나.

　　　모두들 춤춘다. 할머니, 삐끗한다.

할머니 아이고, 내 허리. 또 부러졌나보다.

아버지 그러게 참으시라니까.

　　　급히 할머니 모시고 퇴장한다.

할머니 그래도 좋다. 그래도 좋아.

창자 (아니리) 저렇게 다시 한 가족 되어, 바우 아범 복이 어멈다시 농사를 할 적에, 치우천왕께서 보기 좋다, 바우 큰일 한다, 자꾸 땅을 내려 주시니 할 일이 태산이라.

　　　아버지와 암소, 밭 갈며 등장한다.

아버지 되다.

암소 되지?

아버지 일손 늘려야지 힘들어 안 되겠어.

암소 그러게 새 장가 가라니.

아버지 다 늙어 무슨. 나보다야 당신이 낫지. 사람보다야 소가 낫지.

암소 낳아 줘?

아버지 고맙지.

암소 그럼, 뽕따러 갈까.

아버지 밝히긴.

암소 아무리 생각해도 애 만들려고 그 짓 하는 거 어째 짐승 같다.

아버지 만날 짐승 같다지. 좋으면서.

암소 그렇게 부러우면 나하고 하던가.

아버지 뭐?

창자 뭣들 해. 남사스럽게. 얼른 기어들어가.

    암소와 아버지 마치 연인이라도 되는 냥 질펀한 농담 주고받으며
    희롱하면서 밭을 갈며 퇴장한다.

창자 (아니리) 아무튼 저러고 소, 사람 없이 농사지으며 이웃과 정
     을 나누고 사랑을 나누니, 불어나느니 재산이요. 늘어나느니
     자손이라. 이게 다 복이 이름을 잘 지어서 따라온 복인지, 바
     우 효심 덕인지, 훌륭한 왕이 베푼 은혜인지 모르겠으나, 더
     이상 바랄게 뭐 있겠느냐.

    아버지, 배가 잔뜩 부른 암소와 함께 등장한다.

아버지 조심해. 애 떨어져. 순산하려면 부지런히 운동해 줘야 돼.

암소 아휴, 힘들다. 애 낳고 키우기 정말 힘들어.

창자 애는 무슨. 송아지.

암소 누가 뭐래. 송아지 낳기 힘들어 죽겠다고. 애는 나봤어?

창자 그래.

암소 몇이나 나 봤어?

창자 셋이나 낳았다.

암소 겨우 셋 가지고.

창자 겨우라니. 셋이면 나라에서 상 줘.

암소 그럼 송아지는 나 봤어?

창자 내가 소냐 송아지를 낳게? 점점 이상해져.

암소 애 많이 나봐라. 누군들 별 수 있나.

창자 누가 그렇게 많이 낳으래.

암소 이 양반이.

아버지 내가. 헤헤헤.

암소 일손 부족하다고 자꾸만 낳으라잖아. 오죽하면 이번엔 쌍둥이
　　　를 가졌을까, 내가.

아버지 쌍둥이?

창자 알았어. 순산해. 아무튼 저렇게 끔찍이 인간사 염려하는 통에
　　　쉴 틈 없이 애를 만들었으니, 이크 이젠 나도 애라네. 전하는
　　　설에 의하면 복이 이후로도 스물을 낳았다나, 서른을 낳았다
　　　나.

아버지 스물일곱.

암소 스물여덟.

아버지 일곱.

암소 여덟이라니까.

아버지 나 몰래 남의 집에 애 낳아줬어?

암소 뭐라고?

창자 싸우지들 말고 딱 잘라 스물일곱 마리하고 반으로 해.

아버지 자르긴 뭘 잘라?

암소 무 잘라 지금? 아이고 배야. 애 나온다. 애 나와.

아버지 조심, 조심.

창자 그러게 애 밴 여자, 아니 소가 소리는 왜 질러.

　　　아버지, 암소를 부축하고 퇴장한다.

창자 저 금슬, 부럽다, 부러워.

밖에서 송아지 울음소리 들려온다.

아낙   나왔다. 또 나온다.

창자   (중모리) 저 송아지가 어미 소가 되어 송아지를 낳고, 그 송
　　　아지가 또 어미 소가 되어 또 송아지를 낳고, 그 송아지는
　　　또 송아지를 낳고, 낳고 낳고 낳고. 또 또 또 낳고. 바우가
　　　아들을 낳고, 그 아들이 또 아들을 낳고, 낳은 아들이 또 낳
　　　고 낳고 낳고, 또 또 또 낳고. 그 송아지의 아들의 아들의 아
　　　들의 삼천팔백오십오 대쯤 되는 먼 손자뻘 되는 송아지와 그
　　　아들의 아들의 아들의 이백삼십사 대쯤 되는 먼 손자뻘 되는
　　　아이가 지금도 이 땅 어느 하늘 아래 한 지붕 밑에서 한솥밥
　　　을 먹어가며 농사지을 채비를 하고 있다 하니, 그 두 집안,
　　　아니 한 집안 자손만대 만수무강하고 부귀영화 누리시기를
　　　우리 함께 두 손 모아 정성으로 빌어드립시다. 이 창자와 우
　　　리 배우들도 여러분이 모두 평안하시고 건강하시고 행복하시
　　　길 진심으로 기원해 드리겠습니다. 여러분 건강하세요. 행복
　　　하세요.

음악에 끌려 소들 쏟아져 나와 춤춘다. 그 소들 탈을 벗고 사람이
되어 춤춘다. 이내 소와 사람이 어울려 함께 춤춘다.

– 막 –

기 도 祈禱[1]

---

1) 〈기도〉는 기도하는 사람과 그 기도를 들어주는 신이라는 틀을 유지하는 한 기도의 내용은 얼마든지 수정되어도 무방하다.

<등장인물>

신(혹은 신들)[2]
여1
여2
여3
여4
여5
남1
남2
남3
남4
남5

<시간과 장소>

우리가 기도하는 거기, 지금 여기

---

2) '불경스럽겠지만' 관객은 부디 신神의 자리를 차지하시라. 인간의 기도에 침
   묵으로 일관하지 마시고 부디 응답하시라. 인간의 상대역인 신으로서의 역할
   에 최선을 다해주시라.

<무대>

극의 공간은 신의 공간과 인간의 공간으로 나뉘어져야 한다. 섬김을 받는 쪽과 섬기는 쪽, 기도를 들어주는 입장과 기도하는 처지는 구분되어야 한다. 신과 인간이 직접 대면할 수는 없는 터, 두 공간은 마땅히 차단되어 있어야 한다. 인간의 공간은 삶의 자리이자 기도처이다. 꼭 어디다, 장소를 지정할 필요는 없다. 인간들이 신을 향해 마음을 여는 모든 곳이 기도처이기 때문이다. 다만 신에 대한 인간의 경외심과 정성이 표현될 수는 있을 것이다. 신의 공간은 인간의 것에 비해 더 화려하며 고상하고 안락해야 한다. 가장 찬란한 빛을 받아야 하며, 완전한 암흑으로 피신할 수도 있어야 한다. 꾸밀 곳이 있다면 그것은 신의 공간이다. 전통적 극장의 무대와 객석의 기능을 역이용해보는 것도 좋겠다.

극은 관객입장으로부터 시작된다. 교황의 접견실에 버금갈 만큼 화려한 장소에 관객 한명이 입장할 때마다 그 만의 고유한 좌석이 제공되었으면 한다. 관객 한명 한명에게 찬란한 빛을 드리워야 한다. 집단으로서의 신이 아니라 개인으로서의 신으로 떠받들어야 한다.

1막

신(신들) 좌정하면 밝히던 빛을 거두며 막이 오른다. 기도하는 인간들에게 귀를 기울여야 할 시간이다. 인간의 처소에 빛이 드리워진다. 서서히 드러나는 인간의 처소는 온통 꽃밭이다.[3] 꽃밭 여기저기 흩어져 기도하는[4] 사람들 하나 둘, 눈에 들어온다.

남1 오늘.

여5 드디어 오늘.

남5 고대하고 고대하던.

여3 오늘.

남2 네, 바로 오늘.

여2 오늘은 기필코.

남3 기필코.

여1 남자.

여4 멋진 남자.

남4 아름다운 여자.

여3 키 좀 크고.

남1 늘씬한 여자.

여5 바람기 없고.

남2 조신한 여자.

여1 그냥 바지 입는 남자면 족합니다.

---

3) <기도>의 등장인물들은 헌화를 통해 신에게 감사를 표한다. 연출의도에 따라 무대 디자인을 달리할 경우, 헌화를 대신할 대안 또한 연구되어야 한다.
4) <기도>에 출연하는 배우는 행동은 자연스럽되 오직 관객(신)에게만 말해야 한다. 인간 사이에 오갈 수 있는 말은 모두 생략되어 있기 때문이다. 기도는 신과 나누는 대화이자 자기 스스로에게 던지는 말, 즉 독백이다.

남5 집안 좋고.

여2 학력 좋고.

남4 직업 좋고.

여1 그저 골골하는 사람만 아니면 좋겠습니다.

남3 잘 웃는 사람이면 좋겠고.

여5 잘 웃길 줄 아는 사람이면 좋겠어요.

남1 배포 있는 여자면 좋겠고.

여4 살뜰한 남자면 좋겠고.

남4 밥 좀 적게 먹는 여자면 좋겠고.

여2 시원스레 퍽퍽 퍼먹는 남자면 좋겠어요.

여1 그래요. 이빨만큼은 성했으면 좋겠네요.

남2 미니스커트 입은 다리가 매력적이면 좋겠고.

여3 정장이 잘 어울리는 어깨를 가졌으면 좋겠고.

남5 청바지가 잘 어울리는 여자면 좋겠고.

여1 탱탱한 엉덩이도 덤으로 제공해주신다면 더 바랄 것 없을 것
    같고.

남3 발톱이 깔끔한 여자면 좋겠고.

여2 손이 두툼한 남자면 좋겠고.

남4 웃는 모습이 사랑스러운 여자면 좋겠습니다.

남1 쑥쑥, 애 잘 낳는 여자면 좋겠고.

여5 애 안 나줘도 될 사람이면 좋겠어요.

여1 고분고분한 남자면 딱인데.

남2 요리 잘하는 여자면 좋겠고.

여4 손재주 있는 남자면 좋겠어요.

남5 이해심 많은 여자면 좋겠고.

여2 신실한 사람이면 좋겠습니다.

남4 다정다감한 사람이면 좋겠고.

여3 의로운 사람이면 좋겠고.

남3 우리 엄마 같은 여자면 좋겠고.

여5 우리 아버지 같은 남자는 절대 안 됩니다.

남2 오늘은.

여4 오늘은.

남1 반드시.

여3 제발.

여2 기필코.

남3 하늘이 두 조각나는 일이 있어도.

여1 하나 걸리게 해주시죠. 아주 싱싱한 놈으로.

함께 아멘.

각자 기도하던 선남선녀들, 모임이 예정된 자리에서 만난다. 꽃 한 송이씩 들었다. 뒤섞여 인사를 나누며 은밀히 서로를 탐색한다. 남자와 남자, 여자와 여자 사이에도 긴장감이 팽팽하다.

남3 있습니다. 있어요.

여4 오호, 물 괜찮은데요.

남5 드디어. 드디어.

여1 만세. 만세.

남2 오, 이렇게 아름다울 수가.

여5 제 맘대로 골라도 되는 거죠.

여4 아닌 애들도 있지만, 평균 잡아, 물 좋은 편입니다.

남4 날 봤습니다. 날 훔쳐보는 그녀 눈을 봤습니다.

여3 이 남자 저 주십시오.

여5 이 남자 저 주세요.

남1 앤 내 겁니다.

여1 올레. 올레.

남3 오, 제발. 이 여자만은.

남5 변장을 한 사람도 있습니다. 화장발에 속지 않게 도와주십시오.

여2 너무 하십니다. 홀딱 반할만한 남자 정녕 없단 말입니까.

남4 아, 그녀가 다른 남자에게 추파를 던집니다.

남1 정정할게요. 저 여자 말고 이 여자로 할래요.

여4 흥분하지 않고, 성급하지 않고, 침착하고 꼼꼼하게 살필 수 있도록 도와주세요.

여3 웃는 모습이 예상하곤 딴판인데요.

남4 쭉 빠진 다리 보이십니까.

남2 그녀의 눈에 빠져들어 갈 것만 같습니다. 고혹적입니다.

여2 그 중 애가 제일 낫네요.

여5 이 사람이 최곱니다.

여1 와, 흡족합니다. 오늘은 3순위까지만 정해보겠습니다. 제 처지 좀 안타깝게 여기시고 꼭 이뤄주시길. 저기 쟤가 3순위.

남3 제 기준은 어디 갔을까요. 자꾸 엉뚱한 사람한테 끌립니다.

남1 다시요. 저 여자, 저 여자 말고 이 여자, 아니 저 여자로 할래요.

여4 제가 너무 차분해진 걸까요. 뭐 다 그렇고 그래 보입니다.

남5 오, 풍만한 젖가슴.

남2 잘록한 허리.

남4 앤 엉덩이 어디 갔다니.

남3 어후, 늘어지다 못해 흘러내린다. 흘러내려.

남1 영롱한 이슬방울.

여4 단추 구멍.

여2 키 하난 봐줄만하네.

여3 깊이를 헤아릴 수 없는 저 표정.

여5 재롱 좀 떨겠는데.

여1 이 넓적다리. 애가 2순위.

남3 외적 조건으로는 저 여잔데. 어째서 이 여자에게 끌릴까요. 아, 혼란스럽습니다.

남1 저 여자보단 저 여자가. 아, 모르겠습니다. 당신 뜻에 따르겠습니다.

남3 당신 뜻 말고요. 제가 원하는 여자를 주십시오.

여1 애가 1순윕니다. 할렐루야.

여2 최선이 없을 땐 차선이 최선이다.

남자들 저 여잡니다.

여자들 저 남자를 제게 주십시오.

선남선녀들, 신에게 꽃을 바친 후 남녀를 갈라 나란히 자리 잡는다.

남3 상냥한 여자.

남1 애교스런 여자.

남4 순종적인 여자.

남2 밥 잘하는 여자.

남5 애 잘 낳고 잘 키우는 여자.

남자들 남편을 하늘처럼 받들 여자.

여3 가정적인 남자.

여5 헌신적인 남자.

여4 정렬적인 남자.

여2 믿음직한 남자.

여1 가출하지 않을 남자.

여자들 나만 사랑해 줄 남자.

남자들　싹싹하고.

여자들　호탕하고.

남자들　인자하고.

여자들　어질고.

남자들　조금은 여우 같고.

여자들　적당히 늑대 같고.

남자들　섹시하고.

여자들　터프하고.

함께　　나한테만 야하고.

남자들　가문 좋고.

여자들　학벌 좋고.

남자들　교양 있고.

여자들　재력 있고.

남자들　센스 있고.

여자들　유머 있고.

남자들　은근히 퇴폐적인.

여자들　부드러우면서도 강한.

남자들　아.

여자들　오.

남자들　여자.

여자들　남자.

남4　　이번엔 꼭 만나게 해 주시옵소서.

여자들　아멘.

남자들　아멘.

　사이

함께 당신을 찬미합니다.

> 선남선녀들, 신을 찬미하기 위해 노래하고 춤춘다.
> 찬양을 마친 선남선녀들, 꽃 한 송이씩 준비하고 짝짓기를 한다.
> 호감 가는 상대를 차지하려 하나 자꾸만 엇갈리며 서로가 서로를
> 방해하는 형국이다. 아직까지는 노골적인 의사표명이 쑥스러워 원
> 하는 상대와 온전히 짝을 이룬 쌍이 하나도 없다. 내키지 않는 짝
> 을 지은 쌍들, 따로따로 만남의 자리를 마련한다.

여1 아무리 제가 허리띠를 두르기만 하면 그만입니다, 했기로서니.
　　또 이러십니까. 3순위도 아니고 끝 순위가 뭡니까, 끝 순위
　　가.

남4 이 시련 뒤에는 큰 영광이 기다리고 있으리라 믿습니다.

여1 이러시고도 저더러 왜 우느냐 하시겠습니까. 몹시 서운합니다.
　　정녕 저를 사랑하기는 하시는 겁니까.

남4 무례하게 행동하지는 않겠습니다. 예의는 깍듯이 갖추겠습니
　　다.

여1 흥. 정말 어이없어서.

남4 인간에 대한 예의. 예의.

여1 푸.

남4 에잇.

남1 야호. 바로 이 여잡니다.

여5 아이요, 아니요. 이 남자 아닙니다.

남1 오.

여5 오.

남1 제발.

여5 제발.

남1 밀어주십시오.

여5 밀어버리세요.

남1 저 앞으로 더 착하게 살겠습니다.

여5 제가 지은 죄가 그렇게 큰가요.

남1 이 여인을 알고 싶습니다. 속속들이 다 파헤쳐보고 싶습니다.

여5 이 눈빛은 뭐죠. 어후, 부담스러워.

남1 우리 만남 우연은 아니겠지요. 어서 축복하세요.

여5 이건 잘못된 만남입니다. 제 인연은 따로 있습니다. 저기.

남1 이 여인의 눈길을 제게 돌려주세요. 마주보게.

여4 절 보라 하세요. 제게 눈을 맞추라 하세요.

남3 이렇게 노골적인 여자, 질색인 거 아시지 않습니까.

여4 수줍음을 많이 타나 봐요.

남3 부끄러움도 못 느끼나 봅니다.

여4 겉으론 수줍어도 속으론 박력 있겠죠.

남3 여자가 다소곳한 맛이 있어야죠.

여4 남자의 자신감은 여자 몫이고. 다듬으면 쓸 만하겠습니다.

남3 왜 이렇게 덤빈답니까. 부담스럽습니다. 거두어 주십시오.

여4 부끄럼을 타네요. 제가 잡겠습니다.

남3 뭐 이런 여자가 다 있습니까. 와, 무섭습니다.

여4 좋아 죽네요.

남3 살려주십시오.

여2 오, 살려주십시오.

남2 첫 눈에 반했습니다.

여2 척 보니, 아니네요.

남2 와, 광채가 납니다.

여2 오, 악취가 나네요.

남2 어쩌면 이렇게 아름다울 수 있을까요.

여2 왜 이렇게 맹한 남자만 붙여주시는 거죠.

남2 흠, 달콤한 여인의 향기.

여2 좀 모자라는 사람 아닙니까.

남2 사랑합니다.

여2 이 영혼을 불쌍히 여겨 주시옵소서.

남2 내 생명 다하는 날까지 오직 이 여인만을 사랑하게 해주십시
    오.

여2 저를 불쌍히 여겨 주시옵소서.

여3 저를 불쌍히 여겨 주시옵소서.

남5 이번엔 무조건, 무조건입니다.

여3 왜 이렇게 부담스럽죠.

남5 무조건 입니다.

여3 아, 징그러워.

남5 무조건입니다.

여3 이건 사람이 아니라 짐승입니다.

남5 제 입맛에 딱 입니다. 완벽합니다.

여3 생각해 볼 것도 따져볼 것도 없이.

남5 축복입니다.

여3 재앙입니다.

남5 간절히 원하옵건대, 제가 원하는 건.

여3 제가 원하는 건.

남5 이 여자뿐입니다.

여3 짐승이 아니라 사람입니다.

남4 제가 원하는 사람은.

여5 제가 원하는 사람은.

남자들 (차례로) 저 여잡니다.

여자들 (차례로) 저 남잡니다.

꽃을 신에게 바치고, 다시 꽃 한 송이씩을 준비하여 짝짓기를 시도한다.

남1 예쁘다. 예뻐요.
여4 이게 무슨 느낌인가요.
남5 오, 죽이는데요.
여2 남자의 향기가.
남2 이 여인을 사랑합니다.
여1 푸.
남4 아닙니다.
여5 아니고요.
남3 첫 눈에 반해버렸습니다.
여3 부담스러워요.
남1 아, 눈부셔.
여1 푸.
여2 이 촉촉한 눈빛.
남3 달콤해.
여4 제 스타일입니다.
남5 무조건.
여5 짐승.
남4 이 여잡니다.
여1 요놈입니다.
남5 몇 살.
남3 황홀해.
여2 야수 같은 눈빛.
남2 이 여인을 사랑합니다.
여3 부담스러워요.

여4 제 스타일이에요.

남1 이 여자 저 주세요.

여1 이놈도 괜찮습니다.

남4 이러지 마십시오.

남5 무조건.

남2 이 여인을 사랑합니다.

남5 무조건.

여5 짐승.

여1 셋 중 하나 어떻게 안 되겠습니까.

남1 예쁘다. 예뻐요.

자신이 원하는 상대를 취하려 하나 각자 기호가 엇갈리는 만큼 서로가 원하는 짝을 차지할 수는 없다. 잠시 짝짓기를 멈춘 선남선녀들. 남자는 남자끼리 여자는 여자끼리 갈라 자리를 잡는다.

남2 이 바람둥이들에게 천사 같은 저 여인을 맡기시겠습니까.

여1 얼굴 예쁜 것들 결국 얼굴값 한다는 거 확실히 깨우쳐 주셔야 합니다. 나중에 반드시 크게 후회할 일 생긴단 말입니다.

남3 여자 잘 만나 팔자 고쳐보겠노라는 한심한 인간들에게 저 여인을 던져버리시겠습니까.

여3 이 변장술을 보십시오. 이 가면 뒤의 얼굴들 다 뜯어고친 거 밝히 볼 수 있게 눈을 맑게 씻어 주십시오.

남1 사기 꽤나 칠 놈들입니다. 그녀가 위험합니다.

여2 순진한 척 은밀히 숨긴 저 여시들의 긴 꼬리를 눈치 채게 해 주십시오.

남4 여자를 노리개 삼으려는 음흉한 수컷들뿐입니다. 순한 양을 지키는 어진 목자가 되겠습니다.

여4 남자 잡아먹을 상입니다. 요절할까 안타깝습니다.

남5 신사인 냥하는 변태들입니다. 그녀를 보호해주십시오.

여5 도도한 척, 고상한 척 연기하는 추잡한 속내를 만천하에 드러
    내주십시오.

남자들 모두 늑대들입니다.

여자들 한결같이 여우들이랍니다.

남자들 늑대를 처단하십시오.

여자들 여우를 섬멸해주세요.

남자들 늑대처단.

여자들 여우섬멸.

남자들 늑대처단.

여자들 여우섬멸.

    선남선녀들, 신에게 꽃을 바친다. 다시 쟁투하듯 짝짓기를 이룬 선
    남선녀들, 각각 만남의 자리를 마련한다.

남3 이 여자가 산을 좋아하나요.

여5 이 남자는 바다를 좋아하나요.

남5 이 여자가 여행을 즐기나요.

여2 이 남자는 대화하기를 즐기나요.

남4 이 여자가 운동을 좋아하나요.

남3 아니라면.

여2 아니라면.

남5 좋아하게 해주셔야지요.

여3 이 남자는 음악을 사랑하나요.

남2 이 여자가 책읽기를 즐겨하나요.

여1 이 남자는 술을 즐기나요.

남1　이 여자가 아이를 사랑하나요.

여4　이 남자는 꽃을 좋아하나요.

여3　아니라면.

남1　아니라면.

여4　변화시켜 주셔야지요.

여3　이 남자 허풍쟁이는 아닌가요.

남4　이 여자 거짓말쟁이는 아니겠죠.

여1　이 남자 술버릇이 고약하진 않겠지요.

남2　이 여자 사람을 패진 않나요.

여4　이 남자 사악하진 않나요.

남2　그렇다면.

여4　그렇다면.

남4　새롭게 하셔야지요.

남1　이 여자 사치스럽진 않겠지요.

여2　이 남자 무책임하진 않겠지요.

남5　이 여자 음탕하진 않겠는지요.

여5　이 남자 졸렬하진 않겠는지요.

남3　이 여자 방정맞진 않겠지요.

여2　그렇다면.

남5　그렇다면.

남1　갱생시켜주셔야죠.

함께　싫습니다. 아예 바꿔주십시오.

　　　사이

함께　당신을 찬미합니다.

선남선녀들, 신을 찬미하기 위해 노래하고 춤춘다.
찬양을 마친 선남선녀들, 흩어져 각자 신에게 꽃다발을 바친 후,
다시 짝짓기 한다. 짝짓기가 끝나면 각각 만남의 자리를 잡는다.

여4 나는 한다고 했는데 이 남자는 쓸쓸하답니다.

남4 나는 한다고 했는데 이 여자는 외롭답니다.

여3 자기를 무시한다나요.

남1 박대한다는 겁니다.

여1 진심을 진심으로 받아들일 줄 알아야죠.

남3 사람이 배배 꼬여가지고 말이죠.

여5 말을 말같이 해야 말로 알아들을 거 아닙니까.

남5 사람보기를 닭 보듯 한다, 이겁니다.

여2 차라리 목석이 낫습니다.

남2 내가 웃는 게 웃는 게 아닙니다.

남4 간 쓸게 다 빼줬습니다.

여4 나 먼저 챙겨본 적 없습니다.

남3 저 한눈판 적 없습니다. 정말입니다.

여1 마주보고 앉아 건너편 젊은 여자에게 눈을 돌리죠. 100%입니
　　　다. 전 누구랑 눈 맞추라고요.

남5 너무 헤프다 싶어 좀 알뜰해지자 했을 뿐입니다.

여5 좀 안정적이었으면 좋겠다. 불안하다.

남1 네가 이해하고, 네 생각을 바꿔라. 그러면 편해진다. 뭐 잘못됐
　　　습니까.

여2 친구들 좀 봐라. 정신 좀 차려야 된다니까요.

남2 잠자리 후엔 혐오스런 눈빛으로 깔아봅니다.

여3 남자가 여자를 만족시킬 줄 알아야죠.

남1 고쳐라, 고쳐라 하는데요.

여4 그게 생각처럼 간단하진 않단 말입니다.
남3 어떻게 해야 되는지.
여1 될 대로 되라, 할 수도 없고.

긴 사이

남4 제가 이렇게 생기고 싶어 이렇게 생겼습니까.
여3 제 다리 굵은 거, 저도 잘 아는데요. 어떻게 좀 깎아낼까요.
남1 제 키 작은 거 불쌍히 여겨주셔야 되는 거 아닌가요. 저 죽어
    라 운동하고 배 터져라 처먹었습니다. 키 좀 늘려볼까 하고
    요.
여4 목소리 큰 것도 흠입니까. 타고난 목청을 어쩌라고요. 입을 꿰
    매버릴까요.
남5 제가 그렇게 기분 나쁘게 생겼습니까. 제 눈빛이 그렇게 음흉
    합니까. 저 이렇게 태어났습니다.
여2 제가 누구 때문에 야한 건데요. 제가 누구 때문에 섹시한 건데
    요. 이런 제 모습 저도 싫습니다. 싫다고요.
남3 성격, 성격 하시는데요. 그거 타고나는 거 아닌가요.
여1 제가 코가 높습니까, 눈이 높습니까. 가정환경 탓에 이렇게 좀
    삭았습니다. 저 불쌍히 여겨주셔야 되는 거 아니냐고요.
남2 남자가 멍해 보인다, 타령인데요. 아 똑똑한 여자 붙여주시면
    되잖습니까.
여5 저 엄마 닮고 아빠 닮았습니다. 우리 엄마 잘못한 거, 저에게
    대물림하지 마십시오.

긴 사이

남4 네, 저 못났습니다.
여1 저 곯았습니다.
남5 이렇게 태어나서 어쩌라고요.
여3 혼자 살라고요.
남1 총각귀신 되라고요.
함께 그럴 순 없습니다.

    긴 사이

여4 절 좀 불쌍히 여겨주세요.
여3 남자들 마음을 돌려놓으시던지.
남4 여자들 생각을 뜯어고치시던지.
남3 아니면 날 변화시켜 주시던지.
여5 어떻게든 해보시란 말입니다.
남2 잘 좀 부탁드립니다.
남5 한 번 밀어주십시오.
여1 한 번 도와주십시오. 네.
함께 아멘.

    신에게 꽃을 바치고, 각자 흩어져 자리 잡는다.

여4   내가 바라는 남자는 눈이 맑고 코가 높고 귀가 크고 이마가
      시원하고 키가 크고 손이 두툼하고 발목 가늘고 넓적다리 굵
      고 엉덩이 탱탱하고 이빨 튼튼하고 정력 좋고 못 잘 박고 막
      힌 변기 잘 뚫고 청소 잘하고 손재주 좋고 건강하고 똑똑하
      고 정장이 잘 어울리고 밥 잘 먹고 학벌 좋고 웃는 모습이
      정겹고 우수에 찬 얼굴이 분위기 있고 살짝 귀엽고 유머 있

고 살뜰하고 고분고분하고 신실하고 의롭고 아버지 같아선 안 되고 가정적이고 헌신적이고 정열적이고 듬직하고 가출 안 하고 바람기 없고 한눈팔지 않고 나만 사랑하고 아기 낳기 싫어하고 호탕하고 어질고 적당히 늑대 같고 터프하고 야하고 재력 있고 부드럽지만 강하고 바다를 좋아하고 대화를 즐기고 음악을 사랑하고 영화보기 좋아하고 술을 즐기되 술버릇은 없고 꽃을 사랑하고 허풍떨지 않고 사악하지 않고 책임감 있고 졸렬하지 않고 안정적 직장을 갖고 높은 봉급을 받는 남자. 이런 남자 주십시오.

남1 내가 찾는 여자는 성형하지 않고 눈 크고 쌍꺼풀 없고 눈망울 빛나고 코 오뚝하고 콧구멍 작고 귀 예쁘고 입술 붉고 이빨 고르고 턱 뾰족하고 머리 까맣고 길고 목 가늘면서 길고 어깨 좁고 가슴 봉긋하고 허리 날씬하고 엉덩이 풍성하고 다리 쭉 뻗고 손 작고 손톱 길고 발 작고 발톱 깔끔하고 피부 탱탱하고 날씬하면서 늘씬하고 미니스커트가 잘 어울리고 청바지가 잘 어울리고 한복도 잘 어울리고 꾸미지 않아도 아름답고 상냥하고 애교스럽고 조신하고 순종적이고 요리 잘하고 밥 적게 먹고 배포 있고 웃는 모습이 사랑스럽고 사색하는 모습이 고혹적이고 쑥쑥 애 잘 낳고 잘 키우고 이해심 많고 다정다감하고 우리 엄마 같고 남자를 하늘처럼 받들고 싹싹하고 인자하고 적당히 여우같고 섹시하고 야하고 은근히 퇴폐적이고 가문 좋고 직업 좋고 교양 있고 센스 있고 산을 좋아하고 여행을 즐기고 운동을 좋아하고 책읽기를 즐기고 거짓말 안 하고 사람 패지 않고 사치스럽지 않고 음탕하지 않고 방정맞지 않고 알뜰하고 지혜로운 여잡니다. 이런 여자 주십시오.

여5 내가 바라는 남자는 건강하고 똑똑하고 정장이 잘 어울리고 밥 잘 먹고 학벌 좋고 웃는 모습이 정겹고 우수에 찬 얼굴이 분위기 있고 살짝 귀엽고 유머 있고 살뜰하고 고분고분하고 신실하고 의롭고 아버지 같아선 안 되고 눈이 맑고 코가 높고 귀가 크고 이마가 시원하고 키가 크고 손이 두툼하고 발목 가늘고 넓적다리 굵고 엉덩이 탱탱하고 이빨 튼튼하고 정력 좋고 바다를 좋아하고 대화를 즐기고 음악을 사랑하고 영화보기 좋아하고 술을 즐기되 술버릇은 없고 꽃을 사랑하고 허풍떨지 않고 사악하지 않고 책임감 있고 졸렬하지 않고 안정적 직장을 갖고 높은 봉급을 받고 못 잘 박고 막힌 변기 잘 뚫고 청소 잘하고 손재주 좋고 가정적이고 헌신적이고 정열적이고 듬직하고 가출 안 하고 바람기 없고 한눈팔지 않고 나만 사랑하고 아기 낳기 싫어하고 호탕하고 어질고 적당히 늑대 같고 터프하고 야하고 재력 있고 부드럽지만 강한 남잡니다.

앞사람의 기도가 채 끝나기 전에 각자 기도를 하는 통에 기도가 겹친다. 어차피 한결같은 기도, 시끄러운 소음, 차라리 겹치기로 빨리 끝나는 게 나을 수도 있겠다.

남3　　내가 원하는 여자는 상냥하고 애교스럽고 조신하고 순종적이고 요리 잘하고 밥 적게 먹고 배포 있고 웃는 모습이 사랑스럽고 사색하는 모습이 고혹적이고 쑥쑥 애 잘 낳고 잘 키우고 이해심 많고 다정다감하고 우리 엄마 같고 남자를 하늘처럼 받들고 싹싹하고 인자하고 적당히 여우같고 섹시하고 야하고 은근히 퇴폐적이고 산을 좋아하고 여행을 즐기고 운동을 좋아하고 책읽기를 즐기고 거짓말 안 하고 사람 패지 않고 사치스럽지 않고 음탕하지 않고 방정맞지 않고 알뜰하고 지혜롭고 성형하지 않고 눈 크고 쌍꺼풀 없고 눈망울 빛나고 코 오뚝하고 콧구멍 작고 귀 예쁘고 입술 붉고 이빨 고르고 턱 뾰족하고 머리 까맣고 길고 목 가늘면서 길고 어깨 좁고 가슴 봉긋하고 허리 날씬하고 엉덩이 풍성하고 다리 쭉 뻗고 손 작고 손톱 길고 발 작고 발톱 깔끔하고 피부 탱탱하고 날씬하면서 늘씬하고 미니스커트가 잘 어울리고 청바지가 잘 어울리고 한복도 잘 어울리고 꾸미지 않아도 아름답고 가문 좋고 직업 좋고 교양 있고 센스 있는 여잡니다.

여1 　허풍떨지 않고 사악하지 않고 책임감 있고 졸렬하지 않고 안정적 직장을 갖고 높은 봉급을 받고 눈이 맑고 코가 높고 귀가 크고 이마가 시원하고 키가 크고 손이 두툼하고 발목 가늘고 넓적다리 굵고 엉덩이 탱탱하고 이빨 튼튼하고 정력 좋고 못 잘 박고 막힌 변기 잘 뚫고 청소 잘하고 손재주 좋고 건강하고 똑똑하고 정장이 잘 어울리고 밥 잘 먹고 학벌 좋고 웃는모습이정겹고우수에찬얼굴이분위기있고살짝귀엽고 유머있고살뜰하고고분고분하고신실하고의롭고아버지같아선안되고가정적이고헌신적이고정열적이고　듬직하고가출안하고바람기없고한눈팔지않고나만사랑하고아기낳기싫어하고　호탕하고어질고적당히늑대같고터프하고야하고　재력있고부드럽지만강하고　바다를좋아하고대화를즐기고음악을사랑하고영화보기좋아하고술을즐기되술버릇은없고꽃을사랑하는남자 어디 없습니까.

남2 　이해심 많고 다정다감하고 우리 엄마 같고 남자를 하늘처럼 받들고 싹싹하고 인자하고 배포 있고 적당히 여우같고 섹시하고 야하고 은근히 퇴폐적이고가문좋고직업좋고교양있고센스있고 산을 좋아하고 여행을 즐기고 운동을 좋아 하고 책읽기를 즐기고 거짓말 안 하고 사람 패지 않고 사치스럽지 않

고 음탕 하지 않고 방정맞지 않고 알뜰하고지혜롭고성형하지
않고눈크고쌍꺼풀없고눈망울빛나고코오뚝하고콧구멍작고귀예
쁘고입술붉고이빨고르고턱뾰족하고머리까맣고길고목가늘면서
길고 어깨 좁고 가슴 봉긋하고 허리 날씬하고 엉덩이 풍성하
고 다리 쭉 뻗고 손 작고 손톱 길고 발 작고 발톱 깔끔하고
피부 탱탱 하고 날씬하면서 늘씬하고 미니스커트가 잘 어울
리고 청바지가 잘 어울리고 한복도 잘 어울리고 꾸미지 않아
도 아름답고 상냥하고애교스럽고조신하고순종적이고요리잘하
고밥적게먹고 웃는 모습이 사랑스럽고 사색하는 모습이 고
혹적이고 쑥쑥 애 잘 낳고 잘 키우는 여자 아니면 안 됩니
다.

여2   가정적이고헌 신적이고정 열적이고듬직하 고가출안하 고바람
기없고 한눈팔 지 않고 나만 사랑하고 아기 낳기 싫어하고
호 탕하고어질 고 적당 히늑대같 고 터프하고야 하고재력 있
고부 드럽지만 강하 고바다 를좋아하 고대화를즐 기고음악을
사 랑하고영화보 기좋아하고술 을즐기 되술버릇 은없고 꽃을
사 랑 하고허 풍떨지않 고사악하지 않 고책임 감있고 졸렬하
지 않고안정적 직 장을 갖고 높 은봉 급을받 고 눈이맑고코
가높고귀 가 크고이 마가 시 원하고키 가크고 손 이두툼하고
발목 가늘 고 넓적다리 굵고 엉덩이 탱탱하고 이빨튼 튼하고
정 력 좋 고 못 잘 박 고 막 힌 변 기 잘 뚫 고 청소 잘 하
고 손재 주좋고 건 강하고똑 똑하고 정 장이잘 어 울리고밥
잘 먹 고학벌 좋고웃는 모 습 이 정 겹 고 우 수 에 찬 얼
굴 이 분 위 기 있고 살 짝 귀 엽 고유 머 있고 살뜰 하 고
고분 고분 하고 신실 하고 의롭 고아 버지 같지 만않 으면
됩니다.

남4   요 리잘하고밥 적 게먹고 배 포있고 웃 는모 습이사 랑스럽

고사색하는모 습이 고혹적이고쑥 쑥애 잘낳고잘 키우고 이해
심많 고다 정다 감하 고 우리엄 마같고남 자를 하늘처럼 받
들 고싹 싹하고 인자하 고 성형하 지않고 눈크 고 쌍 꺼풀
없고 울빛 나고 코오뚝하고 콧구 멍작 고귀 예쁘 고입술 붉
고 이빨 고르 고턱 뾰족 하고 머리 까맣 고길 고목 가늘 면
서 길고 어깨 좁고 가슴 봉긋 하고 허리 날씬 하고 엉덩이풍
성하 고다리 쭉뺃고 손 작고 손톱길 고 발작고 발톱깔끔 하
고피부 탱탱하고 날씬하면 서늘씬하고 미니스커트가 잘 어울
리고 청바지가잘 어울리고한복 도잘어울리고 꾸미지않아도
아름답고상 냥하고 애교스럽고 조신하고순종적이고 적 당히
여우 같 고 섹 시 하 고 야 하 고 은 근 히 퇴 폐 적 이 고
거 짓 말 안 하 고 사 람 패 지 않 고 사 치 스 럽 지 않 고
음 탕 하 지 않 고 방 정 맞 지 않 고 알뜰하고지 혜롭고가
문좋고직업좋고교양있고센스있고 산 을좋아하 고여행 을즐기
고 운 동 을좋아하고책읽기를즐기는 여자를 주십시오.

여3   술을 즐기되술버릇은없고꽃을사랑하고허풍떨지않고사악하지
않고책임감있고졸렬하지않고안정적직장을갖고높은봉급을받고
책임감있고못잘박고막힌변기잘뚫고청소잘하고손재주좋고건강
하고똑똑하고정장이잘어울리고밥잘먹고학벌좋고웃는모습이정
겹고우수에찬얼굴이분위기있고살짝귀엽고유머있고살뜰하고고
분   고분하고신실하고의롭고아버지같아선안되고가정적이고헌
신적이고정열적이고듬직하고가출안하고바람기없고한눈팔지않
고나만사랑하고아기낳기싫어하고호탕하고어질고적당히늑대같
고터프하고야하고재력있고부드럽지만강하고바다를좋아하고대
화를즐기고음악을사랑하고영화보기좋아하고눈이맑고코가높고
귀가크고이마가시원하고키가크고손이두툼하고발목가늘고넓적
다리굵고엉덩이탱탱하고이빨튼튼하고정력좋은남자가필요합니

다.

남5 　　우리엄마같고남자를하늘처럼받들고싹싹하고인자하고배포있고
　　　적당히여우같고섹시하고야하고은근히퇴폐적이고가문좋고직업
　　　좋고교양있고센스있고산을좋아하고여행을즐기고운동을좋아하
　　　고책읽기를즐기고거짓말안하고사람패지않고사치스럽지않고음
　　　탕하지않고방정맞지않고알뜰하고지혜롭고상냥하고애교스럽고
　　　조신하고순종적이고요리잘하고밥적게먹고웃는모습이사랑스럽
　　　고사색하는모습이고혹적이고쑥쑥애잘낳고잘키우고이해심많고
　　　다정다감하고성형하지않고눈크고쌍꺼풀없고눈망울빛나고코오
　　　뚝하고콧구멍작고귀예쁘고입술붉고이빨고르고턱뾰족하고머리
　　　까맣고길고목가늘면서길고어깨좁고가슴봉긋하고허리날씬하고
　　　엉덩이풍성하고다리쭉뻗고손작고손톱길고발작고발톱깔끔하고
　　　피부탱탱하고날씬하면서늘씬하고미니스커트가잘어울리고청바
　　　지가잘어울리고한복도잘어울리고꾸미지않아도아름다운여자를
　　　주십시오.

신에게 바친 꽃은 꽃 무덤을 이루고, 그 사이 꽃밭은 폐허로 변한다.
선남선녀들의 관습적이며 반복적인 기도가 계속 될 때, 막 내린다.

2막

막 오르면, 1막의 첫 장면처럼 선남선녀들, 꽃밭 여기저기 흩어져
자리 잡은 채 기도하고 있다.

남1 오늘.

여5 드디어 오늘.

남5 고대하고 고대하던.

여3 오늘.

남2 네, 바로 오늘.

여2 오늘은 기필코.

남3 기필코.

여1 남자.

여4 멋진 남자.

남4 아름다운 여자.

여3 키 좀 크고.

남1 늘씬한 여자.

여5 바람기 없고.

남2 조신한 여자.

여1 그냥 바지 입는 남자면 족합니다.

남5 집안 좋고.

여2 학력 좋고.

남4 직업 좋고.

여1 그저 골골하는 사람만 아니면 좋겠습니다.

남3 잘 웃는 사람이면 좋겠고.

여5 잘 웃길 줄 아는 사람이면 좋겠어요.

남1 배포 있는 여자면 좋겠고.

여4 살뜰한 남자면 좋겠고.

남4 밥 좀 적게 먹는 여자면 좋겠고.

여2 시원스레 퍽퍽 퍼먹는 남자면 좋겠어요.

여1 그래요. 이빨만큼은 성했으면 좋겠네요.

남2 미니스커트 입은 다리가 매력적이면 좋겠고.

여3 정장이 어울리는 어깨를 가졌으면 좋겠고.

남5 청바지가 잘 어울리는 여자면 좋겠고.

여1 탱탱한 엉덩이도 덤으로 제공해주신다면 더 바랄 것 없을 것
     같고.

남3 발톱이 깔끔한 여자면 좋겠고.

여2 손이 두툼한 남자면 좋겠고.

남4 웃는 모습이 사랑스러운 여자면 좋겠습니다.

남1 쑥쑥, 애 잘 낳는 여자면 좋겠고.

여5 애 안 나줘도 될 사람이면 좋겠어요.

여1 고분고분한 남자면 딱인데.

남2 요리 잘하는 여자면 좋겠고.

여4 손재주 있는 남자면 좋겠어요.

남5 이해심 많은 여자면 좋겠고.

여2 신실한 사람이면 좋겠습니다.

남4 다정다감한 사람이면 좋겠고.

여3 의로운 사람이면 좋겠고.

남3 우리 엄마 같은 여자면 좋겠고.

여5 우리 아버지 같은 남자는 절대 안 됩니다.

남3 상냥한 여자.

남1 애교스런 여자.

남4 순종적인 여자.

남2 밥 잘하는 여자.

남5 애 잘 낳고 잘 키우는 여자.

남자들 남편을 하늘처럼 받들 여자.

여3 가정적인 남자.

여5 헌신적인 남자.

여4 정렬적인 남자.

여2 믿음직한 남자.

여1 가출하지 않을 남자.

여자들 나만 사랑해 줄 남자.

남자들 싹싹하고.

여자들 호탕하고.

남자들 인자하고.

여자들 어질고.

남자들 조금은 여우 같고.

여자들 적당히 늑대 같고.

남자들 섹시하고.

여자들 터프하고.

함께 나한테만 야하고.

남자들 가문 좋고.

여자들 학벌 좋고.

남자들 교양 있고.

여자들 재력 있고.

남자들 센스 있고.

여자들 유머 있고.

남자들 은근히 퇴폐적인.

여자들 부드럽지만 강한.

남자들 아.

여자들 오.

남자들 여자.

여자들 남자.

남2 오늘은.

여4 오늘은.

남1 반드시.

여3 제발.

여2 기필코.

남3 하늘이 두 조각나는 일이 있어도.

여1 하나 걸리게 해주시죠. 아주 말랑말랑한 놈으로.

여자들 아멘.

남3 하나 점지해 주십시오. 아주 쫀득쫀득한 여자로.

남자들 아멘.

함께 아멘.

　　사이

함께 당신을 찬미합니다.

　　선남선녀들, 신에게 꽃을 바친다.
　　선남선녀들, 신을 찬미하기 위해 노래하고 춤출 때
　　서서히 막, 내린다.5)

　　　　　　　　- 막 -

---

5) 커튼콜의 마지막 박수는 반드시 신(관객)이 받아야 한다.

第七感
제 칠 감
The 7th sense

: 하나를 향한 두 개의 모놀로그

<등장인물>

악마, 악마가 있다면 아마도 악마일 법한
천사, 천사가 있다면 아마도 천사일 법한

1. 무엇일까

천사, 존재에 대해 고민하는 눈치다. 악마, 역시 존재에 대해 고민하는 눈치다. 인간이 그렇듯 저들도 자신이 누구인지 궁금할 수밖에. 자기발견이야말로 존재로서의 당연한 질문일터. 헌데 그 의문 쉽게 풀리려는지.

2. 누구냐

스치던 천사와 악마, 마치 자석의 양극인 냥 서로에게 끌린다. 외면하고 돌아서기엔 당기는 힘이 너무 세다. 다가간다기보다는 이끌린다. 이런 경우를 일컬어 운명적 만남이라 하던가. 아니, 필연적 만남이라 해야 하는 걸까.

천사   당신은.
악마   (천사와 동시에) 당신은.
천사   당신은.
악마   (천사와 동시에) 당신은.
천사   당신은.
악마   (천사와 동시에) 당신은.
천사   누구.
악마   그러는 당신은 누구.
천사   당신은 내가 찾아 헤매던 그분.
악마   당신은 내가 고대하던 그분.
천사   맞죠.
악마   (천사와 동시에) 맞죠.
천사   아닌가.

악마 (천사와 동시에) 아닌가.

천사 혹, 우리 구면 아닌가요.

악마 우리 어디서 만났었지요.

천사 낯이 많이 익은데.

악마 전혀 낯설지 않은데.

천사 어디서 봤을까.

악마 언제 봤지.

천사 저 모르세요.

악마 모른다고 하기엔.

천사 그렇죠. 저 아시죠.

악마 안다고 하기도. 저는요. 저 모르시겠어요.

천사 모른다고 하기엔.

악마 그렇죠. 아시죠.

천사 글쎄 그게, 안다고 하기엔. 그렇다고 모른다 하기도.

악마 그거 참 이상하네.

천사 그거 참 이상하지.

악마 이렇게 낯익은 거로 봐선 분명 아는 사이인데.

천사 분명 초면은 아닌데.

악마 어디서 봤더라.

천사 누구지.

악마 누구더라.

천사 누구세요.

악마 (천사와 동시에) 누구세요.

천사 정말 저 모르시겠어요.

악마 (천사와 동시에) 정말 저 모르시겠어요.

천사 실례했습니다.

악마 피차일반입니다.

천사 그럼.
악마 안녕히.

그렇게 헤어져 제 갈 길 향한다만, 그렇게 쉽게 헤어진대서야 어찌 운명적 만남이라 하리오. 궁금해서 발이 안 떨어진다. 아니다. 이건 궁금증이 아니라 이끌림이다. 나를 이끄는 저 존재는 도대체 누굴까.

악마 혹시.
천사 기억나셨어요.
악마 아니오. 기억나셨나, 해서요.
천사 아니오. 혹시.
악마 미안합니다, 기억 못해서.
천사 피차일반이지요.

어떻게든 기억해내고 말리라. 이 이끌림의 정체를 밝히고 말리라.

악마 이상하게.
천사 마음이.
악마 참 편안해지네요.
천사 처음 보는 사이인 것 같지 않게.
악마 처음 만나는 사이에 이런 느낌을 갖게 되다니.
천사 이상하지요.
악마 이상하네요.
천사 그래도 처음은 처음이지요. 우리.
악마 아마도 그렇겠지요. 우리.
천사 혹시.
악마 우리.

천사 헤어진.

악마 쌍.

천사 둥.

악마 이, 아닐까요.

천사 그렇지 않고서야.

악마 이렇게 친근할 수가 있을라고요.

천사 어디 봐요.

악마 자세히 좀 봐요.

천사 와.

악마 신기해요.

천사 놀라워요.

악마 이렇게 생겼구나.

천사 이렇게 생겼어.

악마 멋져요, 멋져. 돌아봐요. 와, 멋져요.

천사 이리 봐도 아름답고, 요리 봐도 아름답고.

악마 가까이 봐도 멋지고 떨어져 봐도 멋져요.

천사 뜯어봐도 아름답고 대충 봐도 아름다워요. 와.

악마 와, 드디어.

천사 이웃을 찾았네요.

악마 친구를 찾았어요.

천사 그것 봐요.

악마 어디서 많이 봤다 했어요.

천사 아마 우리 처음부터 한 핏줄이었는지도 몰라요.

악마 한 핏줄.

천사 아마도.

악마 그럴 수도 있겠네요.

천사 반가워요.

악마 네, 정말 반가워요.

천사 그리고 고마워요.

악마 내 앞에 나타나줘서.

천사 한 번 안아 봐도 될까요.

악마 들어와요.

천사 헤헤헤.

악마 왜요.

천사 이상해요.

악마 뭐가요.

천사 이런 느낌 처음이에요.

악마 어떤데요.

천사 헤헤헤.

악마 웃겨요.

천사 떨려요.

악마 히히히.

천사 왜요.

악마 저도 이런 느낌 처음이라서.

천사 어때요.

악마 뿌듯해요. 충만해요.

천사 좋아라.

악마 좋아요.

천사 그간 어디 있었어요.

악마 왜 이제야 나타났어요.

천사 얼마나 방황했다고요.

악마 얼마나 궁금했다고요.

천사 때론 미칠 것 같았어요.

악마 때론 죽고 싶었어요.

천사　나는 누굴까.

악마　나는 누굴까.

천사　어디로부터 와서 어디로 가는 걸까.

악마　어디로부터 와서 어디로 가는 걸까.

천사　누가 나를 창조했을까.

악마　나는 우연히 태어난 존재일까.

천사　왜 나를 창조했을까.

악마　내 삶의 의미는 뭐지.

천사　난 무엇으로 살지.

악마　왜 살아야 하지.

천사　내가 거처하는 낯선 이곳은 도대체 어디지.

악마　무엇하며 버티지.

천사　왜 나 말고는 아무도 없는 걸까.

악마　난 혼자일까.

천사　무서웠어요.

악마　외로웠어요.

천사　나는 누굴까.

악마　나는 뭐지.

천사　이 두려움은 또 뭘까.

악마　이 외로움은 또 뭘까

천사　질문은 쏟아지는데.

악마　답하는 존재는 없고.

천사　매일을 덧없이.

악마　일생을 맥없이.

천사　풀리지 않는 질문에 매달려.

악마　스스로 내 목을 졸라 가다가.

천사　넋마저 놓아버리려는 찰나.

악마　바로 그 찰나.

천사　이렇게.

악마　당신이.

천사　당신이.

악마　답을 하네요.

천사　(악마와 동시에) 답을 하네요.

악마　죽지 말고 살아보라고.

천사　네가 누군지 밝혀주겠노라고.

악마　외로워하지 말라고.

천사　삶의 의미를 알려주겠노라고.

악마　이렇게. 멋진 모습으로.

천사　이렇게 아름다운 자태로.

악마　나를 인도하네요.

천사　(악마와 동시에) 나를 인도하네요.

악마　아, 살 것 같아요. 당신과 함께라면.

천사　저도 살고 싶어요. 당신과 함께.

어찌 살고 싶지 않겠는가. 어찌 함께하고 싶지 않겠는가. 이제부터는 떨어져 사는 게 고통이리라. 불행이리라. 그런데 정말 함께해서 행복하기만 할까.

3. 사랑한다

선율에 몸을 맡기며 천사, 등장한다. 고뇌하는 존재로서의 옛 모습을 찾아볼 길 없다. 콧노래가 절로 난다. 존재확인이 어찌 즐겁고 행복하지 않으리오. 악마라서 다를까. 얼굴은 어느새 화사한 꽃이다. 둘의 춤, 안 어울리는 듯 잘도 어우러진다. 춤을 추는 둘, 서로의 멋과 아름다움에 심취된 듯 감탄사가 끊이지 않는다. 서로를 향한 눈빛을 거둬들이지 않는다. 그들은 눈으로 더 많은 것을 말한다. 사랑하는 이들이 그렇다지. 서로에게서 눈을 떼지 못한다지.

천사 왜 웃어요.

악마 그러는 당신은 왜 웃어요.

천사 제가 웃고 있나요.

악마 제가 웃고 있어요.

천사 네. 웃고 있잖아요.

악마 왜 웃을까요. 왜 웃어요.

천사 모르겠어요. 저도 모르게 웃는 거니까.

악마 저도 모르겠어요. 제가 왜 웃는지.

천사 멋져요. 웃는 모습.

악마 예뻐요, 당신 웃는 표정은. 참 귀엽고 예뻐요.

천사 당신 뿔.

악마 당신 볼.

천사 내 마음을 콕콕 찔러요.

악마 내 마음을 들뜨게 해요.

천사 내 마음 터질 것 같아요.

악마 날아오를 것 같아요.

천사 상큼해라.

악마 황홀해라.

천사 그 머리, 폭포수 같아요. 시원해요.

악마 그 머리는 꾸물꾸물 기는 굼벵이 같아요. 귀여워요.

천사 당신 눈.

악마 당신 눈. 뜨거워요.

천사 저리 치우세요.

천사 이 날개. 앙증맞아라.

악마 당신의 날개는 눈부셔요. 볼 수가 없어요.

천사 이 날개 타고 날고 싶어요.

악마 당신 날개 그늘 삼아 잠들고 싶어요.

천사 아, 꼬리. 이렇게 멋진 게 다 있다니. 떼어다 내 몸에 붙이면
      안 될까요. 왜 내 겐 꼬리가 없는 걸까. 정말 멋지다.

악마 당신에게 꼬리는 안 어울려요.

천사 안 어울릴까요.

악마 당신에겐 큰 날개가 있잖아요. 얼마나 잘 어울리고 멋진데요.

천사 난 모르겠는데. 그 꼬리가 탐나는데.

악마 바꿀까요.

천사 이상할까요.

악마 웃기지도 않을 걸요.

천사 당신의 그 긴 다리도 탐나요.

악마 그 몸엔 그 다리가 제격이에요. 통통한 게 얼마나 귀여운데
      요. 특히 그 백구두. 머리맡에 두고 보면 참 좋을 것 같아요.

천사 벗어 드릴까요.

악마 벗으면 당신 매력 떨어져요.

천사 저도 당신 모습 그대로가 좋아요.

악마 두루뭉술 오동통, 어쩜 이리 넉넉할까. 당신 보고 있노라면
      얼마나 뿌듯한지 모르겠어요.

천사 당신은 요염하고 당당한 게, 당신 보고 있노라면 생기가 솟아
      요. 활력이 넘쳐요.

악마 귀여워라. 요런 게 어디서 굴러왔을까.

천사 나 안 구르는데.

악마 예뻐서 그래요. 귀여워서.

천사 저, 절 어떻게 생각해요.

악마 당신은요. 당신은 절 어떻게 생각해요.

천사 지금도 외로워요.

악마 지금도 무서워요.

천사 여전히 죽고 싶나요.

악마 여전히 미칠 것 같나요.

천사 사는 게 좀 달라졌어요.

악마 변한 게 있으세요.

천사 어디서 왔는지.

악마 어디로 가는지.

천사 알 것 같은가요.

악마 궁금증은 좀 풀렸나요.

천사 아직.

악마 (천사와 동시에) 아직.

천사 궁금해 못 견디겠어요.

악마 조금씩 풀려가고 있어요. 당신 때문에.

천사 당신이 궁금해요. 누굴까. 어떤 존재일까.

악마 당신에 대한 궁금증은 저에 대한 궁금증이기도 해요.

천사 우리 만날 때마다 헤어지지 말고.

악마 항상 함께하며 풀어가요.

천사 우리 수수께끼.

악마 당신을 알면 알수록 당신이 더 신비로워져요.

천사 당신을 알아 가면 알아갈수록 당신을 더 알고 싶어요.

악마 당신이 나를 유혹해요.

천사 당신이 나를 애타게 해요.

악마 당신이 필요해요.

천사 당신을 사랑해요.

사랑하는 악마와 천사의 애무는 어떤 형태일까. 이상할까, 웃길까. 이상하면서 웃길까. 웃기면서 이상할까.

악마 그럼, 안녕.
천사 안녕, 내 사랑.
악마 우린 사랑하면 안 되는 사이인가요.
천사 우린 함께 할 수 없는 사이인가 봐요.
악마 왜 필요하면 필요할수록 멀어져야 하는 걸까요.
천사 왜 그리우면 그리울수록 떨어져야 하는 걸까요.
악마 안녕.
천사 안녕.

버릇 같은 이별 앞에 얼마나 당혹스러울까. 얼마나 어이없을까.

4. 고맙다

악마와 천사의 신혼이래서 싸움으로 시작할리는 없을 테다. 깨 쏟아지는 소리 요란한 걸 보니, 꽤나 좋은가 보다. 좋아 못살겠나 보다. 옷깃이 스치기만 해도, 살갗이 닿을 것 같기만 해도, 눈빛이 부딪히기만 해도 미치겠단다. 건드리지도 말란다. 쳐다보지도 말란다. 눈빛에 눈빛으로, 미소에 미소로, 떨림에 떨림으로 화답하며 교감하는 저들이 분명 신혼이리라. 어쩌면 저렇게 접촉 한 번 없이, 사랑의 속삭임 한 번 없이 행복해 할 수 있을까. 그럴 수도 있겠다. 사랑이야 상상할 때 가장 짜릿한 법 아니던가. 그래 어디 신혼에 떨림만 있겠느냐, 속삼임만 있겠느냐. 입을 여는구나. 그런데 겨우 시시한 단어 게임. 오호라 말장난이렸다. 그렇지, 적절한 수사만큼 연인을 흥분시킬 좋은 방법이 또 있다더냐. 어라, 뛴다.

악마   뚱땡이.

천사   이무기.

악마   기름기.

천사   기둥서방.

악마   방광염.

천사   염장.

악마   장딴지.

천사   지랄.

악마   랄… 랄… 날….

    악마, 단어 찾다가 천사에게 막힌다.

천사   행복해요.

악마   즐거워요.

    수줍은 둘, 멀리 도망친다.

천사   내가 당신을 만나 제일 좋은 게 뭔지 알아요.

악마   내 얘기를 들어줄 존재가 있다는 것.

천사   그리고.

악마   얘기할 상대가 있다는 것.

천사   메아리가 아니라 말이 돌아온다는 것.

악마   궁금증을 풀어줄 존재가 있다는 것.

천사   질문하면 답해주는 존재가 생겼다는 것.

악마   그래서 죽고 싶다는 생각이 사라졌다는 것.

천사   더 이상 미칠 것 같지 않다는 것.

악마   외롭지 않다는 것.

천사　무섭지 않다는 것.
악마　그래서.

　　　다시 놀이를 시작한다.

천사　서, 서, 서릿발.
악마　발가락.
천사　락… 락… 낙….

　　　천사, 단어 찾다가 악마에게 막힌다.

악마　그래서.
천사　고마워요.
악마　(천사와 동시에) 고마워요.
천사　당신 입에서 나오는 말은 제겐 노래에요. 아름다운 시에요.
악마　당신 음성은 얼마나 무게감 있다고요. 듣고 있자면 마음부터
　　　든든해져요.
천사　아무리 들어도 질리지 않고.
악마　백 번 천 번을 들어도 새로워요.
천사　당신 얘기 속에서 나를 발견해요.
악마　나에 대한 궁금증이 조금씩 풀려가요.
천사　당신의 말이 나를 성장시켜요.
악마　당신 얘기가 나를 깨우쳐요. 그래서.
천사　당신이.
악마　소중해요.
천사　(악마와 동시에) 소중해요.
악마　우리 서로의 얘기에 눈 맞추며 살아요.

천사 서로의 얘기에 귀 기울이며 살아요.
악마 고마워요.
천사 사랑해요.

달콤하여라, 연인들의 속삭임이여. 부디 영속할지니.

천사 그런데.
악마 무언가가.
천사 누군가가. 나를 이끌어요.
악마 당신과 멀어지라고.
천사 당신과 헤어지라고.
악마 이제 조금 알 듯한데.
천사 이제 조금 익숙해질 듯한데.
악마 무언가 자꾸 방해를 해요.
천사 (악마와 동시에) 누군가 자꾸 방해를 해요.
악마 안녕, 내 친구.
천사 안녕, 내 사랑.
악마 안녕.
천사 (악마와 동시에) 안녕.

돌아가는 형국으로 보아 필히 다시 만날 운명이기는 하다만, 저들이
눈치를 챌는지.

5. 알겠다

사랑의 속삭임은 벌써 막을 내렸는가. 신혼 방에는 전혀 어울리지
않을 이 긴장감의 정체는 또 뭘까.

천사　놀랍네요.

악마　놀랍지요.

천사　어째 무척 낯익다 했어요.

악마　어디서 많이 봤다 했죠.

천사　당신이었군요.

악마　바로 당신이었어요.

천사　정체를 모르겠던 존재.

악마　보일 듯 말 듯하던 존재.

천사　잡힐 듯 잡힐 듯.

악마　제거될 듯 제거될 듯.

천사　끝내 잡히지 않고.

악마　기어이 살아남아서.

천사　사사건건 나를 괴롭히던 존재.

악마　사사건건 나를 욕보이던 존재.

천사　시종일관 나를 방해하던 존재.

악마　시종일관 나를 부정하던 존재.

천사　매사 내 반대편에 서서.

악마　내게 대적하던 존재.

천사　나를 유혹하고.

악마　나를 터부시하고.

천사　나를 뒤흔들고.

악마　나를 저주하고.

천사　나를 괴롭히고.

악마　나를 업신여기고.

천사　나를 깔보고.

악마　나를 미워하던.

천사　망나니.

악마 겁쟁이.

천사 심술쟁이.

악마 게으름뱅이.

천사 싸움꾼.

악마 도망꾼.

천사 꾀쟁이.

악마 멍청이.

천사 훼방꾼.

악마 자폐아.

천사 깡패.

악마 울보.

천사 날강도.

악마 바보.

천사 어쩌다 이런 일이.

악마 내가 당신을 사랑하게 되다니.

천사 축복인 줄 알았더니.

악마 재앙이군요.

천사 이 무슨 인연.

악마 이 무슨 숙명.

천사 그간 적과 동침했네요.

악마 사랑해선 안 되었을 것을.

천사 우리 만남은.

악마 우리 사랑은.

천사 여기서 끝인가요.

악마 이렇게 끝나는 건가요.

천사 끝이겠지요.

악마 끝내야겠지요.

천사 다시 원위치.

악마 원위치.

천사 그것만은 싫은데.

악마 정말 피하고 싶은데.

천사 나는 누굴까.

악마 나는 누구지.

천사 풀릴 것 같았는데.

악마 되묻고 싶지 않은데.

천사 꼭 풀어야 하는데.

악마 되돌아가고 싶지 않은데.

천사 또 다시 그 질문.

악마 또 다시 그 자리.

천사 두려워요.

악마 이러다 또 미치지 싶은데.

천사 이 일을 어쩐다.

악마 이 일을 어째요.

　　사랑, 관계 그렇게 쉽게 끝내는 거 아니지. 쉽게 끝나는 거 아니지.
절대 아니지.

6. 모르겠다

　　삐친 듯 등을 마주대하고 앉아있는 천사와 악마. 한동안 말이 없
다. 섭섭한 게 많은가 보다.

악마 왜 아닌 척해요.

천사 왜 모르는 척해요.

악마 얼마나 더 비굴해지기 바라요.

천사 얼마나 더 양보하라는 거예요.

악마 말 많은 거 좋다 해서 입이 아프도록 떠들었어요.

천사 과묵한 게 좋다 해서 반벙어리로 지냈어요.

악마 질문하지 말라 해서 생각조차 멈췄어요.

천사 매사에 물음표를 붙였어요.

악마 모험 겁난다 해서 자리 한 번 뜨지 않았어요.

천사 난 날개가 헤지도록 파닥거리고 다녔어요.

악마 어둠이 싫다 해서 빛에만 거했어요.

천사 난 암흑 속을 헤매고 다녔어요.

악마 전통주의라 안 했어요.

천사 혁신주의라면서요.

악마 보수주의라 했잖아요.

천사 혁명주의라 했잖아요.

악마 이성주의라면서요.

천사 감성주의라면서요.

악마 긍정주의라면서요.

천사 회의주의라면서요.

악마 직접적인 거 싫다면서요.

천사 에둘러가는 거 질색이라면서요.

악마 점잖지 못한 거 못 봐준다면서요.

천사 노골적인 거 좋다면서요.

악마 고상한 거 아니면 안 봐준다면서요.

천사 천박한 거 즐긴다면서요.

악마 싸움은 절대 안 된다면서요.

천사 싸워가며 정 붙이는 거라면서요.

악마 참아가며 살아야 한다면서요.

천사 주장할 건 주장해야 한다면서요.
악마 순종이 미덕이라면서요.
천사 반항이 발전의 원동력이라면서요.
악마 당신 뜻만 옳다면서요.
천사 다른 뜻도 존중받아야 한다면서요.
악마 세상에 길은 오직 하나라면서요.
천사 길은 수 없이 많다면서요.
악마 진리는 절대적이라면서요.
천사 상대적이라면서요. 절대적인 것은 절대적인 것은 없다는 것뿐
      이라면서요.
악마 그래서요.
천사 (악마와 동시에) 그래서요.
악마 당신을 이해하려고.
천사 당신을 받아들이려고.
악마 나를 포기했는데.
천사 완전히 바꿨는데.
악마 당신을 위해서요.
천사 네, 당신을 위해서죠. 그런데.
악마 왜 이렇죠.
천사 왜 이렇게 똑 같죠.
악마 당신과 나 사이, 왜 이렇게 여전히 먼 거죠.
천사 그렇게 노력했는데.
악마 그렇게 고생했는데.
천사 왜 우리는 여전히 적대하는 사이인 거죠.
악마 왜 당신은 매사 내 반대편에 서서.
천사 내게 대적하는 거죠.
악마 나를 유혹하고.

천사 나를 터부시하고.

악마 나를 뒤흔들고.

천사 나를 저주하고.

악마 나를 괴롭히고.

천사 나를 업신여기고.

악마 나를 깔보고.

천사 나를 미워하는 거죠.

악마 왜 망나니가 된 거죠.

천사 왜 겁쟁이가 된 거예요.

악마 심술쟁이.

천사 게으름뱅이.

악마 싸움꾼.

천사 도망꾼.

악마 꾀쟁이.

천사 멍청이.

악마 훼방꾼.

천사 자폐아.

악마 깡패.

천사 울보.

악마 날강도.

천사 바보.

악마 당신을 이해할 수 없어요.

천사 당신을 이해할 방법이 없네요.

악마 당신이 미워요.

천사 나도 당신을 미워하지 않을 수 없네요.

악마 우리 열심히 싸워 봐요.

천사 그래요. 쉬지 말고 싸워 봐요.

악마 하지만.

천사 하지만.

악마 헤어지진 말아요.

천사 (악마와 동시에) 헤어지진 말아요.

악마 포기하고 싶지 않아요.

천사 혼자이고 싶지 않아요.

악마 당신이 어떤 존재인지 반드시 알아내고 말겠어요.

천사 당신 비밀 밝히고야 말겠어요.

악마 당신 없인 나는 여전히 방황하는 존재일 수밖에 없을 테니까
      요.

천사 영원한 반쪽일 테니까요.

악마 제발 떠나지만 말아줘요.

천사 제 곁에만 머물러줘요. 제발.

악마 아, 제발.

천사 제발.

         누가 말했던가, 운명은 장난꾸러기라고.

7. 싸우자

    그들은 또 그렇게 헤어졌으리라. 방황하는 꼴이 영락없다. 그 방랑의
    골은 예전의 그것보다 더 깊어 보인다. 그러던 그들, 다시 스치듯 만
    난다. 천사, 악마를 무지막지하게 공격한다. 악마, 저항 없이 받아들
    인다. 무슨 사연일까.

천사 어디 갔었어. 어디 갔었냐고. 어디 갔었어. 왜 사라졌어. 왜
      사라졌어. 어디 갔었어. 왜. 왜. 왜. 어디 갔었냐고, 어디 갔

었냐고요. 떠나지 않기로 했잖아요. 내 곁에 머물러 주기로
했잖아요. 왜 약속 안 지켜요.

악마　날 찾았군요. 보고 싶었군요.

천사　날 안 찾았어요. 내가 보고 싶지 않았어요.

악마　고마워요.

천사　고마워요.

악마　날 찾아줘서.

천사　이렇게 돌아와 줘서.

악마　발붙일 곳을 찾지 못했어요.

천사　멀리 떠밀려가는 느낌이었죠.

악마　이렇게 사라지는구나.

천사　나는 아무것도 아니구나.

악마　왜소해지는 나를 바라만 보고 있어야 했어요.

천사　저항할 방법도 없었지요.

악마　무기력했었어요.

천사　꼼짝하고 싶지 않았겠지요.

악마　싸울 의지도.

천사　궁금증조차 안 생겼겠지요.

악마　왜 이럴까. 이게 무슨 현상일까.

천사　내가 왜 이럴까. 무슨 이유일까.

악마　당신도 그래요.

천사　자주. 시도 때도 없이.

악마　자주였던가.

천사　가끔이었던가.

악마　왜 항상 허전할까.

천사　왜 항상 허무할까.

악마　왜 내가 나를 모를까.

천사 왜 내가 내 맘대로 안 될까.

악마 왜 기운이 솟을까.

천사 왜 기운이 빠질까.

악마 왜 또 기운이 빠질까.

천사 왜 또 기운이 솟을까.

악마 내 행동의 기준은 뭘까.

천사 내 존재의 법칙은 뭘까.

악마 사랑하는 마음은 내 마음일까.

천사 미워하는 마음은 내 마음일까.

악마 왜 사랑하다 미워할까.

천사 왜 미워하다 사랑할까.

악마 내 미움은 미움일까.

천사 내 사랑은 사랑일까.

악마 왜 만나기만 하면.

천사 싸우고 싶을까.

악마 (천사와 동시에) 싸우고 싶을까.

천사 왜 싸우면 행복할까.

악마 왜 싸움이 즐거울까.

천사 우리는 싸우기 위해 만나는 걸까.

악마 싸움이 우리를 만나게 하는 걸까.

천사 싸우지 않으면 만날 필요가 없는 걸까.

악마 싸우지 않고는 사랑할 방법이 없는 걸까.

천사 우리.

악마 좋아요.

둘은 싸운다. 너무도 거칠게 싸운다. 그러나 거친 만큼 행복한 모습
이다. 행복 중독자들 같다.

천사 우, 살맛나요.

악마 기운이 뻗쳐요.

천사 이렇게 즐거울 수가.

악마 이렇게 행복할 수가.

천사 우리 다시는 헤어지지 말아요.

악마 네. 이 싸움 영원히 멈추지 말기로 해요.

천사 자, 덤벼요. 덤벼 봐요.

악마 무엇으로 공격해줄까요. 어디를 공격해줄까요.

천사 이번엔 정말 조심해야 할 걸요.

악마 좋아요. 죽을 각오하고 덤벼야 할 걸요.

천사 자, 갑니다.

악마 각오는 됐겠죠.

천사 이얍.

악마 이얍.

끝장을 보겠다고 달려들던 악마와 천사, 갑자기 변심이라도 한 냥 결정적인 순간에 공격을 멈춘다. 어떻게든 다시 붙어보려 증오심을 불태우나 기름 다한 호롱불처럼 스러진다.

악마 이거죠.

천사 네, 이거에요.

악마 기쁨을 주는 듯.

천사 행복을 주는 듯.

악마 이내 빼앗아 버리는.

천사 이내 변덕을 부리는 이놈의 정체.

악마 대체 뭘까요.

천사 누굴까요.

악마 더 맥 빠지기 전에 밝혀야 돼요.

천사 더 무기력해지기 전에 찾아야 돼요.

악마 날 우롱하는 존재.

천사 날 조종하는 존재.

악마 내 덜미 잡은 존재.

천사 날 허재비 삼는 존재.

악마 느끼죠.

천사 분명히.

악마 대체 뭘까.

천사 대체 누굴까.

악마 어떻게 밝힌다.

천사 어떻게 찾는다.

악마 우리.

천사 싸워요.

악마 (천사와 동시에) 싸워요.

천사 반항하는 거예요.

악마 그래요. 저항하는 거예요.

천사 그러면 정체를 드러내겠죠.

악마 참고 있을 수 없게 자극하는 거예요. 되치기 하는 거예요.

천사 좋아요. 우리가 가지고 놀아요.

악마 우리가 덜미 잡아요.

천사 우리 힘내서 싸워요.

악마 누구도 말릴 수 없게 전의를 불태워요.

천사 좋아요.

악마 아니다.

천사 (악마와 동시에) 아니다.

악마 우리.

천사　싸우지 말아요.

악마　(천사와 동시에) 싸우지 말아요.

천사　우리가 싸우기를 바라는 거 아닐까요.

악마　싸울 때 우리가 행복하니까.

천사　그러게.

악마　우리를 가지고 노는 존재가 우리 행복을 원할까요.

천사　그러게.

악마　그럴 수도.

천사　우리 덜미 잡은 존재가 원하는 게 우리 행복이라면.

악마　우리 불행이 저항일 텐데.

천사　불행하기 위해서는 싸워서는 안 되죠.

악마　그래요. 아무리 자극해도 싸우지 않는 거예요.

천사　죽은 듯 몸 사리고 있는 거예요.

악마　좋아요.

천사　그런데.

악마　맞을까요.

천사　(악마와 동시에) 맞을까요.

악마　우리가 행복하기를 원한다는 것.

천사　우리들 생각 아닐까요.

악마　그러게요.

천사　어쩐다.

악마　어쩌지.

천사　우리 싸울까요.

악마　싸우지 말까요.

천사　싸우지 맙시다.

악마　우리 싸워요.

천사　그래요. 싸워요.

악마   아니에요. 싸우지 말아요.

천사   싸우자니 아닐 것 같고.

악마   안 싸우자니 속는 것 같고.

천사   하나하나 해나가면 어떨까요.

악마   싸워도 보고, 안 싸워도 보고.

천사   좋은 생각이지요.

악마   탁월한 전술이네요.

천사   그럼. 먼저.

악마   싸우는 걸로.

천사   (악마와 동시에) 안 싸우는 걸로.

악마   안 싸우는 걸로.

천사   (악마와 동시에) 싸우는 걸로.

악마   싸우는 걸로.

천사   좋아요. 싸우는 걸로.

악마   멋지게 도전하는 거예요.

천사   확실히 붙어 봐요, 우리. 정체를 드러내고야 말게.

악마   한 판 뜰 준비 됐습니까.

천사   전의 불타오릅니까.

악마   끝장 보깁니다.

천사   규칙 따윈 무시하깁니다.

악마   그럼.

천사   갑니다.

악마   이히.

천사   유후.

　　생각 같아서야 제3차 세계대전이라도 벌일 의양이겠으나 저들이
누군가. 악마와 천사 아니던가. 덜미 잡힌 존재들 아니던가. 그 전

술 먹힐 리 있겠는가. 기가 뻗치는 것도 기가 꺾이는 것도 다 덜미 잡은 존재의 장난이거늘.

천사 재미없네.
악마 나른하네.
천사 귀찮다. 다 귀찮아.
악마 왜들 싸우나 몰라.
천사 그런데, 누구.
악마 그러는 당신은 누구.

그렇게 소 닭 보듯 무감하게 엇갈리는 악마와 천사. 또 졌구나. 불쌍해라.

8. 저항하자

악마와 천사의 덜미 잡은 존재는 분명 변덕쟁이 인가보다. 아니면 심술쟁이거나. 악마와 천사, 뭐하고 있나 보라. 또 싸운다. 저항일까. 반항일까. 저 싸울 힘은 어디서 오는 걸까. 둘은 알기나 할까.

천사 싸우는 것 말고.
악마 안 싸우는 것 말고.
천사 다른 방법을 찾아야 되는데.
악마 제3의 비책.
천사 뭐 없을까요.
악마 (천사와 동시에) 뭐 없을까요.
천사 싸우거나.
악마 싸우지 않거나 말고는.

천사　뚜렷한 게 없네요.

악마　아직.

천사　여전히.

악마　언제나 그렇듯이.

천사　난 모르겠어요.

악마　난 모르겠네요.

천사　당신도 모르고.

악마　당신도 모르면.

천사　어쩐다.

악마　(천사와 동시에) 어쩐다.

천사　나도 모르고.

악마　나도 모르면.

천사　제3의 존재.

악마　(천사와 동시에) 제3의 존재.

천사　누구.

악마　누구.

천사　당신도 아니고.

악마　당신도 아니면.

천사　누구.

악마　누구.

천사　나도 아니고.

악마　나도 아니면.

천사　하하하.

악마　허허허.

천사　당신과.

악마　나 사이에.

천사　우리 사이에.

악마   2세.

천사   (악마와 동시에) 2세. 왜 그 생각을 못했을까.

악마   왜 이 생각을 못했지.

천사   하하하.

악마   허허허.

천사   날 닮은.

악마   날 닮은.

천사   그래요. 당신 닮은.

악마   아니요. 당신 닮은.

천사   우리를 빼닮은 2세.

악마   (천사와 동시에) 우리를 빼닮은 2세.

천사   내 궁금증을 풀어줄 존재.

악마   내 질문에 답해줄 존재.

천사   내가 무엇인지를 밝혀줄 존재.

악마   내가 누구인지를 증명할 존재.

천사   나를 설명해 줄 존재.

악마   나를 찾아줄 존재.

천사   덜미 잡은 존재로부터 나를 해방시켜 줄 존재.

악마   날 독립시켜 줄 존재.

천사   날 자유롭게 풀어줄 존재.

악마   언제나 내 편이 되어줄 존재.

천사   우리를.

악마   영원히.

천사   하나로.

악마   묶어줄 존재.

천사   그 2세. 누가 낳지.

악마   누가 낳는 걸까.

천사　알아요.

악마　(천사와 동시에) 알아요.

천사　어떻게 낳지.

악마　어떻게 낳을까.

천사　사랑하면 생길까.

악마　우리 사랑하는데.

천사　싸우면 생길까.

악마　싸우는 게 일인데.

천사　안 싸우면 생길까.

악마　싸울 때 말고는 안 싸우는데.

천사　왜 안 생겼지.

악마　왜 안 생겼을까.

천사　바라지 않아서 안 생긴 걸까.

악마　간절히 바라면 생기는 걸까.

천사　바라면서 사랑하면 생길까.

악마　바라면서 싸우면 생길까.

천사　바라면서 안 싸우면 생길까.

악마　우리 소망해 봐요.

천사　우리 기다려 봐요.

악마　나는 소망한다. 소망한다. 소망한다.

천사　나는 기다린다. 기다린다. 기다린다.

악마　나는 기다린다. 기다린다. 기다린다.

천사　나는 소망한다. 소망한다. 소망한다.

악마　우리는 사랑한다. 사랑한다. 사랑한다.

천사　우리는 싸운다. 싸운다. 싸운다.

악마　우리는 안 싸운다. 안 싸운다. 안 싸운다.

천사　아무리 소망해도.

악마   아무리 기다려도.

천사   아무리 사랑해도.

악마   아무리 싸워도.

천사   아무리 안 싸워도.

악마   아무리, 아무리, 아무리, 아무리.

천사   이 짓 저 짓, 할 짓, 못할 짓 다 해도. 또는 아무 짓 안 해도.

악마   2세는.

천사   절대.

악마   생기지 않는다.

천사   (악마와 동시에) 생기지 않는다.

악마   우리는 2세를 갖지 못한다.

천사   제3의 존재는 없다.

악마   당신과 나 말고는 없다.

천사   당신과 나 말고는 아무도 없다.

악마   제3의 비책은 실패다.

천사   제3의 비책은 비책이 아니다.

악마   왜 안 생기는 걸까.

천사   왜 못 갖는 걸까.

악마   2세를 갖지 못하는 나는 누구지.

천사   나는 뭐지.

악마   당신은 누구십니까.

천사   당신은 뭡니까.

악마   불쌍한 당신.

천사   애처로운 당신.

악마   우리에겐 어제가 없네요.

천사   우리에겐 내일도 없어요.

악마   우리에게 시간은 뭐죠.

천사 우리 발 디딘 여기는 어딘가요.

악마 우리에겐 역사가 없네요.

천사 역사가 없는 존재.

악마 역사를 가질 수 없는 존재.

천사 우리가.

악마 우리가 존재일까요.

천사 (악마와 동시에) 존재일까요.

악마 존재가 아닌 나는.

천사 존재가 못 되는 나는.

악마 무엇일까요.

천사 누구일까요.

악마 누굴까.

천사 무엇일까.

악마 나는 실체일까.

천사 (악마와 동시에) 나는 실체일까.

악마 실체가 아닌 나는 뭘까.

천사 실체가 아니면 이 몸뚱이는 뭘까.

악마 허상일까.

천사 허상의 알맹이인 나는 실체일까 허상일까.

악마 허상도.

천사 실체도 아닌.

악마 나는 뭘까.

천사 (악마와 동시에) 나는 뭘까.

악마 누굴까.

천사 내 등에 날개 없은 존재.

악마 내 머리에 뿔 꽂은 존재.

천사 무엇일까.

악마 나를 희롱하는 존재.

천사 내 덜미 잡은 존재.

악마 안 풀어주는 걸까.

천사 못 풀어주는 걸까.

악마 그 존재도 나 같을까.

천사 그 존재도 부자유할까.

악마 나처럼 덜미 잡혔을까.

천사 나처럼 자기를 찾아 헤매고 있을까.

악마 나를 알기나 알까.

천사 나를 생각이나 할까.

악마 나에 대한 관심은 있을까.

천사 나에 대한 연민은 있을까.

악마 나 때문에 웃을까.

천사 나 때문에 울기는 할까.

악마 나 때문에 고민을 할까.

천사 내 생각에 죽고 싶을 때가 있을까.

악마 내 생각에 미칠 것 같을 때가 있을까.

악마 모른다면.

천사 생각조차 않는다면.

악마 대체 나는 뭐지.

천사 대체 나는 누구지.

악마 느껴진다.

천사 분명해진다.

악마 왜소해지는 느낌.

천사 점점 소멸되는 느낌.

악마 이러면 안 되는데.

천사 또 허사인데.

악마 우리 기억해야 돼요.

천사 버텨야 돼요. 저항해야 돼요.

악마 우리끼리 말고.

천사 우리를 조롱하는 그 존재.

악마 그 상대와 싸워야 돼요.

천사 네. 싸워요.

악마 우리 뭉쳐요. 하나 돼요.

천사 좋아요. 싸워요.

악마 나는 싸우겠다.

천사 나는 싸우겠다.

악마 나를 조롱하는 자, 어서 나서라.

천사 나를 우롱하는 자, 정체를 드러내라.

악마 나는 죽기까지 싸우겠다.

천사 나는 이길 때까지 싸우겠다.

악마 나는 싸운다.

천사 나는 저항한다.

악마 나는 싸워야… 싸워야 되는데.

천사 저항… 저항해야 되는데.

악마 당신을 놓쳐서는 안 되는데.

천사 헤어져서는 안 되는데.

악마 당신을.

천사 당신을.

악마 당신을.

천사 당신을.

악마 당신은.

천사 당신은.

악마 누구세요.

천사 (악마와 동시에) 누구세요.

안타깝도다. 역사를 갖지 못하는 존재들이여, 아니 허깨비들이여. 그 저항정신, 불굴의 전투정신 가상타마는 어쩌겠느냐, 허깨비인 것을. 덜미 잡힌 존재인 것을.

9. 무엇일까

천사, 언제나 그렇듯 존재에 대해 고민하는 눈치다. 악마, 역시 존재에 대해 고민하는 눈치다. 고민한다고 풀릴 문제일리요마는 고민하지 않고서야 존재일 수 있으랴. 자기 정체성 확인이야말로 존재로서의 당연한 욕망일터.

10. 누구냐

스치던 천사와 악마, 마치 자석의 양극인 냥 서로에게 끌린다. 외면하고 돌아서기엔 당기는 힘이 너무 세다. 다가간다기보다는 이끌린다.

악마　당신은.
천사　(악마와 동시에) 당신은.
악마　당신은.
천사　(악마와 동시에) 당신은.
악마　당신은.
천사　(악마와 동시에) 당신은.
악마　누구.
천사　그러는 당신은 누구.

악마　당신은 내가 찾아 헤매던 그분.

천사　당신은 내가 고대하던 그분.

악마　맞죠.

천사　(악마와 동시에) 맞죠.

악마　아닌가.

천사　(악마와 동시에) 아닌가.

악마　혹, 우리 구면 아닌가요.

천사　우리 어디서 만났었지요.

악마　낯이 많이 익은데.

천사　전혀 낯설지 않은데.

악마　어디서 봤을까.

천사　언제 봤지.

악마　저 모르세요.

천사　모른다고 하기엔.

악마　그렇죠. 저 아시죠.

천사　안다고 하기도. 저는요. 저 모르시겠어요.

악마　모른다고 하기엔.

천사　그렇죠. 아시죠.

악마　글쎄 그게, 안다고 하기엔. 그렇다고 모른다 하기도.

천사　그거 참 이상하네.

악마　그거 참 이상하지.

천사　이렇게 낯익은 거로 봐서는 분명 아는 사이인데.

악마　분명 초면은 아닌데.

천사　어디서 봤더라.

악마　누구시더라.

천사　누구세요.

악마　(천사와 동시에) 누구세요.

11. 혹시, 당신

천사와 악마, 외로움이 그들의 현실이며 존재에 대한 고뇌가 그들의 일상이다. 과연 풀 수 있는, 풀릴만한 문제일런가. 그런데 그들, 무언가 포착한 듯하다.

불현듯 객석 은은히 밝아지며 관객들의 정체 드러난다. 한참 관객들을 주시하는 천사와 악마.

악마 혹시 당신인가요.

천사 혹, 당신이 내가 찾는 그분.

악마 혹, 당신이 내가 고대하던 그분.

천사 우리가 찾던 그분.

악마 (천사와 동시에) 우리가 찾던 그분.

천사 안녕하세요.

악마 안녕하세요.

천사 저는 누구인가요.

악마 저는 뭐죠.

천사 우리 그냥 사랑하게 해주세요.

악마 우리 그냥 미워하게 해주세요.

천사 왜 안 되는 거죠.

악마 왜 불가능한 거죠.

천사 야속해라.

악마 원망스러워라.

천사 우리 관계를 방해하는 이유가 뭐죠.

악마 우리 사랑을 방해하는 이유가 뭔가요.

천사 심술인가요.

악마 질투인가요.

천사 차라리 저를.

악마 지워주시던가요.

천사 죽여주시던가요.

악마 배려심도 없이.

천사 자비심도 없이.

악마 나를 가지고 노는.

천사 나를 희롱하는.

악마 당신은 누구신가요.

천사 당신은 누구신가요.

악마 누구세요, 당신은.

천사 (악마와 동시에) 누구세요, 당신은.

천사와 악마의 의문의 시선 깊어질 때, 서서히 암전된다.

- 막 -

第 七 感[1)]
제 칠 감
The 7th sense

---

1) 이 작품은 앞의 <제칠감>과 제목과 주제를 같이하는 이본異本이다. 창작순서
로는 앞의 대본에 앞선다. 여러 배우들에게 역할을 제의했으나 모두 거절당
했다. 예정된 공연이라 다시 쓴 대본이 앞의 작품이다. 앞 작품의 작품 해설
로 읽어도 무방하다.

<등장인물>

한 신학대학의 교수
그 신학대학의 학생

<장소>

'아레오바고'라 칭하는 한 신학대학의 작은 광장

<때>

현재

<무대>

'아레오바고 광장'은 기본적으로 바위로 꾸며진 광장이다. 실재하는 그리스의 아레오바고Areiopagos가 큰 바위 언덕인 것처럼. 이 광장은 학습의 장, 토론의 장인 동시에 법정의 의미를 갖는다. 평평한 중앙 마당을 에둘러 사람 하나 혹은 두서넛이 앉을 수 있는 크고 작은 바위들이 자리하고 있다. 무대 뒤 중앙에는 이 대학의 전통을 짐작케라도 하려는 듯 몇 백 년 이상 되어 보이는 느티나무가 광장을 싸안듯 품을 펼치고 있다. 그 나무 아래로 작은 벤치 하나 바위들과 나란히 박혀 있다.

객석은 이 바위들의 연장선으로 생각하시라. 바위에 걸터앉은 관객 또한 결코 부서지기를 거부하며 함락에 저항하는 견고한 성城으로서 그 성을 무너뜨리려 무모한 도전에 나선 교수와 대적하는 형국으로 이해하시라.

1. 프롤로그 - 아레오바고에서 만나자

멀리서부터 일정한 박자를 가진 한 사람의 박수소리 점점 가까워진다. 그 박수소리로 극은 시작된다. 관객들 그 소리의 정체에 귀를 세울 즈음 교수, 느린 걸음으로 광장에 들어선다. 교수, 가방을 들었다. 운집한 관객을 예상이라도 했다는 듯 일일이 눈 맞춘다. 차분한 발걸음으로 광장 구석구석에 애정 어린 눈길을 주는 것으로 보아 특별한 감회에 젖어 있음을 엿볼 수 있다. 그리고 그 감회에 독특한 색을 입히는 박수소리. 박수의 주인공은 학생이다.

학생은 무표정한 얼굴로 교수의 뒤를 좇으며 정박의 박수를 계속하고 있다. 나름의 원칙이 있다면 교수가 발걸음을 멈추면 박수도 멈춘다는 것. 그러나 교수나 학생 모두 그 상황에 대해 특별히 긴장하거나 신경 쓰는 기색은 없어 보인다. 일상사인 냥. 교수, 학생에게 눈으로 청하면 학생, 관객들 틈에 자리 잡고 앉는다. 교수, 학생에게 고맙다 눈인사 한다.

교수 좀 당혹스럽네요. 어떻게 된 거죠. 이렇게 여러분이 와 계시리라고는 예상하지 못했는데요. 어쨌든 아레오바고를 찾아주신 여러분 반갑습니다. 그리고 제 마지막 강의에 참여해 주신 것에 대해 감사드립니다. 저로서는 큰 영광이 아닐 수 없습니다. 사실 저는 지금 법정에 출두하는 길입니다. 곧 재판이 열립니다. 피고인은 접니다. 아, 알겠습니다. 재판이 비공개로 열린다는 걸 알고는 이런 공개적인 자리를 마련했군요. 아니면 제 제자들 중 한 명처럼 재판 전에 제 영혼에 깃든 마귀를 쫓아내 파면 위기로부터 저를 구하시려는 건가요. 어느 경우든 상관없습니다. 애정으로 알겠습니다.

　좀 전에 마지막 수업이라고 했습니다만 사실 정식 수업도 못됩니다. 교수로서의 직책을 박탈당한 지 이미 오래됐으니까요. 하지만 전 이 작은 광장이 더 맘에 듭니다. 아레오바고. 2500년 전 그리스인들의 열띤 민주주의 논쟁이 시작된 곳, 사도 바울이 믿음을 통한 구원이라는 기독교 핵심을 선포한 곳, 제 신학체계를 정립하고 후학들과 뜨겁게 논쟁하던 곳, 내 영혼의 고향인 이곳에서 제 마지막 변론을 공개적으로 할 수 있다는 것이 얼마나 큰 기쁨이요 영광인지요. 이 자유로운 법정이라면 더 진솔하고 자유롭게 제 소견을 밝힐 수 있겠습니다. 부디 마지막 변론에 경청을 부탁드립니다.

　제가 이 자리에 피고로 서게 된 것은 재작년 성탄절을 기념해 한 학술지에 게재한 논문 때문입니다. 여러분 중에는 이미 그 논문을 읽으신 분이 더러 계실 줄 압니다. "하느님의 친구는 누구일까"라는 제목의 글이었지요. 인간을 창조한 신은 과연 누가 창조했을까, 라는 취지의 제목이었습니다. 저는 그 논문에 "하느님은 없다, 그리스도도 없다, 부활도 없으며 재림도 없다"라고 썼습니다.

학생, 박수한다. 교수 그 박수 잦아들기를 눈으로 청하며 기다린다. 박수 잦아들면 교수 다시 입을 연다. (이후 교수의 발언이 지속되는 내내 중간 중간 학생의 박수가 끼어들어 방해할 것이다. 그 박수는 학생의 무언의 반론임이 분명해 보인다. 그러므로 그 박수는 교수와 학생 사이의 팽팽한 사상적 대립과 그 대립으로부터 비롯되는 사고의 단절, 소통의 부재, 사상적 혼란, 고독을 엿보게 될 것이다.)

교수 논문이 발표되자 곧 교계가 시끄러워졌고 전 종교재판에 회부되었습니다. 지금까지 여러 번의 조정기회가 주어졌습니다. 선배 목사님들, 동료 교수들, 더러는 제자들까지 저를 염려하는 마음에 제 신학을, 신앙고백을 수정하라는 설득도 많았습니다. 물론 협박도 많았습니다. 수없는 저주는 일용할 양식으로 삼을 정도였습니다. 고민 안 했다면 거짓말이겠죠. 할 말다하고 살 수 있는 세상은 아니니까요. 하지만 신앙과 관련하여서는 제 거짓이 저 혼자만을 기만하는 것으로 끝나지 않기에 학자적 양심, 기독자적 진실성의 당위 앞에 솔직하지 않을 수 없었습니다. 저 말고도 기존의 기독교 신학체계와 다른 신학을 정립한 학자들이 있었고, 현장 성직자들도 적지 않게 있으리라 짐작하고 있습니다. 그간 저 역시도 제 신학을 밝히기에 꽤 긴 시간을 주저해 왔습니다. 기독교의 순기능에 대한 평가와 기대 때문이었지요. 하지만 아무리 생각해도 결론은 종교는 폐기되고 하느님은 제거돼야 되겠다는 데 가닿습니다. 그것이 인류가 궁극적으로 행복할 수 있는 길이지 싶습니다. 혼란스럽겠지만, 참으로 먼 길이겠지만 인간이 인간답게 살 수 있는 가장 확실하고 빠른 길이지 싶습니다. 저는 기존 종교, 특별히 기독교가 인류의 재앙이었음을 발견합니다. 그 재앙을 거부하고 극복하자는 게 제 주장의 본질입니다. 평화롭고 아름다운 세상, 건강한 세계, 행복한 인류를 위해서 이제 신이 창조주 되는 종교는 사라져야겠습니다. 여러분이 아니래도 다들 저를 비웃습니다. 요설가라 욕합니다. 영웅주의자라 비꼽니다. 더러는 미친놈 지랄한다, 외면합니다. 그럴지도 모릅니다. 제 생각이 틀렸을지도 모릅니다. 다만 저는 제 위기의식에 기초해 제 신념을 피력하는 것이자, 함께 고민해주시기를 청하는 것입니다. 재앙을 막기 위해 다른 길을 찾아 나서자 제안하는 것입니다. 더러는 태산준령 앞에 호미 한 자루로 마주서는 격이라 고개를 젓습니다. 더러는 계란으로 바위치기라 말합니다. 불가능에 도전한다는 의미죠. 난공불락의 성을 공격한다는 겁니다. 허나 호미질 시작하렵니다. 계란 던져보렵니다. 계란 묻은 바위, 새라도 와서 쪼아줄지 압니까. 들짐승이라도 와서 핥아줄지 압니까. 호미가 뭡니까. 계란이 뭡니까. 의지요, 신념입니다. 물리적인 재림 예수 기다리기보다는 호미로 태산을 옮기는 게 빠를 거라 확신합니다. 계란으로 바위 깨부술 때까지 예수는 절대 재림하지 않을 거라 확신합니다. 그래서 저는 호미 쥐고, 계란 들고 나섰습니다. 여러분이 함께 나서 주시기를 바라면서. 사실 저는 지금 도정에 있습니다. 끊임없는 변화의 길을 걷고 있습니다. 불확신, 불확정 속에 있다는 말입니다. 그렇다고 입 다물고 있어라 말하지는 마십시오. 말할 자유가 있고, 말해야 할 의무가 있고, 말하고 싶은 충동에 이끌리기도 합니다. 여러분도 그리하십시오. 그렇게 하셔야 합니다. 그것이 우리가 진정한 인간이 되는 길을 찾는 방법입니다. 신으로부터 자유롭게 되는 길입니다. 자신 없어도 용기 내어 싸워야 하는 이유입니다.

제 변론이 궁금하실 줄 압니다. 그것 때문에 이 자리에 찾아오셨을 테니까요. 이 자리에서는 제 논문에 제기한 내용을 저의 신앙고백 양식으로 밝히도록 하겠습니다. 먼저 종교에 관하여.

2. 인간은 진화한다, 신도 진화하시라

교수   제 고백은 이렇습니다. 신학은 무엇입니까. 신학은 신에 관한 학문입니다. 즉 종교에 관한 학문입니다. 그럼 종교란 무엇입니까. 종교란 고상하게 말해서 독특한 의존의 감정이요, 무한한 것에 대한 의식이며 기호嗜好입니다. 종교란 무지한 인간이 스스로의 궁금증에 답해온 하나의 문화입니다. 나는 무지하다, 그러므로 신은 존재한다. 나는 불안하다, 고로 신이 필요하다. 나는 유한하다, 고로 무한자는 존재할 것이다. 종교의 씨앗은 두려움, 공포, 죽음 즉 인간의 유한성입니다. 그것이 싹을 튀어 희망이 되고 욕망이 됩니다. 제도가 되고 교리가 됩니다.

인간은 인간의 이성, 이해로 부족한 부분은 상상으로 채워왔습니다. 상상이 현실로 대치되면서 종교는 끊임없이 대답을 바꿔오고 있습니다. 바뀌가야 합니다. 종교는 진화하고 있습니다. 인간이 신의 면모를 더욱 확연하게 밝힌다 할까요, 인간만큼 신도 진화한다고 할까요. 신은 더 많은 속성을 인간에게 드러내 보이고 있습니다. 때로는 우리의 게으름, 귀찮음 혹은 또 다른 욕망이 신의 진화를 거부하거나 외면하긴 하지만 말입니다.

신학은 어쩔 수 없이 인간학일 수밖에 없습니다. 인간이 종교 위에 있습니다. 논리적으로도 그렇습니다. 인간이 성서 위에 있습니다. 그런 인간이 왜 성서 앞에서 이성을 포기합니까. 인간에 대한 연구는 아직 끝나지 않았고, 그 끝 또한 어디일지 모릅니다. 인간 스스로 자기 자신에게 놀라고 있습니다. 그런데 그 놀람이 반드시 종교에 귀착되어야만 하는 이유는 무엇입니까. 정 그렇다면, 종교는 왜 진화하지 않습니까. 왜 변화되지 않습니까. 왜 발악적으로 화석화시키려 합니까. 종교가 인간을 위해 고안된 피조물이라면 그 피조물에 대한 관리 및 수정을 왜 망설여야합니까. 왜 포기해야 합니까. 인간이 설립한 가설이라면, 오류가 발견되었을 때 왜 바로잡으려 하지 않습니까. 왜 스스로 그 허상, 거짓에 목을 맵니까. 왜 인간으로서의 권리와 의무를 포기합니까. 그것이야 말로 사람에게 옷을 맞추지 않고, 옷에 사람을 맞추려는 처사와 다를 바 없습니다.

종교인으로 산다는 것은 끊임없이 종교를 문제 삼는다는 것입니다. 끊임없이 신과 싸우고 인간과 싸운다는 뜻입니다. 굳어버린 신조, 박제된 신은 이미 종교도 신도 아닙니다. 그것은 한낱 추억어린 골동품에 지나지 않습니다.

종교는 반드시 확정적인 것만 제시해야 합니까. 확정하지 못한 사실을 제기하면 비종교적입니까. 종교는 무른 인간을 딱딱하게 몰아가기 보다는, 딱딱한 인간을 무르게 만들어가야 하는 것 아닐까요. 자기 안에 갇힌 사람, 제도 안에 안주하려는 사람을 끊임없이 일깨워 새로운 것, 더 나은 것에 마음

열게 할 수 있어야 하는 것 아닐까요. 밀실의 고독에서 공생의 축제로 이끌어내는 것이 종교 아닐까요.

종교는 마술이 아닙니다. 마술은 무엇입니까. 기적이 아닙니다. 초능력이 아닙니다. 마술은 무지 혹은 고정관념에 대한 경고, 혹은 우롱입니다. 마술은 속임수 혹은 은밀한 그러니까 공개되지 않은 과학의 독점에 의존합니다. 마술을 통해 우리가 얻을 것이 무엇입니까. 역설적이게도 마술에 속지 말라는 것입니다. 마술의 경고는 '인간이여 정신 차려라'라는 메시지입니다.

인간의 역사가 하느님의 역사일 수 있으려면 신학은 열려있어야 합니다. 인간도 신도 역사 앞에 겸허하고 진실된 모습으로 나서야 합니다.

3. 하느님은 내 친구다

교수　하느님에 관하여. 제 고백은 이렇습니다. 기독교의 하느님은 죽었습니다. 박제 된 인간, 즉 미라가 죽은 인간이듯 박제된 종교, 즉 기독교의 하느님은 돌아가셨습니다. 바로 기독교가 죽었습니다. 자신의 하느님을. 기독교의 하느님은 인간을 놓고 고작 귀신들과 아귀다툼하는 존재입니다. 귀신 곡할 노릇 벌이는 게 누굽니까. 인간입니다. 귀신 소원 들어주는 게 누굽니까. 인간입니다. 귀신 누가 잡습니까. 해병이 잡습니다. 인간이 잡습니다. 귀신과 싸우는 하느님, 말이 됩니까. 부활해야 할 것은 인간이 아니라 하느님입니다.

기독교는 하느님 형상을 따라 지음 받은 인간이라 고백합니다. 제 보기엔 인간의 형상을 본 따 하느님이 만들어졌습니다. 그래서 기독교의 하느님 심보가 꼭 인간 수준입니다. 그런데 저는 이 후자 쪽을 진실로 받아들입니다. 따라서 하느님을 더 훌륭한 분, 완벽한 분으로 변화시키려면 우리가 변화하는 수밖에 없습니다. 인간의 진화야 말로 하느님의 진화의 필수 요건인 셈입니다. 거울 속에 비친 내 모습, 누구더러 책임지라겠습니까. 거울 탓만 하시겠습니까. 헛될 뿐입니다. 내가 변화하기 전에 그 모습 절대 변하지 않습니다. 하느님은 거울 속 허상이 아니라 바로 거울입니다. 진상을 비춰보게 하는 거울.

저는 하느님은 내 친구라고 고백합니다. 하느님이 내 아버지 되시는 것을 거부합니다. 하느님의 권위에 굴복하거나 엄숙함에 주눅 들지 않고 동등한 자격으로 친구하겠습니다. 즐겁게 놀겠습니다. 하느님은 섬김을 받으시려는 분이실까요. 저는 하느님도 우리들 놀이에 끼고 싶으실 거라고 믿습니다.

엄숙하고 권위적인 하느님과 어떻게 늘 함께 하겠습니까. 예부터 신은 필요할 때만 불렀습니다. 평상시에는 인간으로부터 멀리 떼어 놓고 살았습니다. 신은 피곤한 존재이기 때문입니다. 인간으로선 감당하기 어려운 존재이기 때문입니다. 아쉬울 때 아니고는 보지 않는 게 편하기 때문입니다. 그런 신을 우리 곁에 두려면, 항상 함께하려면 하느님의 위상을 수정해야 합니다. 편한 신이 되어야 합니다.

신의 거처는 인간입니다. 하느님은 세계를 초월하여 계시지 않습니다. 세계 속에 있습니다. 인간들 사이에 있습니다. 세상을 통제하시고 싶은 하느님이시라면 궁극적으로 인간을 통제하시는 것이 제일 낫습니다. 그래서 신은 어쩔 수 없이 인간 사이에 끼여 관여하실 수밖에요. 성장하고, 변화하고, 진화하는 인간을 따라 같이 진화하실 수밖에요. 현실적일 수밖에요.

하느님은 오늘 새로운 방식으로 우리에게 말씀하고 계십니다. 우리는 어떻게 끊임없이 하느님의 역사와 맞부딪치면서 인간으로서 온전한 삶을 선택해갈 것인가를 고민해야 합니다. 우리시대의 사건들과 문제점들 속에서 예수를 본받아 결단하고 행동해야 할 것은 우리입니다. 우리가 예수요, 여러분이 하느님입니다. 하느님은 우리의 동역자입니다. 하느님은 모든 피조물과 더불어 그들의 불확실한 미래를 향한 개방성에 동참하십니다. 창조는 여전히 진행 중입니다. 우리는 늘 새롭게 신인간으로 거듭나야 합니다. 하느님과의 주종관계에서 탈피하여 머리를 맞대고 난국을 타계해나가며 생의 신비와 행복을 함께할 동반자가 되어야 합니다. 친구가 되어야 합니다.

하느님은 어디 계십니까. 공기 좋은 하늘 어느 구석에 구중궁궐 틀고 앉아계십니까. 금은보화로 수놓은 아름다운 정원을 산책하고 계십니까. 우주가 하느님입니다. 하느님은 진화중이십니다. 우주와 함께. 우리가 진화하듯이. 하느님은 초월자超越者가 아니십니다. 하느님은 포월자匍越者이십니다. 초월해 계시는 게 아니라 우리 곁에 계십니다. 따로가 아니라 함께 계십니다. 그래서 우리는 이승에서 천국을 삽니다. 여기서 하느님을 만납니다. 하느님과 함께하는 곳이 천국입니다. 오늘 여기가 천국이 되어야 합니다. 우리와 함께 기어주시는 분이 하느님이십니다. 하느님은 자신을 인간으로 현현해 보이십니다. 내 이웃이 하느님입니다. 예수는 이 사실을 깨우쳤던 사람입니다. 이웃 속에서, 인간관계 속에서 하느님은 자신의 자리를 만드십니다. 인간과 인간 사이에. 그 포월자로서의 하느님과의 만남 속에서 우리는 현실 극복이라는, 한계 초월이라는 초월자로서의 하느님을 동시에 만나게 되는 것입니다. 우리의 삶이 현실을 초극하는 삶으로 거듭나는 것입니다. 포월

속에 초월이 담겨있습니다. 하느님을 기쁘시게 하려면 내가 기뻐야 합니다. 사람을 기쁘게 해야 합니다. 우리의 기쁨이 하느님의 기쁨입니다. 우리의 행복이 하느님의 행복입니다. 하느님은 어떤 특별한 개별적 존재가 아니라 바로 '우리'라는 전체입니다. 하느님의 뜻은 그러므로 우리의 뜻입니다. 바른 우리. 우리를 서로 하느님으로 아는 우리.

역사의 주체는 항상 인간이었습니다. 신의 이름으로건, 양심의 이름으로건, 혹은 정의의 이름으로건 그 무슨 이름으로건 행위의 주체는 인간입니다. 역사의 주체는 언제나 인간입니다. 하느님이야 그것이 무슨 일이든 인간이 원하는데 동의해 주는 추인자일 뿐입니다.

우리가 하느님에게 놀라야 할 것은 초현실적인 기사이적이 아니라 기적으로는 감히 대적할 수 없는 우주의 질서입니다. 우연보다 법칙이 위대합니다.

하느님이 왜 지식나무를 만들어 놓고 따먹지 말라 하셨을까요. 놀아본 여러분들이 잘 아실 겁니다. '저거 지식나무 아니다. 따먹어봐야 헛 거다.' 무슨 얘깁니까. 따먹으란 얘기잖습니까. 따먹고 똑똑해지란 거 아닙니까. 그걸 놀이로 하자는 거 아니었겠습니까. 하느님은 놀고 싶어 하시는데 인간이 너무 정색하고 대응한 것 아니었는지 모르겠습니다. 에덴동산에 다시 가서 우리가 저버렸던 하느님 다시 불러내자는 겁니다. 친구가 되어주자는 겁니다. 거기서 인간뿐만 아니라 하느님도 탈출시키자는 겁니다. 그래서 기쁘게 해드리자는 겁니다. 하느님 불쌍하지 않으십니까. 친구에게 그렇게 해도 되겠습니까.

4. 성경, 버리자

교수　성경에 관하여. 제 고백은 이렇습니다. 성서는 새로 쓰여야
　　　합니다. 성경도 의미는 남고 문자는 가야합니다. 뜻은 찾고
　　　책은 버려야 합니다. 여러분이 부적처럼 끼고 사는 성경은
　　　무엇입니까. 한 점 틀린 데 없이 완벽한 하느님의 말씀입니
　　　까. 하느님이 인간을 빌어 직접 써주신 말씀입니까. 성경을
　　　순수한 역사서로 믿는다는 말씀입니까. 한 점 첨삭도 없는.
　　　인용과 창작, 첨삭과 각색, 윤색으로 얼룩진 것이 성경입니
　　　다. 피와 살육의 과정 속에서 자리를 잡아온 것이 성경입니
　　　다. 해석의 대상을 절대적 믿음의 대상으로 몰아서야 되겠습
　　　니까. 비평의 대상을 맹신해서야 되겠습니까. 그래서 성경을
　　　쓴 사람들의 속뜻, 그 시대의 속사정을 어떻게 읽어낼 수 있
　　　겠습니까. 상상력과 창의력에 의해 성립된 이야기라면 왜 새
　　　로운 상상력과 창의력에 문 닫아야 합니까.
　　　오늘 교회가 성경에서 가장 매달리는 것이 무엇입니까. 기사
　　　이적입니다. 다른 무엇보다 성경을 성경되게 하는 것이 기사
　　　이적입니다. 기사이적이 뭡니까. 역사적 사실입니까. 기사이
　　　적이야 말로 그 시대의 소망입니다. 상상력이란 표현이 더
　　　적절하겠습니다. 물위를 걷거나, 모든 사람이 배를 채우고 남
　　　는 음식이나, 죽은 자가 살아나는 것 등이 다 무엇입니까. 인
　　　간으로서는 불가능한 것들 아닙니까. 다른 것 다 놔두고 겨
　　　우 기사이적이라니요. 결국 기사이적에 의존해서야 우리 믿
　　　음이 견고해지다니요. 이 얼마나 유치하고 미개한 믿음입니
　　　까.
　　　소위 말하는 모태신앙인으로서 저는 의심조차, 자연스럽게 싹
　　　트는 의구심조차 죄스러이 여기며 컸습니다. 고교시절 한시

간만에 한 대씩 지나가는 시골버스에 몸을 실으면 여학생과 몸이 밀착되기 일쑤였습니다. 늘 만나던 예쁜 여학생을 곁에 두고 있을 때면 마음 한구석에서 아련히 싹트는 이상한 감정으로 인해 행복하고 흥분되기보다는 항상 공포감에 휩싸였었습니다. 흥분되는 나 자신을 억누를 수 없어서 미칠 지경이었습니다. 다름이 아니라, 그 여학생이 내 아이를 갖게 될 거라는 공포 때문이었습니다. 나는 모든 여학생을 동정녀 마리아로 착각하고 있었습니다. 예수탄생 설화를 현실로 받아들이고 있었던 것입니다. 그땐 몰랐지만, 저는 하느님과 동격으로 많은 여자들에게 가임 시킬 수 있는 잠재적 능력을 가졌던 신이었던 겁니다. 육체적 관계없이도 말입니다. 웃깁니까. 저만 그랬다면 다행이겠습니다.

5. 예수, 그리스도가 아니다

교수   그리스도론에 관하여. 제 고백은 이렇습니다. 그렇습니다. 제가 제 스스로 재림예수라 말했습니다. 맞습니다. 저는 재림예수입니다. 재림을 논할 것 없이 제가 예수입니다. 예수는 누구입니까. 여러분이 믿는 예수는 무엇입니까. 인간입니까. 신입니까. 신인 동시에 인간입니까. 마술사입니까. 우매한 자들을 현혹한 사기꾼입니까. 예수가 어떻게 여러분의 주인이 됩니까.

저는 예수만 남기고 그리스도는 죽이려 합니다. 불경이라고, 신성모독이라고, 벼락 맞을 소리라고들 저를 죽일 기세로 공격들 합니다. 저는 그리스도를 죽이고 예수를 살리려 합니다. 예수가 역사적인데 반해 그리스도는 기독교의 창작물입니다. 인간을 신으로 둔갑시키다니요. 백번 아량을 베풀어 그때야 그럴 만한 사정 있었다 칩시다. 그 내용을 사실 그대로 믿어야 하는 오늘 우리는 대체 뭐란 말입니까. 그리스도가 예수를 죽였습니다. 기독교가 예수를 죽였습니다. 오늘 기독교는 진실을 버리고 허상만 붙들고 있습니다. 모든 상식을 깨는 유일한 예외의 이름으로.

왜요. 예수가 구름이라도 타고 오실 것 같습니까. 백인으로 오시겠습니까, 흑인으로 오시겠습니까, 중동인으로 오시겠습니까. 천사들의 호위를 받으며 나팔소리와 함께 오실 것 같습니까. 어디로 오실 것 같습니까. 다시 베들레헴으로 오시겠습니까. 아니면 십자가 휘황찬란한 대한민국을 찾아 여기, 이곳으로 오시겠습니까. 예수님 강림은 위성 중계로 온 세계로, 우주로 전파되겠습니까. 혹 그 옛날처럼 가난한 사람으로 아비 없는 자식으로 조용히 다시 올지도 모른다는 생각은 절대 안 드십니까. 왜 내가 나 스스로 예수임을 밝히는데 못 믿으십니까. 안 믿어 주십니까. 너무 평범해서 그러십니까. 도대체 어떤 재림을 꿈꾸고 계신 겁니까.

예수는 완전한 사람이었습니까. 천만에요. 그는 태생부터 불행했습니다. 마리아가 하느님과 관계해서 예수를 만들었겠습니까. 예수는 미혼모에게 잉태되었습니다. 그는 완전하지도 않았습니다. 인간으로 완전한 사람이 어디 있겠습니까. 그가 위대한 것은 신성神性을 찾아냈기에, 신성을 드러냈기 때문입니다. 그가 완전했다면 십자가에 달릴 일이 없었을 것입니다. 역설적이게도 그의 완전성은 그의 부족함, 즉 십자가를 스스로 짐으로 그것을 극복한 바로 그 사실에 있습니다.

예수는 하느님을 두려워하지 않은 자입니다. 하느님을 안 자입니다. 두려움이 어디서 옵니까. 무지에서 옵니다. 예수는 하느님을 알았습니다. 그래서 그는 스스로 하느님의 아들이라 말할 수 있었습니다. 예수야 말로 진정한 주체자로서의 한 표본입니다.

예수는 구체적인 환경에서 실천한 평화자주의자였습니다. 원칙상 평화주의자가 아니라, 평화를 외치고 가르친 자가 아니라 행한 자입니다. 실천가입니다. 그는 현실감 있는 지도자였습니다. 그는 폭력으로는 만인을 위한 해방의 나라를 이룰 수 없음을 알았습니다. 예수 행태의 동인은 연민이었고 자비였습니다. 종교의 이름을 빌어 벌이는, 하느님의 이름을 내세워 벌이는 모든 전쟁은 그 자체로 종교적이지 못합니다. 그 자체로 이미 종교의 자격을 상실합니다.

6. 삼위는 일체가 아니다, 하나다

교수 삼위일체에 관하여. 저는 이렇게 고백합니다. 삼위일체는 예수가 하느님의 아들이며 동시에 하느님이며, 성스러운 영이라는 의미가 아닙니다. 이는 예수가 곧 신이다, 신은 따로 없다, 인간이 신이다, 신이 있다면 인간과 함께 있다, 인간 안에 있다는 것으로 이해되어야 합니다. 예수 죽고, 하느님 찾는 인간에게 성령이 곧 하느님입니다. 성령이 뭡니까. 예수를 아는 것입니다. 예수를 따르는 것입니다. 예수로 인한 삶의 전환, 즉 구원을 확신하며 행복을 꿈꾸는 우리에게 성령은 다름 아닌 용기이며 자신감입니다. 기쁨입니다.

삼위일체는 오늘 우리가 스스로를 책임져야 한다는 의미입니다. 우리는 오늘을 살 수 밖에 없습니다. 과거도 미래도 오늘 우리의 손에 달렸습니다. 과거가 의미 있으려면 오늘 내가 무엇인가를 보여야 합니다. 미래는 오늘을 먹고 큽니다. 그리고 흘러간 과거보다는, 아직 오지 않은 미래보다는 여전히 오늘이 중요합니다. 살고 죽고의 문제는 늘 오늘, 지금, 여기의 문제입니다. 삼위일체는 바로 이 역사인식의 다른 표현일 뿐입니다.

계시란 무엇입니까. 예수가 하느님을 계시한 것이지, 하느님이 예수를 계시한 것이 아닙니다. 예수가 하느님의 말씀이지, 하느님이 예수의 말씀은 아닙니다.

예수 자신은 진리란 그저 지키고 간직하는 것이 아니라 선택하면서 생활하고 체험하는 것이라 생각했습니다. 참된 가르침이 아니라 참된 삶이었습니다. 미래가 아니라 현실이었습니다. 하늘나라가 아니라 삶의 자리였습니다. 하느님과 함께하기였습니다. 하느님과 놀기였습니다.

7. 십자가는 있고, 부활은 없다

교수   부활에 관하여. 저는 이렇게 고백합니다. 예수가 기꺼이 십자가에 못 박힌 이유가 무엇입니까. 예수가 십자가에 달려 죽은 후 다시 살아났다는 부활은 무엇을 의미합니까. 정말 물리적으로 살아났다는 것을 의미합니까. 정말 그렇게 믿습니까. 십자가 부활의 진정한 의미는 죽음을 두려워하지 않는 사람은 그렇게 되는 순간부터 진정으로 살기 시작한다는 역설에 있습니다. 십자가가 어떻게 복음福音이 될 수 있겠습니까. 십자가는 화음禍音이었습니다. 끔찍한 소식이었습니다.

십자가가 뜻하는 바는 무엇입니까. 십자가는 하느님이 인간에게 전권을 이양하는 표징입니다. 인간으로 인간의 문제를 풀라는 요구입니다. 여기에 부활이라는 하느님의 개입을 끌어들이는 것은, 다시 신에게 매달리는 인간의 의존적, 도피적 태도를 반증할 뿐입니다. 하느님은 자신에게 목매는 인간보다 독립적인 인간을 원하십니다. 하느님에게 부활의 기적은 필요 없습니다. 그것은 인간의 꾀일 뿐입니다.

오직 예수와 같은 실천만이, 즉 십자가 위에 매달림으로 살았던 것과 같은 삶만 이 역설적으로 복음이 되는 것입니다. 기독교의 진정성은 하나의 신앙이 아니라 하나의 행위인 것입니다. 우리는 어떻습니까. 우리는 죽기 위해 십자가를 선택하는 것이 아니라 살기 위해 의존합니다. 기독교인은 스스로 십자가에 달려 죽으려 하지 않고 대신 그리스도를 매달려합니다. 날마다 그리스도만 죽습니다. 그 죽음을 통해서 자신들이 살려합니다. 그러나 그리스도의 죽음과 우리의 구원은 섭섭하게도 아무런 관계가 없습니다. 예수 아닌 그리스도의 죽음은 거짓 죽음입니다. 죽음기계 놀이일 뿐입니다. 재생기계 죽였다 살리기입니다. 그리스도의 죽음은 우리 악행을 충동질 할 뿐입니다. 우리가 사는 것은, 우리가 스스로 십자가를 질 때 비로소 가능합니다. 우리 스스로가 예수가 될 때 비로소 가능합니다.

부활은 무엇입니까. 예수의 부활은 미래를 향한 약속이 아니라 현재의 승리라는 확증입니다. 부활은 확신이요, 승리입니다. 예수가 부활했다는 것은 예수를 따르던 사람들 안에 그의 가르침, 선언이 자리를 잡았다는 것입니다. 자신들이 예수가 되었다는 것입니다. 자신들이 예수가 되었다는 것은 예수가 곧 하느님의 실체였다는 것을 의미합니다. 우리가 하느님을 알았다는 것은 곧 확신한다는 것입니다. 앎을 통한 확신이야 말로 흔들리지 않을 믿음의 조건입니다.

부활을 통해 산 것은 기독교요, 죽은 것은 하느님입니다. 부활을 통해 얻은 것은 부조리요, 잃은 것은 이성입니다. 부활이야말로 신의 섭리가 아니라 인간의 장난입니다. 인간의 간

계입니다. 가장 인간적인, 그래서 하느님과는 가장 관계없는 일이 부활입니다.

8. 내 죄는 내가 용서한다

교수 인간의 죄에 관하여. 제 고백은 이렇습니다. 죄는 하느님이 용서하실 것이 아닙니다. 내 스스로 용서하고 인간 사이에서 용서하고 용서받아야 할 것입니다. 내가 나를 용서한다는 것이 무엇입니까. 변화한다는 것입니다. 바뀐다는 것입니다. 이 것이 예수의 가르침이었습니다. 그는 돌에 맞아 죽을 위기에 처한 창녀에게 스스로 자신을 용서하고 변할 것을 요구했습니다. 용서는 변화를 통한 전환입니다. 회개가 그것이며, 새 사람이 그것이며, 부활이 그것입니다. 용서는 돈으로 살 것도 아니요, 심판 날에 있을 특별 이벤트도 아닙니다.

오늘 우리 교회에서 용서는 상품입니다. 돈 주고 사는 것입니다. 누구로부터 삽니까. 하느님으로부터 삽니다. 어디 진짜 하느님이야 그러시겠습니까. 종교지도자들로부터 삽니다. 그 들이 팝니다. 그래서 용서가 참 쉽습니다. 쉽게 살 수 있으니 까요. 돈만 있으면 살 수 있으니까요. 하지만 인간 사이에서 용서는 그리 간단치가 않습니다. 때론 살고 죽고의 문제입니다. 인간 사이, 사회 안에서 풀어야할 용서의 문제는 그리 간 단치가 않습니다. 사회 전체가 중심을 찾고, 관계를 회복하여 용서하고 화해한다는 것이야 말로 천국을 이룩하는 일입니다. 이 복잡하고 지난한 일을 한 마디 혀 놀림으로, 얄팍한 헌금 봉투로 해결하려 들다니요. 해결되었다, 사기 치다니요. 용서 자판기, 하느님. 자판기 주인들만 떼돈 법니다. 끊임없 는 죄와 용서상품을 만들어가면서.

하느님이 용서하시니 싸움도 하느님의 이름으로 막 합니다. 하느님 '백' 믿고. 하느님의 이름을 걸고 싸우는 싸움이야 말로 맹목적 싸움입니다. 적어도 인간의 이성에 의존하는 싸움이라면 그 정도로 무지막지 하지는 않을 겁니다. 고민할 것이고, 판단할 것이고, 회의懷疑할 것입니다. 타협하고 조정할 것입니다. 겁나서 그렇게 못할 것입니다. 평화를 얻기도 쉬울 것입니다. 그러나 신의 이름을 걸고는 어렵습니다. 거기 관용이 있습니까, 포용이 있습니까, 생명존중이 있습니까. 부활신앙이 있어서, 영생을 믿어서 그렇게 살인이 쉽습니까. 살인이 축제의 조건이라도 된답니까. 주검이 승리의 전리품입니까. 독선으로 썩을 종교인들이라곤, 피로 목욕하다 빠져죽을 종교인들이라곤, 배타성으로 배터질 종교인들이라곤.

9. 믿음은 믿을 수 없다

교수 기독교인의 믿음에 관하여. 제 고백은 이렇습니다. 믿음이란 무엇입니까. 믿음을 가지란 말은 무엇입니까. 믿음을 믿으라는 것입니다. 네가 믿는다는 것, 믿어야한다는 것을 믿으라는 것입니다. 솔직히 말씀드리자면 저의 믿음은 흔들리는 믿음입니다. 갈대도 아니요, 누구 노래처럼 여자의 마음도 아니건만 제 마음 늘 흔들립니다. 부정할 수도 피해갈 수도 없는 사실입니다. 그런데 의심하지 말라니요, 흔들리지 말라니요. 감추라는 겁니다. 위장하라는 겁니다. 그러고는 흔들리는 이유를 찾아보자 요청하면 논박하기 전에 성부터 냅니다. 왜 그렇습니까. 맹종과 맹신만큼 편한 것이 없기 때문입니다. 자연스러워야 할 것을 억지 강요하는 것이 기독교 신앙의 핵심입니다. 믿을 수 없는 것, 믿어지지 않는 것을 믿는 것이 진정한 믿음이라니요. 이것이야 말로 무슨 요설입니까. 믿을 수 있는 내용을, 길을 열어줘야 믿을 것 아니겠습니까. 기독교인의 믿음이야 말로 하느님의 선물이 아니고 무엇이겠습니까. 구원받을 사람들이 예정되어 있다니, 구원 받지 못할 팔자야 아무리 믿으려 한들 무슨 뾰족한 수 있겠습니까. 오늘 우리는 도저히 믿을 수 없는, 믿겨지지 않는 것에 대한 확신의 정도로 믿음의 정도를 재단 당하고, 믿음 부족함에 스스로 괴로워하고, 자책하고, 자학하며 살아가고 있지 않습니까. 미치지 못함에 미칠 것 같은 이 아이러니라니요.

예수를 믿음으로 구원을 얻는다는 것은 무엇을 의미합니까. 말 그대로 입니까. 그럼 믿음은 의지로 가능합니까. 혀로 고백하는 믿음이 믿음은 아닐 텐데 말입니다. 믿고 싶어도 믿어지지 않는 사람에게 구원받기 위해 믿으라는 말은, 너는 절대 구원받을 수 없다는 저주일 뿐입니다. 대체 믿음으로 구원을 얻는다는 것은 무슨 말입니까. 그것은 예수의 행태를 인정하겠다는 뜻입니다. 즉 그 삶을 본받아 살겠다는 것입니다. 문자 그대로의 믿음이 아니라 책임이 동반된 실천적 의미에서의 믿음입니다. '너희가 나를 믿느냐'라는 말 뒤에 생략된 말이 있습니다. 우리가 거북스러워하는, 그래서 슬쩍 접어둔 말이 있습니다. '그러면, 그렇다면 나를 따르라.' 예수의 신성을 믿음은 예수의 삶을 자기 삶으로 선택함을 의미합니다.

믿음은 변합니다. 변해야 할 것입니다. 믿는다는 사실 말고는 다 변합니다. 믿음의 내용은 진화하고 있습니다. 변화되어야 합니다. 너무도 당연합니다.

10. 내가 나를 구원한다

교수   구원에 관하여. 제 고백은 이렇습니다. 어린이 같은 자라야
천국에 들어갈 수 있다 했습니다. 어린이는 하느님 나라의
표상입니다. 어린이는 누구입니까. 사회에서 가장 낮은 지위
에 있는 사람입니다. 가난하고 억눌린 사람, 거지, 창녀, 세리
등 작은 자나 보잘 것 없는 자를 일컬어 어린이 같은 자라
했던 것입니다. 예수는 이렇게 가난한 자들에게 연민을 가지
고 자비를 베풀었습니다. 그 예수의 삶이 우리의 삶이 된다
면 이미 구원은 끝난 얘기입니다. 긴장하십시오. 어린이가 아
닌 여러분, 창녀가 아닌 여러분, 거지가 아닌 여러분, 아직
예수의 삶을 실천하지 못하는 여러분. 우리들에게 천국문은
굳게 닫혀있습니다.
　　이제는 구원의 종교에서 창조의 종교로 거듭나야 할 때입니
다. 구원은 이미 실현되었기 때문입니다. 믿음으로 구원 받는
다는 말에 기대어 보더라도 믿는 자들이 미래시점의 또 다른
구원을 갈망하는 모습은 이해되지 않습니다. 구원받은 존재
로서 또 구원이 문제될 이유 전혀 없습니다. 구원받은 자들
의 목표는 행복입니다. 여러분들이 그리는 구원의 모습은 어
떤 것입니까. 여러분이 천국가고 싶은 이유 무엇입니까. 행복
아닌가요. 여러분 구원받으셨습니까. 모르시겠다고요. 그럼
행복하십니까. 아니라고요. 그렇다고요. 구원받으셨습니다. 하
느님의 뜻이 이 땅에서 이루어진다는 말은 무슨 뜻입니까.
이것이야 말로 하느님의 현존을 의미하는 것입니다. 하느님
과 함께 행복하게 살기. 구원에서 거룩함으로. 이것이 오늘
우리가 이 땅에서 누려야 할 구원받은 자로서의 삶입니다.

11. 하늘나라는 땅에 있다

교수 하느님 나라에 관하여. 저는 이렇게 고백합니다. 하늘나라는
하늘에 있는 나라입니까. 물리적 공간입니까. 그렇다면 어디
쯤에 있다고 생각하십니까. 지구 멸망의 날 하느님께서는 구
원받을 자들을 위해 화성을 지구보다 더 살기 좋은 곳으로
만들어 여러분들을 차원이동 시켜주실 것 같습니까. 하늘나
라는 하늘에 없습니다. 하늘나라는 지금 여기입니다. '아버지
의 나라가 임하소서. 하늘에서 이루어진 것처럼 땅에서도 이
루어지소서.' 천국의 반대말은 무엇입니까. 지옥입니까. 천국
의 반대말은 비천국, 즉 악의 세력이 판치는 세상입니다. 거
룩한 기독교인, 종교인들 사이에 전쟁이 왜 일어납니까. 왜
하느님의 이름으로 광기어린 살육의 축제가 계속됩니까. 어
찌하여 기독교의 역사는 정복의 역사입니까. 왜 기독교의
역사는 오만의 역사입니까. 배타적인 독선의 역사입니까. '가
운데'를 '속에'로 오역하기 때문입니다. 하느님 나라는 인간들
가운데, 관계 속에, 사회 속에 현실적으로 구축되어야 할 세
상입니다. 우리 안에 피상적으로 그려지며, 피안의 세계에 구
축되는 것이 아닙니다. 피안을 꿈꾸며, 우리 안의 막연한 하
늘나라 때문에 현실 세계를 전장으로 만들어가는 사람들은
얼마나 무지몽매한 자들입니까. 기독교인 같은 야만인이 또
어디 있습니까.
지금 우리에게 '나의 천국'은 있을지 몰라도 '우리의 천국'은
없습니다. 나의 천국은 꿈속 천국일 뿐입니다. 우리의 천국이
아니고서는 현실 속의 천국이 될 수 없습니다.

12. 종말은 행복이다, 축복이다

교수 종말론에 관하여. 저는 이렇게 고백합니다. 오늘, 지금이 종말
입니다. 새 인간, 오늘 우리는 매일 하느님과 함께 있습니다.
종말은 심판이 아니라 오늘의 행복입니다. 영원히 바라보고
좇아가기만 해야 할 어떤 막연한 때가 아니라 지금 여기서
이루어지는 하느님과의 만남, 교감, 소통이 곧 종말입니다.
우리에게 종말은 영원한 지금입니다. 예수는 미래를 끌어다
가 현재를 변화시키려 했습니다. 그런데 교회는 현재를 팔아
미래를 사려합니다. 사랑하시는 분은 잘 아실 겁니다. 사랑에
'사랑할게'는 없다는 것을. '사랑한다'는 말이 돼도 '사랑할게'
는 말이 되지 않습니다.

종말에 대처하는 자세는 주체적인 인간이 되는 것입니다. 그
런데 그 주체가 성립되는 지점은 '나'가 아니라 '타자에 대한
책임'이라는 것을 이해해야 합니다. 내가 없으면 하느님도 없
습니다. 불경스런 표현이겠지만, 하느님의 덜미 잡은 존재가
인간입니다. 내가 죽으면 동시에 하느님도 죽습니다. 오늘,
지금 이 순간이 내게는 마지막이며, 종말이며, 심판입니다.
이 심판의 날을 축제의 날로 삼는 것이 인간이 할 수 있는
일입니다. 인간이 선택할 수 있는 일입니다.

오늘 종교재판이 끝나고 나면, 이단자로 낙인찍히고 나면, 곧
파문입니다. 종말일까요. 제겐 가족이 있습니다. 아내와 딸
그리고 아들이 있습니다. 살펴드려야 할 부모님도 계십니다.
제가 맏이입니다. 동생들도 있습니다. 대학교수로서 그럭저럭
괜찮은 살림이었습니다만, 이젠, 지옥 같겠지요. 네 지옥 또
한 어디 먼 곳이 아니라 바로 여기에 있습니다. 지옥을 천국
으로 변화시키기가 저와 제 가족에게 맡겨진 오늘의 일입니

다. 입 다물걸 그랬나요. 농담이 아니라 제 신앙고백을 가로막았던 가장 큰 장애물이 바로 그것이었습니다. 먹고 사는 문제. 믿음이 부족한 저는, 하느님이 보살펴 주실 리 없는 저는 앞으로 무슨 일로 먹고 살 수 있을까요. 어떤 방법으로 우리 가족을 부양할 수 있을까요. 어떻게 하면 종말이 행복이 되고 축복이 될 수 있을까요.

아직 모르는 게 너무 많습니다. 죽기까지 풀어가야 할 숙제가 산더미 같습니다. 사람 된 덕으로 알겠습니다. 축복으로 받아들이겠습니다.

13. 교회, 해체하자

교수 신앙공동체, 예수의 몸 된 교회에 관하여. 제 고백은 이렇습니다. 교회는 무너져야 합니다. 헐어버리고 다시 세워야 합니다. 조직도 해체되어야 하고, 예배당도 헐어야 합니다. 교회가 모시는 하느님은 대체 어떤 하느님이란 말입니까. 기독교는 교인을 정신착란증 환자로 만들고 있습니다. 교회는 언제까지 신화만 이야기하고 있을 것입니까. 언제까지 기적만을 팔고 있을 것입니까. 언제까지 꿈만 꾸고, 가지 못할 하늘나라를 위한 투자만 하고 있을 것입니까. 언제까지 역사 앞에 침묵만 하고 있을 것입니까. 언제까지 기독교인을 현실도피자로 만들어 갈 것입니까.

교회는 너무 오만합니다. 독선으로 가득 차 있습니다. 아집에 빠져 있습니다. 하느님을 잘 안다, 다 안다고 떠듭니다. 자신이 모르고 있는 것, 모른다는 것을 모르는 것만큼 무지한 것은 없습니다. 우리가 어찌 하느님을 다 안다 고집할 수 있겠습니까. '나는 당신을 모르겠습니다. 알게 하옵소서'가 우리의 신앙고백이 되어야 하지 않겠습니까. 그래서 우리의 신앙고백은 날로 새로워져야 하지 않겠습니까. 다름에 대해, 다양성에 대해 기독교처럼 배타적인 종교가 없습니다. 납득시키지는 못하면서 강요만 하고 있습니다. 너무도 비문명적이며, 비인간적이며, 폭력적입니다.

오늘 종교지도자들은 의도적으로 성경을 오독하고 있습니다. 정신착란을 조장하고 있습니다. 스스로 엉터리 치료를 즐기고 있습니다. 인간은 진화하고 하느님은 퇴보하고 있습니다. 교회의 보수성은 하느님을 박제해버렸습니다. 하느님은 기독교 박물관에 전시되어 계십니다. 하느님은 성경 밖으로 한 발자국도 나올 수 없습니다. 그들이 철저하게 가두고 있기 때문입니다. 그들은 살아있는 하느님을 외치면서도 정말 살아계신 하느님은 원치 않는 눈치입니다. 교회 밖의 종교인들은 진화한 하느님을 만나 새로운 관계를 형성하고 있는데, 교회 안의 기독교인들은 시대와 불화하며 스스로 정신착란증을 자초하고 있습니다. 세계의 진화로 인해, 진화하시는 하느님으로 인해 믿음, 종교가 황폐해지는 것이 아니라 더욱 분명해지고 풍성해짐을 알아야 합니다. 변화에 저항하는 것이 믿음이 아닙니다. 맹신과 믿음은 다른 것입니다. 맹신이야 말로 우상숭배입니다. 허상을 좇기 때문입니다.

기독교인이 지어야 할 것은 예배당이 아니라 공동체입니다. 예배당을 성전이라 하지 마십시오. 악마들의 소굴이 성전일 수 있습니까. 십자가 세우면 성전입니까. 예수님은 부자는 하느님 나라 백성 못 된다 했습니다. 그런데 오늘 교회는 부자 되는 특별열차입니다. 성경은 부적입니다. 가난한 자는 눈치 보여 근접하지 못할 곳입니다. 부자 아니고는 얼씬도 못할 부자들의 교회까지 따로 생겨납니다. 부자는 누구입니까. 수

평적이기보다는 수직관계에 충실한 사람입니다. 나눔을 실천하지 않고, 소유를 좇는 자입니다. 자선을 나눔으로 알고, 적선을 분배로 아는 자들이 부자들입니다. 이런 부자가 어떻게 기독교인입니까. 어떻게 예수를 주로 고백할 수 있습니까. 왜 이런 부자들이 넘쳐납니까. 교회가 거짓을 이야기하기 때문입니다. 교회가 그들과 타협하기 때문입니다. 교회는 아직도 면죄부를 판매하고 있습니다. 기독교의 하느님은 하나의 상품에 불과합니다. 예수는 마스코트입니다. 교회는 면죄부를 살 수 있는 부자들의 사랑방으로 전락했습니다. 교회야말로 너무도 비기독교적입니다.

기독교인들을 가난하라고 저주하는 것 아닙니다. 종교인의 미덕이 가난이라고 우기는 것도 아닙니다. 그렇다고 종교인의 미덕이 부유함이겠습니까. 그럴 수 있습니다. 함께라면요. 모두 함께라면. 종교가 추구해야 할 것은, 예수가 외쳤던 것은 함께 행복하자는 것이었습니다.

교회는 끼리끼리의 이해집단이 되었고, 종교지도자는 조직의 우두머리가 되었습니다. 조직의 결속력이 강할수록 보스의 권력도 견고해지고 그 권력은 대물림됩니다. 자본주의의 꽃인 기독교는 더 이상 기독교적이지 않습니다.

교회의 기도는 주문이 되어 버렸습니다. 소리의 마술적 기운에 기대는 주문. 기도하는 주체는 없고 기도 받아주는 객체만 눈뜨고 있어야 하는 기도. 기도의 책임을 스스로 지지 않는 기도는 헛소리일 뿐입니다.

오늘 교회의 욕망은 세계 종교의 단일화입니다. 기독교로의 통일입니다. 예수로 독점하자는 것입니다. 이것이야 말로 독선입니다. 위험천만한 발상입니다. 문명의 퇴보입니다. 교회가 꿈꾸는 종교통일의 배경에는 시장 확대라는 자본논리가 숨어있습니다. 시장을 독점하겠다는 겁니다. 절대 권력자로 군림하겠다는 겁니다. 이는 우주 질서에 반하는 욕심이요, 가장 비인간적이며, 비문화적인 처사가 아닐 수 없습니다. 야만인의 행패입니다.

역사야 말로 가장 선명한 종교 아니겠습니까. 거기 하느님이 보여줄 수 있는 모든 것, 그 이상의 것이 다 있지 않던가요. 역사가 말하고, 역사가 가르쳐주지 않습니까. 정신 차리지 않으면 역사에 함몰 되는 것이고, 정신 차리면 역사의 주체가 되는 것입니다. 바람직하지 않은 역사라면 당연히 방향을 틀어야 할 것 아닙니까. 그 흐름에 아무 생각 없이 몸을 실으시겠습니까. 교회와 역사를 철저히 가르는 기독교인들이여. 독안에 갇힌 쥐들이여. 우물 안 개구리들이여.

14. 세븐 센스 - 그러므로 인간이 하느님이다

교수 "하느님의 친구는 누구일까"라는 논문의 결말은 여러분도 잘 아실 겁니다. '인간이다'라고 결론지었습니다. 이 말의 뜻을 그때는 명확히 밝히지 못했습니다. 오늘 저의 고백은 이렇습니다.

'신을 창조한 존재는 인간이다. 신은 인간의 피조물이다. 인간에게는 신을 창조하고 진화시킬 능력이 있다. 인간에게는 종교를 창안하고 활용하는 능력이 있다. 현존하는 다양한 종교가 그것을 증명한다. 종교적 인간이야말로 인간의 최고 형태, 최고 경지이다. 인간이 종교를 창안하고 신을 창조한 것은 신에게 귀의하거나 신에게 의존하기 위해서가 아니다. 자기 자신을 발견하기 위해서다. 하느님 창조는 인간 존재 해명에 대한 방법론적 접근이다. 인간이 신의 형상을 본떠 만들어진 것이 아니라, 신이 인간의 속성을 본 따 만들어진 것이다. 인간이 신의 형상대로 창조되었다면 인간은 현재의 인간 이상이었을 것이다. 신일 것이다. 인간의 형상을 본 따 신이기에 지금까지 인간을 닮아 진화되었던 것이다. 따라서 신은 절대자도 아니며, 무변자도 아니다. 다만 인간을 따라, 인간과 더불어 끊임없이 진화하며 공존할 존재이다. 가장 온전한 인간, 가장 인간적인 인간이 신이다. 신학은 인간이 고안한 가장 고상하고 품위 있는 숨바꼭질놀이이다. 자기 찾기 놀이이다.'

무의식을 의식화하는 것이 성숙입니다. 육감에 현혹되지 않고 육감을 객관화하는 태도가 성숙한 태도입니다. 인간의 역사는 인간 성숙, 진화의 역사입니다. 인간에게는 육감을 넘어설, 무지로부터 비롯되는 두려움과 공포, 절망을 이겨낼 지성이 있습니다. 최고 지성, 바로 이성입니다. 이 최고 지성을 일러 제칠감이라 부르려합니다.

칠감을 가진 인간은 신도 종교도 인간을 위해 봉사해야 할 것임을 아는 존재입니다. 인류의 평화와 인간의 존엄성을 해치는 모든 신과 종교는 헛것임을 알고 수정 제거할 수 있는 능력을 가진 존재입니다. 신을 남용하지 않고, 종교를 오용하지 않는 존재가 칠감을 가진 존재입니다. 그러므로 인간은 제칠감 얻기에 공들여야 할 것입니다. 신에게 무릎 꿇고 기원하기 전에 온전한 인간이 먼저 되어야 합니다. 칠감을 통해 인간과 신의 위치가 바르게 자리매김 될 수 있을 것입니다. 칠감을 통해 신과 더불어 함께하는 축제가 계속될 수 있을 것입니다. 칠감이야말로 참된 종교생활을 위한, 환희로 가득 찬 삶을 위한 필요조건이 아닐 수 없습니다.

제칠감을 통해 인간은 종교 경전을 인간에 관한 이야기책으로 읽어낼 수 있을 것입니다. 초월적 존재를 현실로 끌어내릴 수 있을 것입니다. 신화를 즐겁게 해석하는 놀이가 가능해질 것입니다. 제칠감을 통해 주의, 이데올로기로부터 자유로워질 수 있을 것입니다.

칠감은 양심의 소리를 명확하게 새기는 능력입니다. 인간은 속여도 하느님은 못 속인다는 게 종교인들의 말입니다만, 틀렸습니다. 하느님 많이 속여 봐서 아시잖습니까. 매일 하느님 속이며 살지 않습니까. 하느님보다 더 큰 눈 시퍼렇게 뜨고 감시하는 게 따로 있지 않습니까. 바로 양심입니다. 하느님은 속여도 자기 자신은 못 속입니다. 인간은 못 속입니다.

제칠감은 역사를 통찰하는 능력입니다. 칠감은 거짓에 미혹당하지 않는 능력입니다. 유혹으로부터 자신을 지킬 수 있는 능력입니다. 옳고 그름을 구분할 줄 아는 능력입니다. 모든 속박으로부터 자유할 수 있는 능력입니다. 칠감은 고도의 지적 경지인 동시에 순수하고 천진한 상태입니다.

그러나 안타깝게도 칠감은 노력의 산물입니다. 거저 주어지는 것이 아닙니다. 끊임없는 연구와 자기성찰, 학습을 통해 도달할 수 있는 경지입니다. 무엇보다도 기존 종교로부터, 하느님으로부터 뛰쳐나와 인간의 야생성을 먼저 되찾아야 합니다. 그 건강한 야성 속에 칠감 회복을 위한 자기치료 가능성이 숨어있기 때문입니다.

15. 에필로그 - 다시, 아레오바고에서 만나자

교수   저는 지금도 종교인입니다. 기독교인입니다. 앞으로도 종교를 포기하지 않을 작정입니다. 지금도 하느님께 기도하며 삽니다. 예수의 이름으로 기도하는 습관도 여전합니다. 아직 그 이름을 대치할 만한 확고한 이름을 찾지 못했기 때문입니다.

물론 가끔은 다른 이름을 빌어 기도하기도 합니다. 최제우의 이름으로 빌기도 하고, 간디의 이름을 빌리기도 하고, 마르틴 루터 킹의 이름을 빌리기도 하고, 함석헌의 이름을 빌리기도 하고, 또 가끔은 별 볼 일 없는 민초들의 이름을 빌기도 합니다. 더 많은 이름을 빌려올 수 있다면 좋겠지요. 그렇다고 제가 예수를 잊겠습니까. 예수님이 섭섭해 하겠습니까. 하느님이 노여워하시겠습니까. 하느님보다야 항상 인간이 무서웠지요. 하나님은 아직 벼락 내리치지 않으셨는데 날벼락은 인간이 먼저 내립니다.

이제 법정에 출두할 시간이 얼마 남지 않았습니다. 가봐야겠습니다. 제 제자가 열심히 제게서 마귀를 떼어내려 노력하는 것 보셨습니다. 제 법정 진술이 바뀔 수 있을는지요. 아무리 생각해도 하느님은 미친 것 같습니다. 그렇지 않고서야 세상이 이 지경일 수 있으려고요. 그래서 하느님의 하느님, 인간이 빨리 정신 차려야 한다, 떠들러, 대들러 갑니다. 잠든 신 깨우고, 병든 신 치유할 능력은 신의 친구인 인간 밖에 없으니까요.

지금까지 제 변론을 경청해주셔서 고맙습니다. 저 역시 여러분의 반론에 귀 기울일 기회 가질 수 있길 바랍니다. 법정으로 발길을 옮기려니 염려되는바 전혀 없지는 않습니다. 부모님 때문에요. 제게 신앙을 대물림해주신 것을 가장 큰 자랑과 기쁨으로 여기며 살아오신 분들이시죠. 하느님 나라가 마지막 소망이신 분들이신데. 제 배반으로 얼마나 상심하실지 짐작조차 못하겠습니다. 천만 번 용서를 빈다한들 해결될 수 있는 일이 아니기에 미칠 노릇입니다. 용서하세요, 어머니, 아버지. 저 자신과 제 후손의 미래에 대한 충정이 두 분께 불경이 되네요. 정말 가슴 아프네요. 부디 용서하세요. 혹시 제 어머니, 아버지 만나시거든 심심한 위로의 말씀 좀 부탁드립니다. 그리고 여러분 모두 부디 행복하십시오.

교수, 교정 둘러본다. 제자들, 지인들 그리고 청중들에게 일일이 눈인사 한다. 잠시 느티나무에 시선이 멈춘다.

교수 이 대학이 개교한 이래 백수십 년 동안 이 느티나무에 목을 맨 이들이 교수 다섯, 학생 스물넷이랍니다. 인간이란 누구인가. 인생이란 무엇인가, 라는 질문은 예나 지금이나 목숨 걸고 풀어야 할 문제임에 틀림없지 싶습니다. 그런데 이 생명 나무 곧 베어버린다네요. 이 뜨거운 아레오바고 광장에 차가운 빌딩이 들어선다네요.

교수, 청중에게 인사한 후 박수치는 학생에게 감사와 존경의 눈인사 따로 보내고 퇴장한다. 학생, 일어나 자신과 함께 교수에게 정박의 박수 할 것을 암묵적으로 유도한다. 그 박수는 진정으로 교수를 위하는 박수일 것 같기도 하다. '그런데 관객은 어떻게 반응할까.' 학생, 박수하며 교수 뒤를 좇는다.
막 내린다.

– 막 –